The emptiness in her voice told me she doesn't believe a word of it.
My mother and father were murdered, I'm sure of it.

GALL-

瑞秋・薩弗納克　名媛偵探系列 I

OWS

絞刑場

COURT

馬丁・愛德華茲——作

MARTIN EDWARDS

SP SELECT

謹將此作獻給喬納森與凱瑟琳

茱麗葉·布倫塔諾的日記

一九一九年一月三十日

我的父母昨天去世了。

海芮妲剛剛宣布了這個消息。她眼眶泛淚，把手放在我的胳臂上。我沒說話，也沒哭。從愛爾蘭海而來、席捲全島的狂風為我呼嘯。

海芮妲說，哈羅德·布朗從倫敦給薩弗納克法官發了一封電報。他說我的父母染上了西班牙流感，就像他們之前成千上萬的人那樣。一切結束得很快，他們在彼此的懷里安詳地離開了。

這是一個童話故事。她空洞的嗓音讓我知道她對此一個字都不信。

我也是。爸爸媽媽是被謀殺的，我敢肯定。

而且瑞秋·薩弗納克要為此負責。

第一章

「雅各・弗林特又在看著我們這棟房子。」管家提高嗓門：「妳覺得他會不會知道……？」

「他怎麼可能知道？」瑞秋・薩弗納克說：「別擔心，我會處理他。」

「妳處理不了！」年長的女人反駁：「妳沒時間了。」

瑞秋在鏡子前調整頭上的鐘形帽，一張端莊的臉龐回視著她。沒人猜得到她的神經末梢正在發麻。這就是法官戴上黑帽時的感受？

「還有時間。車子五分鐘後才到。」

她戴上晚裝手套。楚門太太把手提包遞給她，然後打開前門。客廳裡傳來溫柔的歌聲，瑪莎正在用新的自動留聲機聆聽杜西兄弟合唱團的歌。瑞秋用穿著蓬巴杜高跟鞋的腳踏著舞步，跳下門前的一小段臺階，哼著科爾・波特的歌曲《讓我們開始吧》。

霧氣籠罩著廣場，一月分的寒冷空氣輕咬她的臉頰。她慶幸自己穿著貂皮大衣。燈光給骯髒的灰霧染上了詭異的黃色光澤。長時間住在一座小島上，使她習慣了海霧。她對從水上飄來的冬日薄霧有一種怪異的感情，霧靄如紗簾般蕩漾，披掛於這片潮溼的土地。倫敦的霧是一種不一樣的野獸——黑如煤灰，散發硫磺味而且有毒，就像萊姆豪斯區的惡棍一樣能把你掐死。油膩的空氣刺痛了她的眼睛，刺鼻的味道灼傷了她的喉嚨。然而，就像盲人不怕黑，這團泥濘般的骯髒漩渦並沒有使她感到不安。今晚，她覺得自己天下無敵。

她就像一道從陰影中脫離出來的人影。透過昏暗的光線，她認出一個穿戴著大衣和窄邊紳士帽的瘦高男子。他的肩上鬆散地掛著一條長羊毛圍巾。他的步態充滿力量卻也笨拙。她猜他一直在鼓起按門鈴所需要的勇氣。

「薩弗納克小姐！很抱歉在星期日晚上打擾妳！」他聽起來年輕、熱切，而且毫無歉意。「我的名字是——」

「我知道你是誰。」

「可是我們還沒介紹彼此認識。」幾縷不羈的金髮從帽子底下溜了出來，而且他就算裝模作樣地清清嗓子也掩飾不住他的笨拙。他二十四歲，擁有學童般清新又乾淨的五官。「我其實是——」

「雅各・弗林特，《號角日報》的記者。你一定知道我從不跟媒體說話。」

「我做過功課。」他掃視左右。「而我知道的是，當一個殘忍的殺手在倫敦街頭出沒時，女士外出是不安全的。」

「也許我其實不是女士。」

他的視線鎖定她帽子上的鑽石別針。「妳看起來完全就是個——」

「別以貌取人。」

他靠向她。他的皮膚散發煤焦油肥皂的味道：「如果妳其實不是女士，就更有理由注意安全。」

「威脅我可不是明智之舉，弗林特先生。」

他後退一步。「我真的需要和妳談談。妳還記得我留給妳管家的字條嗎？」

她當然記得。她當時從窗子裡看著他送來。他在臺階上等待的時候緊張地撥弄領帶。他一定沒傻到以為她會親自應門吧？

「我的車很快就到了，我也不打算在任何地方接受採訪，更不用說在大霧中的人行道上。」

「妳可以相信我，薩弗納克小姐。」

「別搞笑了。你是記者耶。」

「說真的，妳我之間有一些共同點。」

「例如什麼？」她在戴著手套的手上做出打勾的手勢。「你在去年秋天抵達倫敦之前，先在約克郡學習了如何當記者。你住在安威爾街，你擔心你房東的女兒想用她的身體來換取婚姻。在野心驅使下，你加入了《號角日報》那些揭瘡疤專家的陣容，而不是找一家體面的報社。那些編輯佩服你的韌性，但也擔心你的莽撞。」

他嚥口水。「妳是怎麼……？」

「你對犯罪案件有著病態的興趣，並把湯瑪士·貝茲最近的事故視為不幸卻也是機遇。隨著《號角日報》的首席犯罪記者躺在病床上奄奄一息，你嗅到了一個讓你成名的機會。」她吸了一口氣。「小心願望成真喔。既然連華爾街也能崩盤，那麼任何事情都可能分崩離析。如果你這份看似前途光明的職涯像那位記者一樣戛然而止，那將是多麼不幸啊。」

他畏縮一下，彷彿被她啪啪打臉。他再次開口時，嗓音嘶啞。

「難怪妳解決了『合唱團女孩謀殺案』。妳確實是個了不起的偵探，妳讓那些穿著藍色制服的警察感到慚愧。」

「既然你都留字條給我了，你真以為我什麼都不會做？」

「妳不厭其煩地調查了我，這讓我受寵若驚。」他大膽地咧嘴一笑，露出歪斜的牙齒。「又或許，妳是否聰明到光是看到我圍巾隨意打結、我的鞋子需要擦亮的這一事實中就推斷出這一切？」

「你另外找個對象寫你的報導吧，弗林特先生。」

「如果我的編輯聽到我們被描述成揭瘡疤專家，一定會很震驚。」雖然他剛剛一下子就失去了鎮定，但現在也很快恢復過來。「《號角日報》讓普通老百姓也能發聲。這是我們最新的口號：**我們的讀者需要知道**。」

「他們不需要知道關於我的事。」

「撇開金錢不談，其實妳和我並沒有太大的不同。」他咧嘴一笑。「我們都是剛來到倫敦，好奇心強，頑固得像騾子。我注意到，妳沒否認妳破了合唱團女孩命案。那麼，妳如何看待最近轟動一時的事件，在柯芬園慘遭屠殺的瑪麗珍・海耶斯？」

他停頓一下，但她並沒有填補隨之而來的沉默。

「瑪麗珍・海耶斯的遺體在一個袋子裡被發現，而且她的頭顱不見了。」他吐氣。「細節噁心得不能登在報紙上。她是個好女人——而這就是讓我們的讀者徹夜難眠的原因。這不是她應得的下場。」

瑞秋・薩弗納克的臉龐就像一副陶瓷面具。「女人哪次得到她們應得的？」

「這個瘋子不會只殺一人就罷手。他們從不這麼做。在更多女性受害之前，必須將他繩之以法。」

她打量他。「所以你相信正義？」

一輛勞斯萊斯幻影轎車的圓潤輪廓在骯髒黃霧中若隱若現，年輕男子急忙跳開以免遭輾壓。車子在瑞秋身旁停下。

「我該走了，弗林特先生。」

一名身高六呎四吋的寬肩男子下了車。他打開後門時，瑞秋把手提包遞給他。雅各・弗林特警覺性地看了男子一眼。這個男人看起來好像更適合重量級拳擊手的戰袍，而不是司機制服。他身上的鈕扣像警示燈一樣閃閃發亮。

雅各微微鞠躬。「沒人能逃避媒體，薩弗納克小姐。如果我不講妳的故事，就會有個不如我謹慎的人來做這件事。給我獨家新聞吧，我保證妳不會後悔。」

瑞秋抓住他圍巾鬆散的一端，把結緊緊地繫在他的脖子上。他嚇一跳，倒抽一口氣。

「我從不浪費時間後悔，弗林特先生。」她輕聲道。

她鬆開圍巾，從楚門手中接過手提包，坐進幻影的後座。車子緩緩駛入夜色，她知道雅各・弗林特目送她離去時正揉著脖子。也許他會有些用處？給他他想要的故事，這麼做是有風險，但她從不害怕賭博。她體內流著賭徒之血。

＊　＊　＊

「那小子是不是有給妳添麻煩？」楚門透過傳音管問道。

「沒有。他如果真的知道什麼，剛剛一定會說溜嘴。」

在她旁邊的座位上放著一個包裹，用薄紙裹住，以保護座椅的酒紅色絲絨罩。她撕開薄紙，揭露一把軍用左輪手槍。她自學了不少槍支知識，認出這是一把「威百利」點四五五口徑的第六代手槍。格紋握把和鍍鎳很有特色，但她不需要問這把槍能否被追蹤。楚門一定什麼都想好了。她打開鱷魚皮手提包，把槍塞了進去。

開往尤斯頓時，她看到人行道上穿制服的警察比路人還多。沒有一個女人敢徒步外出。柯芬園的凶手正逍遙法外，沒有人會在非必要的情況下在昏暗的倫敦市中心閒逛。空氣中瀰漫著恐懼。

一家名叫「多立克式拱門」的餐廳聳立在前方，一座紀念已逝文明的怪誕紀念碑。她看錶。五點五十分。儘管有霧，他們還是準時抵達。

「在這兒停車。」

她跳下車，腳跟踩在鵝卵石上，匆匆進了車站。人們在茶點室的亮藍燈光下走來走去。瑞秋大步走向行李寄放中心。一名與前任英國首相斯坦利·鮑德溫長得驚人相似的老人正在對空氣大聲抱怨，朝一大塊硬紙板上的黑色大寫字母揮舞著手杖，紙板上寫著「歇業直至另行通知」。

她在一幅宣傳導演希區考克的《敲詐》黃色電影海報前停下來。她唯一要做的就是等待，就像一隻優雅的蜘蛛等待一隻倒楣的蒼蠅。

再過六十秒就要六點，勞倫斯·帕爾朵就在此時進入她的視線中。那是一個身穿羊絨大衣、頭戴圓頂禮帽的矮胖男人，小心翼翼地提著一個廉價的夾板箱，動作謹慎得彷彿箱子裡塞滿了德國製的德勒斯登瓷器。他不停地四處張望，彷彿認定會有搶匪來打劫。

她看著他朝行李寄放中心走近。離那裡只有兩碼時，他才注意到紙板上的告示。看到它，他彷彿徹底洩了氣。他把手提箱放在地板上，從口袋裡掏出手帕擦擦額頭。一名體型魁梧的警員從人群中現身，大步走向他。瑞秋上前一步，看到警察在帕爾朵耳邊嘀咕了幾句。

帕爾朵苦笑一下，似乎堅持說自己沒事，警官，不，謝了，他不需要任何幫助。警員看了一眼夾板箱，愉快地點個頭，轉身離開了。帕爾朵鬆了一口氣。他會不會在恐慌驅使下逃跑？他是個病人：他可能會因心臟病發作而倒下。但他沒跑。猶豫片刻後，他再次拿起箱子，大步走向出口。在他這個動作的提示下，她循原路返回，速度加倍。

在車站外，霧氣越來越濃厚，但勞斯萊斯的輪廓清晰可見。楚門打開後門，她鑽了進去。透過窗戶，她看到帕爾朵在灰夜下蹣跚而行，被沉重的行李拖慢腳步，尋找一輛長著黑色翅膀的栗色幻影轎車。

楚門一言不發，大步向前，抓住夾板箱，把它搬進汽車的後車箱，然後示意帕爾朵上車。

門在他身後關上後，帕爾朵才注意到她。他額頭滿是汗水，呼吸急促，膚色就像熟透的李子。他是個五十歲的男人，不習慣運動，搬運東西總是由其他人代勞。瑞秋甜甜一笑，希望他不要在時機到來前就死。

「晚安，帕爾朵先生。」

「晚……晚安。」他掃視她的容貌，瞇起眼睛，彷彿想破解密碼。「妳是……薩弗納克小姐？」

「你發現了家族成員之間的相似處？」

「是的，沒錯。當然不是很明顯，不過……妳已故的父親是個了不起的人。」他摸出一塊絲綢手帕，擦擦潮溼的額頭。「薩弗納克法官的離世……是這個世界的重大損失。」

「你看起來很不舒服。」

他咳嗽。「抱歉，薩弗納克小姐，但我最近……日子很不順。」

他眉頭緊皺。他在試著讀懂她的心思？徒勞之舉。他不可能猜得到自己的命運。

楚門發動引擎，瑞秋將一隻手放在自己的手提包上。幻影的引擎非常安靜，她幾乎能聽帕爾朵大腦裡的齒輪撞擊聲和轉動聲。

車子拐進圖騰漢廳路時，他開口：「我們要去哪？」

「南奧德利街。」

「不是去我的房子？」他一頭霧水。

「是去你的房子沒錯。希望你已經按我的吩咐做了，指示了你的員工今晚不用上班？」

「我收到一個我很信賴的朋友的消息，對方要我來尤斯頓車站、在行李寄存室留下……一些東西。我被告知這輛車會來接我，我會遇到一位年輕女士——我沒想到會是妳，薩弗納克小姐——她會帶我去見我的朋友。他沒解釋為什麼要我把所有人都趕出屋子……」

「抱歉，」瑞秋說：「那條訊息就是我發的。」

他的眼中閃過恐懼。「不可能！」

「沒有什麼是不可能的，」她輕聲道：「你必須這麼相信。」

「我不明白。」

她從手提包裡拿出左輪手槍，抵在他的肋骨上。「你不需要明白。接下來，閉上嘴。」

＊　＊　＊

帕爾朵的書房瀰漫著木材拋光劑的酸味。這個房間只有一扇門，但沒有窗戶。唯一的光是由插在一根金棒上的蠟燭發出的，一座祖母鐘發出的滴答聲似乎異常響亮。帕爾朵俯身在他的捲頂辦公桌前，雙手顫抖，彷彿患有痲痺症。桌上有一支鋼筆、幾張空白的標準尺寸紙張、兩個信封和一瓶印度墨水。

楚門坐在一張皮革製的翼背扶手椅上。他右手拿著槍，左手拿著刀刃閃閃發亮的屠刀，腳邊放著一臺柯達布朗尼相機。地板上鋪著一張棕熊皮，中間放著帕爾朵在被瑞秋用槍指著的狀況下搬來這裡的夾板箱。

瑞秋翻了翻自己的手提包，拿出一顆棋子，是一枚黑色士兵。帕爾朵低聲呻吟。她走到書桌前，把士兵棋放在墨水瓶旁邊，然後拿起一張紙和一個信封，放進她的手提包裡。

「妳為什麼要這麼做？」帕爾朵眨掉一滴淚水。「隔壁房間裡有一個米爾納保險箱。密碼是……」

「我偷你的貴重物品做什麼？我的錢多到我不知道該怎麼花。」

「那……妳究竟想怎樣？」

「我要你寫下一份行凶自白，」瑞秋說：「別擔心用字遣詞，我會口述每一個字。」

最後一絲血色從他豐潤的臉頰上流失。「行凶自白？妳瘋了嗎？」

楚門在椅子上往前傾，這個動作充滿威脅。瑞秋用槍指著帕爾朵的胸膛。

「求求妳。」帕爾朵發出呼吸困難的聲響。「令尊一定不會希望……」

「老法官已經死了。」她微笑。「不過我從他那裡繼承了對誇張戲碼的愛好。」

「我……我向來是最忠誠的——」

「等你簽了名，我們就會離開房間，而且你會鎖上門。到時候把鑰匙留在鎖孔裡。在你桌子最下層的抽屜裡——你會發現鎖頭壞了——是一把裝了一顆子彈的手槍。把它抵在你的太陽穴上，或是放進你的嘴裡，隨你選。事情會一下子結束，遠遠好過替代方案。」

他像面對活體解剖師的小白鼠一樣抽搐。「妳不能命令我自盡！」

「這麼做是最好的，」她說：「你已經被判了死刑。你在哈利街的朋友說你還有多少時間？六個月？」

他驚訝得眨眼。「妳不可能知道！我沒告訴任何人，尤斯塔斯爵士也永遠不可能……」

「記住尤斯塔斯爵士的預言。這是你能擺脫他預見到的長期痛苦的機會。子彈只有一顆，別浪費。」

「可是……為什麼？」

「你知不知道茱麗葉・布倫塔諾發生了什麼？」

「妳在說什麼？」帕爾朵用力閉上眼睛。「我不明白。」

「你說得沒錯。」她說：「你會在不明白的情況下進墳墓。」她對楚門做個手勢，對方用刀指著老男人的喉嚨。

「不要老想著你必須做什麼，」她說：「死得痛快是一種慈悲。六十秒，我們走出房間後你只有六十秒。多一秒都不行。」

帕爾朵看著她的眼睛，在裡頭看到的東西讓他畏縮。沉默許久後，他沙啞道：「好吧。」

「把筆沾滿墨水。」

帕爾朵慢慢照做。

「把我說的寫下來。」她說得很慢，每一個字都像軟尖子彈一樣打進他的腦子。

「我用瑪麗珍・海耶斯自己的圍巾勒死了她，然後用鋼鋸將她肢解。我是獨自行凶……」

第二章

雅各・弗林特走路回家。運動幫他整理了思緒。期待已久的與瑞秋・薩弗納克的談話，讓他在渴求答案的時候卻產生了新的疑問。

失望感拖慢他的步伐，沉重得就像一塊巨石壓在背上。他相當自豪自己的採訪能力，而且他經常仔細閱讀《著名的英國審判》，研究交叉詢問的技巧。他今天下午在臥室的鏡子前排練過。然而，一旦他與那個女人面對面，準備工作就變得毫無意義。一想起她冷靜而專注的目光把他的提問瓦解成廢話，他就覺得羞愧又愚蠢。

他發現了什麼？關於瑪麗珍・海耶斯的命案，他什麼也沒發現。他認識的一個警察正在追捕那個能狠下心勒死一個女人、砍下她的腦袋並把頭顱藏起來的男人。他認識的溫馴警員史丹・瑟洛洩漏了內幕情報：蘇格蘭警場希望瑞秋・薩弗納克會對柯芬園命案感興趣。如果她已經對最近這起謀殺案做出了什麼推理，也完全沒對他透露任何跡象。他夢寐以求的獨家新聞，至今仍然像月亮一樣遙遠。

拐進安威爾街時，他告訴自己他沒有浪費時間。透過短暫的尷尬這個代價，他發現瑞秋・薩弗納克的縝密心思沒有極限。他留給她的那張字條——他寫得措辭謹慎，彷彿在為《泰晤士報》寫一篇頭條新聞——促使她對他進行了調查。看在老天的份上，她甚至查出艾蓮・道爾想嫁給他。

既然她斷然拒絕了接受採訪，又何必如此大費周章地調查他的身家？他經過芒特普萊森特街那棟洞穴般的郵局大樓時，答案閃過他的腦海，如火炬般清晰地劃破黑暗。

她那麼做，其實是一種內疚的表現。瑞秋・薩弗納克有所隱瞞。

＊　＊　＊

他的女房東拒絕用門牌號碼來稱呼她家。為了紀念她的丈夫，道爾太太將它命名為「艾德加之家」。在第一次世界大戰期間那場「無聲轟炸」中，一架齊柏林飛船投下的炸彈炸死了艾德加・道爾。作為一名富有的會計師，他給遺孀和年幼的女兒留下了大筆遺產，但道爾太太的資本隨著時間的流逝而減少，她對法國時裝和倫敦琴酒的喜愛也加速了這個過程。她將房間租給房客，就是為了維持生計。

雅各在《號角日報》的同事，前房客奧利弗・麥卡林登，向他推薦了艾德加之家，因為這裡去弗利特街很方便，而且租金意外地便宜。道爾太太對她認為是「好房客」的年輕男子提供了慷慨的折扣。而雅各付出的代價，是忍受她喋喋不休的廢話和毫不掩飾的牽線搭橋。

儘管房租便宜，他卻是她唯一的付費房客，而且她已經開始邀請他跟她以及艾蓮共進晚餐。雅各發現，她多年來一直鼓勵她女兒與當地一位富裕布商的痘臉兒子交好，但收效甚微。她和奧利弗・麥卡林登的相處也好不到哪去，因為奧利弗的喜好似乎不包含異性。艾蓮拒絕將她母親介紹給她最新結交的男友認識。雅各懷疑她男友其實是有婦之夫，所以她必須盡可能低調。她唯一透露的，是她在雅各來到倫敦前不久就結束了那段關係，他猜她已經厭倦了等那傢伙拋下妻子。也許她認為她母親是對的、她真的該安定下來了。然而，跟在安威爾街過著躺在家裡穿拖鞋、抽菸斗的生活相比，他這個年輕記者更想在世界上嶄露頭角。

他原本想衝上三樓回到他的巢窩，但廚房門在這時打開，阻止了他的腳步。煎香腸的香味從中飄出，道爾太太也緊跟著飄了過來。也許她曾經性感豐滿，但現在的她只是龐大渾圓；她的低領雪紡紗連身裙雖然令人印象深刻，但穿在一位正在做晚餐的女房東身上也讓人感到出乎意料。

「你回來啦，雅各！多麼可怕的夜晚！你要不要和我們一起吃點東西？暖暖身子？」

雅各動搖了。食物的香氣確實誘人。「妳真好心，道爾太太。」

她搖晃一根豐腴的手指。「我跟你說過多少次啦？我的名字叫佩欣絲——『耐心』——雖然耐心向來不是我的本性。」

雅各飢腸轆轆，決定投降。況且，艾蓮的陪伴總是令他愉快。也許她會有辦法讓他的注意力從瑞秋・薩弗納克身上移開。「那麼，你和你那位女性朋友相處得怎麼樣啊？」艾蓮問道，在爐火前暖手。

「她拒絕跟我說話。」

「不可能吧！竟然拒絕跟你這麼帥的小夥子說話，她在想什麼啊？」

客廳裡只有他們倆，這個小房間點綴著艾蓮從她工作的花店帶回來的風信子。道爾太太以大象般的機智退回了她乾淨整潔的廚房裡。她讓她已故的丈夫——神情嚴肅，留著濃密的小鬍子——在壁爐臺上注視著他們，他的鑲框照片占據了壁爐架的主要位置，兩側放著許多小飾品，這些東西能喚回很久以前在迪爾鎮和西崖度假時的精采回憶。雅各啜飲一口茶，真希望自己沒有這麼隨意地和艾蓮談論他的工作，不過這確實是一個很容易犯下的錯誤。自從來到倫敦，他就全心全意地投入了新工作。他給住在阿姆利的寡居母親寫了篇幅很長但次數不算多的信件，但由於他努力使自己成為《號角日報》不可或缺的一分子，因此幾乎沒有時間尋找新朋友。

艾蓮一頭火紅頭髮，長著雀斑，而且風情萬種。他們兩人之間的寒暄已經發展成友誼，有一天她說店裡一個客人知道她喜歡看話劇，送了她兩張沒人要的「瘋狂劇院」門票。她和雅各與辛巴達和他的姊妹們一起唱歌，在「飛翔的芬尼根家族」表演高空特技時屏住呼吸，在努比亞魔法與神祕女王娜芙蒂蒂施展幻覺時倒吸一口涼氣。娜芙蒂蒂很美，但即使雅各被她在舞臺上蜿蜒曲折的動作迷住，也感覺到艾蓮結實的身體以一種毫不含糊的方式靠在他身上，他覺得這同樣令他興奮。

後來，他帶她去攝政劇院看埃德加・華萊士的《洩密者》（當時她堅持要在舞臺門口等著，為她從辛巴達和娜芙蒂蒂那裡收集來的簽名添加柏納德・李的簽名），還一起看了兩次電影。她對他和他的工作如此感興趣，這讓他受寵若驚，以至於在某一天晚上，在道爾太太上床睡覺後，他向艾蓮吐露了他的希望：關於瑞秋・薩弗納克的獨家新聞能讓他成為一名調查記者。他吻了她，而她回吻他的方式熱情得讓他產生一種錯覺，彷彿他是她的英雄——演員艾弗・諾韋洛。她之前那個已婚情人顯然教會了她一、兩招。艾蓮健康的英國人容貌或許缺乏娜芙蒂蒂精緻五官的圓滑精緻，但她婀娜多姿的身體曲線充滿希望。她喜歡他的北方口音，還說這讓她心跳加速。

他並不覺得艾蓮會堅持要他先替她的手指套上戒指後，再將自己的身體給他，但他深怕讓她懷孕，並發現自己出於榮譽感而想向她求婚。她母親一直暗示說，在二十三歲的高齡，女人已經做好了為人妻、為人母的準備。艾蓮評論說家裡很快會有個記者，還以炫耀般的姿態對他眨個眼，雅各的焦慮因此變成了警覺。在艾德加之家享受家庭幸福的前景，讓雅各覺得更像是一種無期徒刑。他和艾蓮還是維持**我們只是好朋友而已**的關係比較好。

「我同意，真的很難相信。」

艾蓮笑著和他一起坐在長椅上。彼此之間隔著一吋寬的無人區。「她已經有婚約了嗎？」

「就我所知沒有。」

「你這樣還敢自稱新聞獵犬？我敢打賭她一定很喜歡假扮成神祕的女人。」

「我不認為她在假扮什麼。」

「聽起來她就像對你施了咒語的女巫。快說嘛。如果我有了情敵，我想打聽關於她的一切！」

他張開雙臂，坦承失敗。「我知道的不多。沒人知道她的底細。」

「別試著對我隱瞞，雅各。弗林特。我可不笨。快從實招來！」

雅各強忍嘆息。沒錯，艾蓮確實一點也不傻，也不是輕易放棄的類型。他犯了錯──他激起了她對瑞秋．薩弗納克的興趣。

「我第一次聽到她的名字，是我認識的一名警員提到的。一天晚上，當我們討論合唱團女孩謀殺案時，史丹．瑟洛幾杯黃湯下肚，口風就不緊了。」

艾蓮皺眉。她常說她已經不再看報紙，因為看了太讓人鬱悶。華爾街的崩盤、經濟衰退的威脅，整個世界都在陷入瘋狂，但一般人對此完全無能為力。

「是不是就是那個可憐女孩被……？」

「桃莉．班森，沒錯。她因窒息而死且……有被侵犯。當我說我聽聞凶手自盡時，他告訴了我這個故事。一個名叫瑞秋．薩弗納克的女人突然出現在蘇格蘭警場，宣稱她知道凶手的名字。警方當時已經逮捕了桃莉的前未婚夫，並指控他犯下謀殺。瑞秋．薩弗納克是一位著名法官的千金，否則她永遠進不了警場的大門。這個業餘偵探湊巧是個年輕女性。哪個正常的警察會把她的說詞當一回事？」

艾蓮撫摸他的手臂。「永遠別小看女人。」

「瑞秋．薩弗納克懇求他們追查克羅德．李納克在命案當晚的行蹤。李納克是一位富有的藝術愛好者，一位內閣部長的弟弟，並自詡為藝術家。他欣賞華特．席格的畫作，也跟席格一樣喜歡陰森森的東西，但缺乏席格的才華。他加入了桃莉工作的劇院董事會，並且與她有了私交。桃莉因此與男友分手，並向朋友們吹噓她結識了一位百萬富翁。瑞秋說李納克是桃莉的情人。她的推理是，他因為桃莉懷孕了而變得暴力。」

「桃莉真的懷孕了？」

「是的，桃莉懷有身孕，雖然警方未曾公開這件事。儘管如此，瑞秋的說詞似乎是一種瘋狂的臆測。她聲稱熱愛偵探工作，但警場的當權者們懷疑她是對李納克懷恨在心。也許他曾拒絕她，她想報復。也許她只是愛管閒事，手上有太多時間。他們禮貌地感謝她對事件的關心，然後打發她走。二十四小時後，李納克服用了番木鱉鹼——足以殺死一匹馬，更不用說一個人。」

「上帝慈悲。」艾蓮打冷顫。「他有留下自白嗎？」

「沒有，但警方在他位於切爾西的家中發現了罪證。從死去的女子的頭髮上剪下來的六綹頭髮塞在他的菸盒裡。在他的工作室裡有一幅未完成的桃莉裸體畫，他在上面潦草地寫下了髒話。」

「所以你朋友瑞秋是對的？」

「她不是我朋友。警方還發現一封她發給李納克的電報，提到他們在電話上的一次談話，還說她打算打去他家。」

艾蓮睜大雙眼。「這樣聽起來，他自殺是因為他認為遊戲結束了。」

「誰知道呢？瑞秋沒有被要求在調查中提供證據。醫學證據認為李納克精神錯亂，判定他是自殺。李納克的兄長設法掩蓋了整個事件。被控謀殺桃莉・班森的男子被釋放，調查悄然結束。問完瑟洛後，我向湯姆・貝茲詢問了這個案子，然後——」

「湯姆・貝茲就是前幾天被車子輾過的那個人嗎？」

「是的，可憐的倒楣鬼，我們報社的首席犯罪記者。我告訴他的事情並沒有讓他吃驚。他聽說過瑞秋・薩弗納克指控李納克是凶手的傳聞，但沒有人願意接受他的正式採訪。李納克的哥哥是首相的得力助手，掌握不少權力。」

「所以其他記者不會冒險刊登這個報導？」

「沒錯，就算他們也聽到同樣的小道消息。不過瑞秋引起了湯姆的興趣。她為什麼想扮演偵探，是什麼讓她懷疑李納克？她平時有在收藏現代藝術，這可能就是為什麼她聽過關於他的傳聞。他是出了名的愛自誇。可能就是他暴露了自己。」

「啊。」艾蓮竊笑。「所以瑞秋．薩弗納克其實不是那麼出色的偵探？」

「如果罪犯從不犯錯，監獄將空無一人。事實是瑞秋是對的，警場是錯的。想像一下《號角日報》能拿到多大的獨家新聞。但她無視了湯姆的採訪請求。我們甚至連她的照片也沒有。所以他鼓勵我為我們的八卦專欄寫一段文字，在其中提到她的名字。他拚命想把她引出來，但這麼做本來就希望渺茫，而且結果一無所獲。他還在想辦法挖掘的時候被撞倒了。而又有一名女子在倫敦市中心被殘忍殺害，我不禁好奇瑞秋．薩弗納克是否願意捲入其中。據我朋友瑟洛說，警場也跟我一樣好奇。」

她瞥了他一眼。「這兩件案子之間一定沒有關聯吧？」

「怎麼可能有？但是，如果犯罪案件讓她著迷……這麼說吧，湯姆現在只剩一口氣，所以我想和她談談。」

「結果你碰了一鼻子灰？你活該呢，誰叫你在星期天這樣的安息日打擾那可憐的女人。」艾蓮咯咯笑。「她漂亮嗎？」

「算是吧，」雅各謹慎地說：「不過每個人的審美觀都不一樣啦。」

「男人講這種話，就等於承認自己被迷住了。」艾蓮戲劇性地嘆口氣。「那你繼續說下去吧。我知道你抗拒不了漂亮臉蛋。還記得你是怎麼被娜芙蒂蒂王后迷得神魂顛倒嗎？」

「我才沒有被迷得神魂顛倒！」

「少來了啦。總之，我想打聽關於這個女妖的一切。她是什麼樣的人？」

「如果女人被允許擔任法官，她會把被告席上的任何壞蛋都變成一坨軟泥。」

「可是她漂亮嗎？」

雅各迴避了這個問題，就像一個足球員轉身避開後衛的鏟球。「至少她沒遺傳薩弗納克的鼻子啦。那位大法官還坐在法官席上的時候，《重拳》雜誌刊登過一幅他的素描畫像，取笑他的鷹勾鼻。」

「我從沒聽說過他。」

「人們稱呼他『絞刑架薩弗納克』。他是出了名的嚴厲。他的妻子在戰前去世後，他的精神狀況開始出問題。他在法庭上的行為變得反覆無常，給出的量刑也更加殘酷。到最後，發生了醜聞。他在老貝利街的法庭休會期間割開了自己的喉嚨。」

「我的天啊！」

艾蓮打個寒顫，雅各用胳臂摟住她，他的袖子剛好擦過她的胸部。「他沒死，但他們強迫他從司法部門退休。所以他回去了『薩弗納克宅邸』，他的家族老家，在一座名叫岡特的島上。」

她的鼻息暖暖地吹在他的臉頰上。「在哪兒啊？」

「在愛爾蘭海，坎伯蘭的西岸外。從各方面來說都是個很偏遠的地方。退潮時，從那座島可以透過一條崎嶇的堤道回到大陸上，不然就需要乘船，可是水流危機四伏。瑞秋在那裡長大，由精神錯亂的父親和幾個隨從陪伴。」

艾蓮又打個冷顫。「聽起來比被關在本頓維爾監獄還要糟。」

「自從她父親去年去世後，她開始了自己的新生活。她的房子俯瞰倫敦最壯麗的廣場之一。前屋主是一個公司行銷員，在過去的十八個月裡替房子配備了各種現代化的便利設施，像是地下室的健身房和暗室，還有頂層的游泳池。」

「他幹麼賣啊？」

雅各發笑。「因為他花在房子上的錢不是他的錢。他被判犯下詐欺罪，被判處十年徒刑，其中兩年要做苦工。瑞秋在他破產時從受託人手中買下了這個房產，並將其命名為岡特屋。」

艾蓮將她溫暖的一條腿靠在他的腿上。他吸入了她的薰衣草芳香味。「她怎麼會想被提醒自己曾經住在一座荒無人煙、與文明隔絕的可怕孤島上？」

「就我所知，那座島充滿田園風光。」

「田園風光個頭啦！」她嘆道：「說真的，我好像不再嫉妒她了。」

他露齒而笑。「當我告訴妳她的勞斯萊斯是訂製的、她的家具是巴黎的魯曼設計的，妳會改變想法。她用會讓妳流淚的價格買下怪模怪樣的現代藝術品。她唯一的另一個興趣似乎是業餘偵探。她避開上流社會，而且討厭媒體。」

「你能怪她嗎？」艾蓮回嘴：「不是每個人都希望自己的臉赫然出現在《號角日報》上。我覺得啦，如果我很有錢，我也不會想要你這種愛管閒事的傢伙來窺探我怎麼花錢。」

「還有一件事讓我深感好奇。她的僕人數量少得驚人。只有一對夫婦，和一個女傭。我明白她很在乎隱私，可是她為什麼在家務幫手這方面如此節儉？」他閉眼片刻。「這女人一定暗藏了什麼故事，而我想把它說出來。」

「我已經能看到標題了，」艾蓮輕聲道：「**偵探界的垃圾清運工**。」

他開心地發笑。「真有才！我搞不好會偷來用喔。如果妳哪天被店裡解僱，作為報社副主編的光明前途等著妳。」

「我就把你這句話當成恭維收下了。」她依偎得更近，雅各把空著的一手伸進了她的粉紅色開襟衫裡。

前門傳來猛烈的敲門聲，他正準備亂摸的手指因此半途停住。道爾太太的腳步聲沿著走廊敲打，她刻意大聲發出解開門鎖的聲響，然後低聲驚呼一聲。片刻後，艾蓮撫平頭髮上的纏結時，女房東拿著一個密封的信封大步走進客廳。信封上以優雅的筆跡寫著雅各的名字。

「有人留了字條給你。竟然在這種天氣！我有試著看看是誰，但那人已經消失在霧中了。」

他撕開信封。

「誰留下的？」艾蓮追問。

雅各瞪著信紙，然後抬頭看了道爾太太一眼。

「沒有簽名。」

「匿名信！」女房東情緒激動。「希望不會是寫信來罵人的毒筆信？」

「不，不是……」

「親愛的，你看起來很煩躁。」道爾太太的藍色雙眼興奮地發光。「別讓我們乾著急啊！信上寫著什麼？」

他在心裡呻吟，問自己為什麼要跟房東和她女兒談論他的工作。但他除了朗讀出來之外別無他法。他清清喉嚨。

「到南奧德利街一九九號找你的獨家新聞吧。九點整。」

＊　＊　＊

一個體型魁梧、鼻梁骨折的年輕警察像磚牆一樣有效地擋住了人行道。他舉起一隻活似鏟子的手。「抱歉，先生，你不能過去。」

雅各跳下自行車。這條路被封鎖了，他在濃霧中能辨認出三輛警車和一輛救護車。其中一幢豪宅的門是開著的，一些身穿制服的警察和便衣男子進進出出。鄰近房屋的窗戶都被點亮了。窗簾被拉動，住戶們試著弄清楚這場騷動究竟怎麼回事。

「你不認得我了，史丹？霧雖然濃，可是你一定沒忘記我這張醜臉吧？」

「阿弗？」警官的嗓音透出一絲驚奇。「你怎麼這麼快就聽說了這件事？」

「聽說什麼？」

「別對我露出那種無辜的眼神，小子。你那些花言巧語也許能討好女人，但你別想討好我，尤其在我值勤的時候。一個剛嶄露頭角的犯罪記者不可能偶然發現這種事。」

「哪種事？」

史丹利・瑟洛警員皺眉。「你是在否認你知道發生了什麼？」

雅各把頭低向警員的花椰菜形狀耳朵。「我老實告訴你，有人告訴我這裡出了事，但我根本不知道究竟發生了什麼。」

「是誰告訴你的？阿弗，你最好老實說。如果我能給查德威克警司一些內幕消息，這會對我有好處。我得跟他保持良好關係。」

「抱歉，我不能說。就算我很想說，我還是得守口如瓶。你也知道記者絕不透露消息來源。這條線索是匿名的。」

瑟洛板起臉。「你以為我會信？」

「為什麼不信？這是事實。」

「如果這是事實，那我就是拉姆齊・麥克唐納首相。」

這句話刺痛了雅各，他伸手從外套口袋裡掏出那張字條。瑟洛向前邁了一步，在街燈下凝視著皺巴巴的便條紙。

「瞧？」雅各口氣咄咄逼人：「就算我試著猜測是誰要我來這兒，也很可能猜錯。」

「上流人的筆跡。不像是男人的。」他的暴躁中出現一絲招搖。「這是不是來自你哪個漂亮的紅粉知己，阿弗？說真的，是或不是對我們來說都不重要。我們並沒有在尋找與此案有關的其他人。」

他們默默看著兩名救護人員推著一個躺了人的擔架離開了房子。一張白布把擔架上的人從頭到腳蓋住。

雅各吐氣。「死了？」

「死透了，跟門釘一樣動都不會動。」瑟洛壓低嗓門。「我接下來要告訴你的，只有你、我和門柱知道：死者是住在這裡的那個人，名叫帕爾朵。」

「謀殺，事故，還是自殺？」雅各遲疑。「既然你說你們沒有在找其他人，看來他是自殺。」

「一猜就中。」警察用拇指指向房子。「你最好在探長在裡頭檢查完之後跟他說句話。」

「你確定沒人幫他自殺？」

「完全確定。他把自己鎖在書房裡，寫下詳細的筆記，然後近距離開槍自殺。替我們省了一大堆麻煩。」

「什麼意思？」

「他留下了自白，說他在柯芬園殺了那個女人。」

雅各感覺喉嚨緊縮，就像瑞秋把他的圍巾纏在他氣管上時那樣。「他究竟是誰？他可能是精神錯亂了。你怎麼能確定他說的是實話？」

瑟洛咯咯笑。「我們沒弄錯，阿弗，我以童子軍的榮譽發誓。這件事不是我告訴你的，不是嗎？讓老大親自告訴你吧，如果他願意。」

「當然。」雅各輕聲道。

「我們發現了所謂的確鑿證據。我們闖進那個上鎖的房間時，那個證據直視著我們的眼睛。」

「什麼意思？」

「那可憐女人的腦袋從一個夾板箱裡瞪著我們。」

第三章

「滿足了嗎？」楚門太太質問。

瑞秋・薩弗納克從扶手椅上抬起頭，把最終版的《號角日報》和雅各・弗林特令人窒息的獨家新聞放在一邊。夜班律師們幾乎在報告中的每一句話都加入了「據稱」這兩個字來潤飾，但沒有任何警告能減輕這條新聞造成的衝擊：一位以慈善事業聞名的著名銀行家不只自殺，還承認了謀殺。這位年輕記者確實拿到了獨家新聞。

「滿足？」她苦笑一下。「我才剛要開始呢。」

管家搖搖頭。「昨晚一切都很順利。帕爾朵的工作人員沒一個偷偷溜回去。行李寄存室的服務員收下了賄賂，關閉了辦公室。帕爾朵意識到，他如果不自殺，楚門拍下的那張他把女人的頭顱當成戰利品一樣捧著的照片也會毀了他。這種運氣可不是天天有。」

「運氣？」瑞秋指向報紙。「運氣是由我們自己創造。我們這位乖巧的記者為我們完成了工作。妳有沒有注意到他在最後一段寫了什麼？」

楚門太太從她身後看來，大聲朗讀。

「死者以對公益事業的慷慨大方而聞名。他的個人財富來自以他的姓氏命名的家族銀行。多年來，他一直擔任一些大客戶的私人銀行家。他的圈子包括貴族成員、政治家和傑出的公眾人物，例如已故的薩弗納克法官。」

她猶豫了。「弗林特是怎麼發現老法官和帕爾朵之間的關係？」

「他有做功課。」

「我不喜歡這樣。他沒必要提到老法官。」

「這是一個偽裝成贅字的線索。」瑞秋凝視著熊熊燃燒的爐火，看著火焰翻滾。「這是他給我的訊息，炫耀他的推論：那張要他去帕爾朵家的字條是我寫的。」

「妳實在不該鼓勵他去。」

管家雙臂抱胸，牢牢地站在壁爐前。三十多歲的她頭髮花白，憂慮在她的額頭上挖出深深的皺紋，但她結實的身軀和方正的下巴讓人覺得即使天塌下來也難以動搖她。

瑞秋打哈欠。「反正事情結束了。」

這間寬敞的起居室俯視著廣場。

中央花園裡橡樹和榆樹的尖銳枝條沐浴在蒼白陽光下，昨晚的霧氣已成朦朧回憶。在室內，每件家具都有著精緻的線條和微妙的曲線，充滿異國風情的木紋以象牙和鯊魚皮點綴。堆滿書的書架占據了壁爐兩邊的壁龕。其他牆上掛著諸多畫作，有黑暗風格，有陰森風格，也有印象派的作品。

楚門太太清清嗓子，不以為然地瞪著一幅畫家吉爾曼所繪的裸體畫，躺在還沒整理的床上。

「如果他讓自己變得比湯瑪士・貝茲更討人厭怎麼辦？如果他發現茱麗葉・布倫塔諾……」

「不會的。」瑞秋語調平淡而毫不妥協。「她消失了。被遺忘了。」

「他一定會把妳的字條給他在蘇格蘭警場的朋友看。」

「當然，否則他要怎麼解釋他在九點鐘出現在南奧德利街？」

「妳聽起來並不惱火。」

「我高興極了。李納克和帕爾朵死了。至於蘇格蘭警場嘛，看他們繼續猜下去我就開心。」

「不知道下一個會是誰？」管家拿起一支火鉤。「如果妳問我，下一個會是雅各・弗林特。他愚蠢地把老法官的名字和帕爾朵的名字放在同一篇文章裡。他這麼做等於在自己的脖子上套上絞索。」

「他喜歡玩火。但話說回來，我也喜歡。」

較年長的女人用火鉤戳戳燃燒的煤塊。「妳遲早會被燒傷。」

瑞秋的眼睛迅速回到《號角日報》上的花稍標題。「無頭軀幹殺手」被發現中槍身亡。**百萬富翁慈善家疑似自殺**。

「如果沒有危險，」她輕聲道：「人生還有什麼意思？」

＊＊＊

「還不賴。」沃特・戈默索爾說。

出自《號角日報》編輯的口中，這三個字簡直是溢美之詞。戈默索爾的五官粗獷不屈，就像他祖先筆下的本寧山脈風景，從不洩漏任何情緒，但雅各從這個年長男子的低沉嗓音中察覺到一絲愉悅。這位編輯喜歡搶先《號角日報》的競爭對手一步。

「謝謝您，長官。」

戈默索爾用拇指指向一把椅子。「讓你的腳歇一會兒，小夥子。」

雅各坐下，像小狗一樣乖乖等候主人的指示。戈默索爾是一個粗魯且思想狹隘的蘭卡斯特人，但儘管紅玫瑰縣和白玫瑰縣之間一直存在著競爭，在湯姆・貝茲因出了車禍而遊走於鬼門關時，戈默索爾還是給了雅各這個來自里茲的年輕人代為出征的機會。來自格蘭奇奧弗金沙的貝茲曾告訴雅各，這位編輯對北方人的耐心遠超過倫敦任何暴發戶。

「有個問題。」戈默索爾拉拉自己的左耳垂。他的耳朵特別大，他總是說記者所能擁有的最大財富就是一雙順風耳。「你怎麼那麼快就到了案發現場？」

雅各猶豫了幾秒才回答：「收到了消息，長官。」

雅各遇過的每一個守口如瓶的警察都喜歡用這句話。他希望戈默索爾會欣賞他的機智，而不是對他逃避問題而到不滿。

編輯抱起雙臂，雅各屏住呼吸。也許他臉皮太厚了點。

「好。既然你沒直接回答我的問題，那我有另一個問題。為什麼要提到老法官薩弗納克？」

雅各一直等著說出早就準備好的答覆：「他去年死了，長官。如果我提到帕爾朵依然在世的任何朋友或客戶，肯定會引起軒然大波。在受人尊敬的社會中，沒人會希望被發現自己跟一個承認殺了人的凶手有往來。」

戈默索爾皺眉。「好。那麼，帕爾朵為什麼做出那種事？」

「長官，我和負責此案的探長談過，他拒絕讓我看那份自白，但警方認為動機是……嗯，本質上是與性有關。帕爾朵瘋狂地殺害並斬首了這名女子，然後在處理他的戰利品時驚慌失措。」

「她的職業是護理師，是一份體面的工作。他則是一個性格沒有汙點的銀行家，如果你能接受這種自相矛盾的說詞……他用空閒的時間和一筆不小的財富來做好事。女方沒有已知的性行為不檢點，男方沒有已知的暴力史。」戈默索爾搖頭。「不合理。」

「您說的一點也沒錯，先生。」湯姆・貝茲常說，阿諛奉承是記者武器庫中的神兵利器。也許就連報紙編輯都會屈服於它誘人的愛撫？「奧克斯探長似乎很困惑。」

「年輕的奧克斯很聰明，不像那個負責掌管警場的老蠢蛋。」戈默索爾噘起嘴脣。「如果帕爾朵是無辜的，這一切都是一場戲？」

雅各眨眼。「他在一個鎖著的房間裡開槍自殺。」

「永遠別看到什麼就信什麼，小夥子。」

該採取戰術性撤退了。「我已經在計畫如何跟進我的故事。我致電蘇格蘭警場，要求見奧克斯探長。我想採訪遇害女子的家人，還有一個認識帕爾朵的人。」

沃特・戈默索爾揚起眉毛，看起來就像毛茸茸、弓著背的黑色毛毛蟲。「這麼做確實保險。」

「當然，前提是您同意。我們想永遠領先《證人報》一步，領先《先驅報》兩步。不是嗎，長官？」

「那你就去忙吧，但小心腳下。」

「我會如實報導。」雅各說：「帕爾朵和老法官一樣不構成威脅。他們倆都沒辦法告我誹謗。」

「別這麼囂張，」戈默索爾說：「我指的不是帕爾朵，也不是那個掉了腦袋的可憐女人。別忘了湯姆・貝茲的下場。」

＊　＊　＊

瑞秋・薩弗納克每天花一個小時鍛鍊身體，將時間分配在地下室的健身房和頂樓的游泳池之間。聽到腳步聲時，她正在木製跑步機上揮灑汗水。她回頭看見女傭瑪莎下樓。

「有客人？」她喘著粗氣。

瑪莎點頭。她很少開口，除非肢體語言還不夠表達。她的身材被一身漿過的灰色制服掩蓋，一頂難看的帽子底下塞滿了濃密的栗色頭髮。瞥見她右側臉的人一定會被她的美貌所吸引，但她總是避免引起任何人注意。她實在不願看到那些初次目睹她因為肉疤而被毀壞的左臉頰的人所出現的反感表情。

瑞秋暫停跑步機。「該不會是加百列・漢納威吧？」

瑪莎輕輕點頭。

「那老頭手腳還真靈活。」瑞秋挑眉。「在他等我的時候，給他喝威士忌。他會需要烈酒來壓壓驚。」

＊ ＊ ＊

雅各回到狹窄嘈雜的初級記者辦公室時，沃特・戈默索爾的臨別話語在他腦海中迴盪。編輯說出那句話的方式非常謹慎，就像藥劑師給一個心懷不滿的配偶調配「天仙子」這種暗藏毒性的藥物。他懷疑貝茲是某人蓄意襲擊的目標？

貝茲身為犯罪記者的職涯可以追溯到二十五年前。很久以前，他參加過「克里彭和塞登一家」的審判，並在喬治・約瑟夫・史密斯因在巴斯殺害他的幾個新娘而被判有罪時坐在場邊。貝茲小時候因小兒麻痺而腿部萎縮，日後無法服兵役。他的頑固個性幫助他克服了痲痺症，同時也讓他長期無法尊重權威、聽從命令。他一次又一次地主動辭掉了好工作，因為他不想在惹毛上級後被動地被開除。他嗅出了大多數記者聞不到的獨家新聞，但比弗布魯克和諾斯克利夫都無法忍受他，而掌管《先驅報》財團的工會大亨們覺得他不願遵守集團路線的這種作風同樣令人無法容忍。戈默索爾決心不惜一切代價增加報紙的銷量，因此給了貝茲在弗利特街的最後機會，儘管兩人不只一次差點發生衝突，但貝茲還是贏得了自己在薪資單上的地位。

他沉默寡言，脾氣暴躁，從不怕自己不受歡迎，卻教會了雅各堅持不懈的價值。從他在警場的線人那裡聽說了神祕的瑞秋・薩弗納克以某種方式認定李納克就是合唱團女孩命案的凶手後，貝茲就成了一隻尋找骨頭的獵犬。他想找出完整的故事，告訴《號角日報》的讀者。但他在鮑爾商場附近一條小路上被一輛經過的汽車撞倒，躺在路邊等死。

事故發生在一個霧靄繚繞的傍晚，目擊者是一名威爾斯出身的年輕清道夫。救護車和警察趕到時，威爾斯男子說他看到貝茲一個踉蹌，倒在一輛拐進街上的汽車車輪下，被撞倒在地。因為視線不佳，那輛車一直在緩慢行駛，但司機並沒有停下來。在這樣的濃霧中，威爾斯男子無法發誓司機是否意識到自己撞到一個人而不是某種小障礙物。那輛車可能是福特，但小夥子在衝過去照顧傷者時沒有注意到車牌。一開始，他以為貝茲已經死了。除了雙肘碎裂之外，這位記者的頭也裂開了，流了很多血。他雖然沒有當場死亡，但內傷嚴重，傷勢很不樂觀。

雅各需要採訪這名清道夫。在他看來，清道夫這種職業屬於狄更斯時代的過去，當時窮人為有錢的路人清掃骯髒的城市街道而賺取一些硬幣，但今天還是有一些人在首都從事這種工作。那個年輕人對事故的敘述聽起來是真實的。貝茲的身體障礙有時會讓他失去平衡，而在黑暗和霧氣中，這會很容易害他在水坑或泥地上滑倒，跌倒在過往汽車的車輪下。可是如果威爾斯男子說錯了？或是說了謊？

＊　＊　＊

「請原諒我沒事先通知就登門拜訪，親愛的。」加百列・漢納威嘶喘道：「我在附近有事，而一想到妳一個人窩在這兒，我的良心就被刺痛了。我真是失職。我得確保妳在岡特島與世隔絕生活了那麼多年後，能快樂地適應倫敦的生活，這是我最起碼該為令尊做的。」

瑞秋微笑。加百列・漢納威竟然有良心，這讓她覺得很好笑。

「你真好心，」她輕聲道：「可是我喜歡獨處，而且楚門夫婦和瑪莎能滿足我所有的需求。」

漢納威曾是老法官的知己和私人法律顧問。她第一次見到他，是在他罕見地造訪岡特島時，他是一個乾癟的矮小男人，在過去四十年裡恐怕一直穿著同一件黑色長外衣。歲月流逝加上肺氣腫肆虐，更是沒有提升他的魅力。從她有印象以來，他的皮膚就介於一種不算黃但也不算棕的顏色，質地硬如皮革，布滿皺紋。他那雙黑色小眼睛不停地轉來轉去，好像在不斷尋找逃跑的方法——或是法律漏洞。他讓她聯想到一種惡毒的爬行動物，一種躲在沙漠巨石下裂縫中的尖牙鬣蜥，牠會用小鼻子尋找獵物，然後發動突襲。

「像妳這麼漂亮的女士，值得擁有比僕人更好的陪伴。」他的假牙咔噠作響，表達不贊成。「我自責在妳來到這個城市後只見了妳一次，但我的失敗並不是因為我不想嘗試。」

「抱歉，我孤僻到無可救藥的程度。我最開心的時候，是解讀離合詩，或是破解難到爆的托爾克馬達字謎，並由最新的留聲機唱片與我作伴。我尤其喜歡現代美國音樂。」她露出天真無邪的笑容。「你喜不喜歡《狂歡》這首曲子？」

漢納威嗤之以鼻。「爵士樂？天知道『爵士』這兩個字是什麼意思。那種音樂是垃圾，親愛的！」

瑞秋瞇起眼睛，有那麼一會兒，老律師不知所措。「說真的……益智遊戲和錄製的音樂都非常適合孤僻或跛腳之人，但我們不能讓妳在這種孤獨的消遣中消磨人生。我能不能再次邀請妳和我與文森一起用餐？」

他停頓一下，但瑞秋不發一語。「你們兩個會處得很好。誰知道這樣的友誼會如何發展呢？我兒子確實欣賞有個性的女人。」

「他還真文明。」

「一個富有的年輕女孩，剛來到一個陌生的城市，而且不懂得防人之心不可無，這會成為一些有心人士眼裡的獵物。抓住一個值得信賴的朋友伸出的援助之手，這麼做總是明智的。」

「在岡特島上，我學會照顧自己，」她說：「我其實不算很笨。」

鬣蜥眼睛閃爍。「請不要生氣，親愛的。我可能確實有點操之過急了。不過這也再次提醒我，我該把『妳信任的顧問』的這個角色交給一個更年輕、更健康的人了。文森是一位能幹的律師，絕不遜於妳在倫敦能找到的任何律師，而且他的天賦並不局限於嫻熟的繪圖能力以及在訴訟中的堅韌不拔。他的判斷力無懈可擊。妳完全可以信賴他。」

「聽你這麼說，我開心極了。不過呢，我目前並不迫切需要他的明智忠告。你應該還記得，根據老法官的遺囑，我在二十五歲生日那天獲得了我的遺產控制權。」

「的確！」漢納威呼吸困難。「妳在令尊才剛入土後就從帕爾朵銀行取出了妳的錢，這讓我非常震驚。畢竟妳一直過著那麼安逸的生活……」

「你這麼認為？」瑞秋問。

「岡特島可不是適合孩子成長的地方。它是這個王國裡最為與世隔絕的地點之一。」他拍打他的一隻爪子。「我們生活在絕望的經濟時代。如果我們的政府魯莽到放棄金本位制……我只想說，如果妳當時願意跟我討論妳的意圖，我其實可以為妳的財富建議適當、謹慎而且回報豐厚的避風港。」

瑞秋亮出牙齒。「經過昨晚的事件，我就已經在猜你會不會打電話來祝賀我的先見之明。」

乾癟的五官皺起。「我說真的，親愛的！帕爾朵銀行仍然掌握在最好的人手中，儘管……其董事長不幸去世。我和文森湊巧是董事會成員，而且其他董事都精通財務事務。董事長的死不會引發銀行擠兌。把錢投資在帕爾朵的那些人是精明的，足以抗拒任何愚蠢的恐慌衝動。」

「可不是嗎？」

「得知妳清算了妳的股權時，我也很心疼。請原諒我的直言不諱，但對於一個年輕的女人來說，不管多麼自信又有主見，都需要時間才能瞭解這個世界如何運作。」

「男人真的比較可靠嗎？」她又啜飲一口大吉嶺茶。「我每天早上看報紙，都會看到哪個股票經紀人吞下氰化物，或被扔進本頓維爾監獄。」

「令尊也很有主見，」漢納威咕噥：「雖然我不敢猜測老法官會如何評價妳投資這些時髦法國家具的品味，以及其他……『所謂』的藝術品。」

他瞪著一幅畫家席格的作品，上面有著鮮豔的黑色、金色和粉色斑點。一個身形妖嬈的妓女，欣賞著自己在鍍金鏡框中的豐滿倒影。

「考慮到降臨在金融市場上的災難，他可能會對我的投資眼光感到欽佩。我從魯曼的設計和其他藝術家對人性的洞悉中獲得的樂趣，是一種令人愉快的收穫。」瑞秋向席格作品揮揮纖細的手。「克羅德．李納克不是有說服你相信『康登鎮團體』那些畫家的優點？」

「『優點』？」漢納威咳嗽。「我可不會選擇這個字眼。年輕的李納克太魯莽了。聽說他有毒癮。」

「或許我們會發現勞倫斯．帕爾朵也同樣……軟弱。」

漢納威嚥口水。「真的是胡說八道！勞倫斯．帕爾朵竟然是謀殺犯，而且自殺？」

「也許他屈服於嚴重的暫時性精神錯亂。他恢復理智的那一刻，被自己罪行的恐怖所征服，所以選擇了光榮的退路。」

他發出帶有痰聲的嘆息。「這整件事令我震驚，尤其是《號角日報》那個破報紙的報導。今早起床聽聞了這個消息後，我研究了一份由第一個趕到現場的記者所寫的報導。」

「是嗎？」

鬣蜥之眼盯著她。「讓我印象深刻的，是他竟然提到妳已故的父親。」

「老法官給他遇到的每個人都留下了深刻的印象。」

「那個記者與妳年齡相仿，」漢納威嘶聲道：「他從沒見過老法官，也沒有在法庭上見過他。我擔心他會給……大家添麻煩。」

他掙扎著站起來，努力壓抑又一次的劇烈咳嗽。瑞秋不禁好奇，哈利街的尤斯塔斯・萊弗斯爵士對這個老律師的預後評估是否比他對勞倫斯・帕爾朵的更樂觀。應該不會。在她的注視下，漢納威的目光在房間裡四處遊走，最後落在遠處的角落，雕刻精美的紅木桌上的棋盤上。他走向它，俯身看著棋盤，凝視著棋子的排列。

「下棋是我另一個孤獨的消遣，」她說：「你會下棋吧？我相信你認得泰文納著名的謎題。你不覺得這很迷人嗎？如此美麗的殘酷。」

老律師斑駁的臉色變得灰白。

瑞秋指著棋盤。「接下來發生的事情，會造成先手不利的『迫移』。黑棋被迫移動，但無論做什麼都無可避免地會讓自己陷於更大的危險。」

漢納威長外衣的袖子似乎不小心勾到白棋皇后，它滾到地板上。

「不管妳在玩什麼遊戲，親愛的，一個人玩就是錯的。」

＊＊＊

「清道夫名叫希爾。」新聞編輯喬治・波瑟告訴雅各。作為一名經驗豐富的記者，他以對細節的記憶力而聞名；《號角日報》在得知麾下的一名記者發生了可能致命的意外後，他就確保自己第一個趕到現場。

「你有見到他？」

「我塞給他幾枚銅板作為謝禮。很不錯的小夥子。要不是他，湯姆可能沒辦法活著進醫院。」

「根據他的說詞。」

波瑟的綽號是「凸眼哥」，這要歸功於他那雙在巨大的方框眼鏡後面不停閃爍的凸出眼球。他身材魁梧，腦袋光禿，完全不起眼的外表使他成為許多人的笑柄，但他那雙凸眼幾乎可謂無所不見。

「你在暗指他誇大其詞？你覺得他想把自己塑造成英雄？」

「只是說說。」雅各不想引起不愉快。「我打算去密德薩斯拜訪湯姆，我相信他會想更瞭解那個幫忙救了他的小夥子。」

波瑟皺起塌鼻子。「別抱太大希望。我前天見到了湯姆。如果他能活下來，那我就是荷蘭人。」

「你有希爾的全名和地址嗎？」

「稍等。」波瑟在一張堆滿校樣的桌子的抽屜裡翻找，拿出一本折角的筆記本。「就是這個。萬物齊聚，各得其所，瞧？約韋斯・希爾，沒錯，就是他。吉本區，巴拉克拉法繆斯路，二十九號。」

三十分鐘後，車禍的真相大白。雅各在倫敦找不到任何一個叫約韋斯・希爾的人的蹤跡。在吉本區或城裡任何地方，都沒有所謂的巴拉克拉法繆斯路。一個靠掃馬路來掙點小錢的年輕人，可能有他自己的理由向政府和媒體隱瞞身分。可是，如果是有人收買他，要他對湯姆・貝茲的遭遇說謊？

瑞秋・薩弗納克冷酷的話語在雅各的腦海中迴盪。

「如果你這份看似前途光明的職涯像那位記者一樣戛然而止，那將是多麼不幸啊。」

茱麗葉．布倫塔諾的日記

一九一九年一月三十日（當天較晚的時候）

海芮妲告訴我關於我父母的事情後，我跑回了我的房間。我一整晚都待在這裡，聽著風雨敲打海中這塊淒涼的礁石。我不打算下樓吃晚餐。我這輩子再也不想吃任何東西。

在樓梯上，我和瑞秋擦肩而過。我們倆都沒說話，但我看得出來她清楚知道發生了什麼。她眼裡閃爍著興奮的光芒。她得意洋洋，而且認為沒必要隱藏這種情緒。

打從我和媽媽來到這裡，在爸爸去打仗的那一刻，她就看不起我。因為我和瑞秋出生相隔幾週，爸爸以為我們會成為好朋友。她媽媽已經死了，而老法官生病又孤僻。爸爸說她在岡特島上一定很寂寞。他不懂她的個性。

瑞秋根本不需要友誼。她認為自己是這座荒島的女王。她一點也不想和另一個女孩分享。得知我的爸媽並沒有結婚後，她就嘲笑我是個私生女。

現在她得到了她想要的。既然我父母雙亡，我就只能任由她擺布。

第四章

「妳還想去畫廊嗎？」楚門問。

瑞秋撿起被老律師打落的棋子，捏在掌心裡。「當然。」

「帕爾朵的同夥會像飛蛾撲火一樣包圍妳。」

「『表演的跳蚤』是比較適合的比喻。假如他們給我的大量關注是因為我令人愉快的個性，我倒可能會很驚訝。說到這個……」

「怎麼了？」

「我期待一些不愉快的場面。」

楚門聳肩。「如果妳決心按原定計畫出發……」

「當然。」瑞秋說：「我決心十足。」

楚門太太推開起居室的門，匆匆走進。「李維・舒梅克來了。我讓他在樓下等著，我先來問看看妳有沒有空。」

「他有什麼事？」她的丈夫問。

「遞交辭呈。」瑞秋說：「帕爾朵的死就是壓垮駱駝的最後一根稻草。」

「妳願意見他？」

「為何不？」

楚門夫婦默默離開。一分鐘後，管家迎來了一個頭髮稀疏花白、中等身材的男人。他膚色蠟黃，眼窩凹陷的小眼睛，渾身散發一種淡淡的憂鬱，彷彿窺探過太多不幸的人生。他可能是五十到六十五歲之間的任何一個年齡，而從他的特徵來看，沒有任何跡象表明他是哪個種族出身。他唯一顯著的特徵，是他時刻保持警惕。

「你的到來真是令人意想不到的驚喜，舒梅克先生。我可以請你喝下午茶嗎？」

「不用了，謝謝。我不會耽擱妳太多時間。」

瑞秋握著他的手時，感覺到他的手在顫抖。她發現他的緊張莫名地讓她興奮。李維．舒梅克比一般男人都堅強。身為猶太人的他原本在基輔的警察局工作，直到後來因為反猶太人政策而被解僱。他的妻子和弟弟在一次反猶屠殺中被活活燒死，他自己遭受了酷刑，後來逃到英國。在倫敦，他立志成為一名私家偵探，他全然專注的工作熱忱意味著他的名聲很快變得和他的酬勞一樣可觀。然而，他過著樸實的生活，之所以收費很高只是因為這讓他能挑選任務。

「你看過新聞了。」她說。

「關於昨晚在南奧德利街發生的事件？」他的手在大衣口袋裡摸索，掏出一份

《號角日報》。「考慮到我曾為妳調查如今身故的勞倫斯．帕爾朵，他突然離世的消息讓我深感好奇，第一個到達現場的記者的名字也是。小夥子弗林特的報導促使我做出了決定。」

「你想終止我們的聘用關係？」

「妳很適合當偵探，薩弗納克小姐，總是領先一步。」他的英語說得很謹慎，但幾乎沒有口音；他像律師一樣小心用字遣詞。「是的，我是來結束我們的關係。其實，我要從這一行退休了。下星期的這個時候，我將在國外。溫暖的氣候對我的健康有很多好處。」

瑞秋挑眉。「就因為一個銀行家打爆了自己的腦袋？」

私家偵探搖頭。「我被跟蹤了好幾次。雖然只是讓我不愉快，但我更喜歡當個觀察者而不是被觀察者。」

「你有認出跟蹤你的人嗎？」

「一共三次，每次都是不同的人，我還沒有確定他們的身分。我的猜測是，他們的活動與我為妳所做的工作有關。」

「你為什麼這麼認為？」瑞秋厲聲道。

舒梅克舉起一隻手臂，彷彿要抵擋想像中的一擊。「請息怒，薩弗納克小姐，不要讓我的誠實激怒妳。我對妳的職責非常耗費精力，而且我已經拒絕了其他潛在客戶——其中有一位公爵夫人和一位主教。只有一個原因能解釋，為什麼我的活動會突然引起某個有錢人的注意，那人有錢到僱了一隊人來跟蹤我。妳一開始就說過妳的調查會既複雜又敏感。這是『會危及生命』的婉轉說法嗎？」

瑞秋深邃的雙眼閃閃發亮。「我沒想到你這麼膽小。」

「我在烏克蘭目睹的恐怖景象使我的靈魂變得堅強，薩弗納克小姐。儘管如此，我不太想在我的大限之日到來之前就提早去見造物主。妳可以說我膽小，但湯瑪士・貝茲已經為發現太多真相而付出代價。類似的命運大概也在等著他年輕的後繼者弗林特。」舒梅克用食指戳戳報紙的頭版。「妳昨晚指示他去南奧德利街？如果是，為什麼？」

她沒理會這個問題。「有人威脅你？」

「沒有人對我說過任何威脅之詞，但我反而覺得這樣更有威脅。我太老了，不適合在鯊魚出沒的水域游泳。我最近突然意識到，我正在下沉到我無法承受的深度。」他在她臉上揮舞墨跡斑斑的新聞紙。「小夥子弗林特的報導證明了這一點。」

「既然如此，我就不再浪費你的時間了。」

他打量她。「妳從不隱瞞的一個事實是，除了僱用我的服務之外，妳還聘請了其他人來為妳進行調查。他們將來一定可以幫助妳。」

「的確。」她簡短地點個頭。「我接下來能說的，只有感謝你的幫助，並敦促你保重。現在請務必離我遠點。但可能已經太遲了。」

* * *

莉蒂雅．貝茲是個身材矮小、面無血色的女人，二十年來一直生活在她丈夫稜角分明的陰影中。就連她的約克郡口音都難以辨認，這是她學會壓抑的性格的又一個層面。雅各突然出現在她位於法靈頓路附近一個小街區的一樓公寓的門口時，她禮貌地向他打招呼，堅持要給他淡茶和消化餅乾。但他看得出來她的思緒在別處，在密德薩斯醫院她丈夫的床邊。

「戈默索爾先生真的對我們非常友善，」她邊說邊把他引進門。「號角日報支付了湯姆所有的醫藥費，連同更多費用。天知道如果沒有這些錢我該怎麼辦。」

她把他帶進一間起居室，這裡乾淨整潔，卻因無法逃避的絕望情緒而顯得昏暗陰沉。餐具櫃上放著一張鑲框的合照，裡頭是湯姆和莉蒂雅．貝茲結婚的那天，兩人衣冠楚楚、面帶微笑，雅各幾乎認不出來。一棵棕櫚垂在一旁角落，隔壁是一個放著六本書的書架。一本古老的家庭聖經、一本莎士比亞全集、《塊肉餘生記》和《遠大前程》、愛倫．坡的《顫慄的角落》，以及一本顯然經常翻閱的《比頓夫人家務管理書》。

雅各咕噥了一些陳腔濫調的恭維之詞，想起湯姆．貝茲說過務必讓緊張的證人放鬆。他們倆當時都沒想到，有一天雅各會從貝茲的妻子那裡尋找有關謀殺她丈夫的企圖的線索。

「我有試過與他取得聯繫，」雅各提到約韋斯．希爾時，她說：「他對湯姆非常慈悲，試圖挽救他的性命。他那種可憐的傢伙，一個清道夫——這更是襯托出他心地多麼善良，不是嗎？可是警察記錯了地址。那棟房子不存在。那條街也不存在。一定是哪裡出錯了——這種錯本來就很容易犯。我查過名字相似的地方，但一無所獲。真可惜。」

「年輕的希爾是第一個趕到現場的嗎？」

「喔，是的。據我所知，他當時在清掃那條馬路。那是一個繁忙的地區，雖然起了大霧，但傍晚的時候還是有幾個人走動。」

這解決了一個困擾雅各的謎題。如果希爾受僱於一個希望貝茲受到傷害的人，那他何不幫司機收尾？人都已經受傷倒在地上了，只要往正確的方向補幾腳就行了。也許他收到的指示只是在救護人員到來時講述一個好故事，將事件的責任完全歸咎於貝茲和他殘障的腿，而不是未能停車的司機。有一個事實是確定的：如果希爾有撒謊，那麼那輛車就不會是福特汽車。

「妳知道湯姆那天晚上要去哪嗎？」

莉蒂雅．貝茲搖頭。「是關於一個他正在寫的報導。我只知道是個大新聞。」

「關於瑞秋．薩弗納克？他有沒有和妳談過她？」

她搖頭。「湯姆總是守口如瓶，至少在跟他工作有關的事情上。我有時候希望……他能對我多多傾訴。我總是試著表現出對他的工作感興趣。」

她已經在用過去式談論她的丈夫了。雅各心想，她的潛意識在保護她，讓她先習慣即將到來的未來。

他咬一口餅乾。「我應該跟進這個報導。」

「關於那個叫薩弗納克的女人？」

「是的。就算……」雅各恨自己撒謊。「只是為了向湯姆致敬。當然，我們都盼著他重出江湖的那一天，但與此同時……」

「湯姆永遠不會回來了，」他的太太說：「醫生們都快要放棄了。他現在真的好可憐。讓他走……會比較慈悲。」

雅各把手放在莉蒂雅・貝茲細長的手臂上。「噓。妳不能說這種話。」

她憔悴的五官表達了灰心與喪氣。她所有的生命力都被抽乾了。她連回答的力氣都沒有。

他突然想到一個主意。「湯姆有沒有在這裡留下他正在寫的故事的筆記？」

「沒有。你也知道他有多雜亂無章。如果他把我們家當成辦公室，我們早就被紙片淹死了。」

雅各心想，「雜亂無章」這種說法有點輕描淡寫。在號角報社，湯姆對雜亂無章的喜愛到了史詩級的程度。「所以妳對那些故事一無所知？」

「他常開玩笑說，倫敦需要更高級的罪犯。就在發生車禍前，他陷入低潮。他說他認識的一個惡棍被自己的幫派謀殺了。那個人想賣給他一個故事，但開價太高。湯姆很沮喪，因為他錯過了能挖掘更多真相的機會。可能還不只這樣吧，我也不知道。」

「妳指的該不是哈羅德．科曼？」

科曼與「羅瑟希德剃刀」這個幫派有關聯，該組織的成員們經常騷擾倫敦的賽馬場。六年前，他因誤殺一名不願支付保護費的莊家而入獄。去年年末，他從苦艾監獄逃了出來，一直在逃亡——直到他的過去終於追上了他。一對情侶發現他的遺體依偎在樹籬下。湯姆．貝茲在《號角日報》上報導了他的命案，並寫了一些後續報導。這類犯罪在倫敦幫派成員中司空見慣，儘管很少有人表現得如此野蠻。雅各覺得匪徒自相殘殺並不是什麼壞事，而且湯姆對這起命案的興趣讓他感到納悶。

「抱歉，我不確定他有沒有提到什麼名字，」她說：「在發生事故前的那幾天，他心事重重。我想這就是他被車撞的原因。他走路沒看路。」

雅各心想，她對湯姆當時心煩意亂的看法是對的，但心煩意亂的原因是什麼？犯罪記者每天都看到生活的陰暗面。不管案件多麼可怕，對湯姆這種人來說應該就像水流過鴨背——毫無影響。否則記者要怎麼活下去？

「他從沒提到別的？」

「我唯一能告訴你的只有接下來這件事。」她的聲音輕如耳語：「有天晚上——一定是事故發生前一、兩天——他作了一個惡夢。他在睡夢中喃喃自語，吵醒了我。」

雅各脊椎發麻。「他有沒有提到瑞秋・薩弗納克？」

「沒有。」莉蒂雅・貝茲的眼睛因痛苦而溼潤。「他只是提到一個地方。我從沒聽說過這個地方，但他一直重複它的名字。」

「什麼地方？叫什麼？」

「加洛斯寇特。」

加洛斯寇特——意思是**絞刑場**。

＊　＊　＊

凱利・羅賓遜的四幅巨幅油畫占據了密德薩斯醫院的入口大廳。受一位富有的恩人委託所繪的《慈悲之舉》，描繪了對病患、窮人以及從戰場歸來的傷兵的照顧。這幅作品的目的，是表達人類鬥志在逆境中的勝利，但自從他上次造訪以來，這些畫作就一直騷擾著雅各的心靈。孤兒們顯得平靜，彷彿陷入沉思，他們戴著打褶的白色軟帽，井然有序地排成一隊，領取營養豐富的牛奶。然而，其中一個小女孩從畫布中凝視著他，彷彿在懇求他做一件不可能完成的事情——治癒絕症。她眼中的渴望透露出她害怕沒人能幫上忙。

雅各討厭醫院。乙醚和消毒水的味道總是讓他覺得想吐。他良心不安，因為車禍發生後他只拜訪過湯姆・貝茲一次。讓他望而卻步的，不是那些神祕的壁畫，而是同事灰白的臉龐、凌亂的頭髮、骨瘦如柴的身軀。湯姆蜷縮在床上，似乎在等待末日的到來。

「他的狀況有任何改善嗎？」他詢問護理師，這名身形豐滿的女子來自泰恩賽德，眼神像羊毛毯一樣溫暖。

「啊，你問到重點了。他有短暫醒來一、兩次，甚至呢喃了幾個字，但我們完全聽不懂他說什麼。至於其他時候……」

「這樣啊。」雖然一息尚存就等於希望尚存，但即使是莉蒂雅・貝茲也已經接受了不可避免的結局。

「我剛拜訪了貝茲太太。」

「啊，可憐的女人，她……很難接受這件事。」

護理師把一張椅子拉到床邊。貝茲的呼吸聲很大，她低聲說他可能又要醒了。但是刺耳的呼吸聲讓雅各聯想到溺水之人，在海浪中載浮載沉，最終被大海淹沒。

消毒劑的惡臭和床上傳來的刺耳聲響讓雅各渾身起雞皮疙瘩。他又一次感到一陣陣的自我厭惡。一個曾以嚴肅的方式慷慨對待他的男子，如今瀕臨死亡。他卻在這裡撇開眼睛，摀著鼻子，徒勞地試圖克服厭惡感。他默默祈禱，希望貝茲不會在他就坐在床邊時嚥氣。如果發生了最壞的狀況，他要怎麼安慰那位寡婦？到時候會看起來像是他的錯。

護理師去照顧其他病患，雅各靠近被褥下的人影。「湯姆，你醒著嗎？你聽得見我嗎？是我，雅各，雅各．弗林特。我跟瑞秋．薩弗納克談過了。」

是他的錯覺，還是病人的眼皮在顫動？刺耳的喘息聲幾乎讓人無法忍受。

「她捲入了另一起謀殺案。」

雅各靠得更近。病人的眼睛稍微睜開時，雅各抓住了鐵床架的邊緣。在那雙眼瞼之下，眼白布滿血絲。他的目光缺乏聚焦，但雅各認為貝茲正在為了交流而做出超人般的努力。他自己的嘴裡口乾舌燥。他不敢想像這個男人有多痛苦，這些問題讓他有多難受。他能不能找到一把能打開門的鑰匙？

「湯姆，告訴我，加洛斯寇特在哪？」

貝茲的嘴唇開始蠕動，但沒發出任何聲音。雅各移動頭部，直到快碰到前輩的臉頰。他終於聽到幾個字，微弱得幾乎聽不見。

「科曼說他知道她的祕密。」

「誰的祕密，湯姆？你在說誰？」

貝茲眼皮微顫，經過一陣漫長沉默後，勉強說出了一個名字。

「瑞秋．薩弗納克。」

＊　＊　＊

瑞秋解開《泰晤士報》填字遊戲中的最後一條線索時，電話響起。片刻後，楚門太太把頭探到門口。

「弗林特想跟妳說話。」

「舒梅克警告過我他很頑強。」

「他從密德薩斯醫院打來的。貝茲還活著，他去看了他。他聽起來很興奮，好像發現了什麼。」

「我們之前被告知的是，貝茲應該不會恢復知覺。也許醫生們低估了他的韌性。」

「要不要我告訴他妳在忙？」

瑞秋望向窗外的廣場。

即使在這個晴朗又清爽的下午，廣場上也沒人。一張鍛鐵長椅隱藏在高聳樹木和常青樹叢之間，但她從沒見過有誰坐在上面。

相鄰的一棟建築，與岡特屋以一條狹窄通道相隔，屬於一個威嚴但不活躍的文學兼哲學團體，而住在隔壁的一對老夫婦正在法國的昂蒂布角過冬。在大英帝國首都的中心，這座廣場宛如一片寧靜的綠洲。

「不，我跟他談。」

管家皺眉。「最好不要鼓勵他。」

「拒絕和貝茲說話也沒有讓他打退堂鼓。」瑞秋摺起《泰晤士報》。「能不能麻煩妳把棋具收拾一下？泰文納謎題已經達成目的了。」

她大步走到寬敞的平臺上。電話放在一扇高窗下的桌子上。

從這扇窗可以看到房子後面的大花園，裡面種滿了鬱鬱蔥蔥的常青植物，周圍的牆壁頂端裝有尖刺，能嚇退最大膽的闖入者。

她拿起話筒。「喂，弗林特先生？」

「薩弗納克小姐？」記者聽起來好像剛跑完百米衝刺。

「我昨晚不是說清楚了嗎？我從不跟媒體說話。」

「我想謝謝妳，」他說：「為了那張字條。妳給了我這輩子最棒的獨家新聞。」

「字條？」

「在妳談到我多麼渴望獨家新聞後的不到兩個小時裡，妳給了我一條訊息，要我去勞倫斯・帕爾朵在南奧德利街的地址。就算妳因為某些奇怪的原因而不想承認，我還是感激不盡。」

她發出誇張的嘆息聲，就像一個被蠢學生搞得心煩的教師。「弗林特先生……」

「妳大費周章地打聽了我的一切。我真不敢相信妳今天還沒看過《號角日報》。」

「我接下來有個約會。」她說：「那麼，失陪──」

「等一下！拜託。我需要問妳一件事。妳熟悉一個叫加洛斯寇特的地方嗎？」

她輕聲道：「我沒辦法幫你，弗林特先生。」

「湯姆・貝茲發現了什麼，是不是？他對一個叫科曼的人被謀殺感到好奇。關於在加洛斯寇特發生的事情。」他的嗓音充滿興奮。「這就是為什麼有人開車撞倒湯姆？妳對他所謂的車禍有多少瞭解？」

瑞秋緊捏聽筒，直到手掌疼痛。

「我昨晚告訴過你不要威脅我，弗林特先生。你應該聽從我的忠告。跟發生在湯瑪士·貝茲身上的不幸相比，有些命運更糟糕。」

第五章

「做得非常好。」

低矮的陽光透過副局長辦公室的狹窄窗戶而來，照在辦公桌上堆得高高的報紙上。新蘇格蘭警場就像一個由密集辦公室和花崗岩樓梯組成的蜂窩，但公務部的成果讓葛弗雷・馬赫恩爵士感到自豪。舒適的軟墊扶手椅和火雞地毯給人一種奢華感，這裡甚至還有一臺微型電話交換機，可以透過私人線路聯絡到政府的主要部門。

葛弗雷爵士交叉雙臂，彷彿等夥伴反駁，但這顯然不會發生。亞瑟・查德威克警司之所以能在刑事調查部的階級中晉升，當然不是因為與上級頂嘴，更不是因為在應該邀功的時候沒邀功。

「多謝誇獎，長官。」

葛弗雷爵士撫摸著小鬍子，這是他最喜歡做的動作。曾是軍人的他是現代副局長的典範，他身形高大，膚色古銅，方形下巴，鐵灰色的頭髮。「帕爾朵是受人尊敬的中流砥柱。把一半的家產花在做善事上。當然沒有前科。他是否涉嫌財務舞弊？」

查德威克遺憾地搖頭，這顆光禿的腦袋形狀像一顆子彈。「銀行家當中沒有哪個人像沒被踩過的積雪一樣純潔無瑕。但帕爾朵屬於傳統派，就像他父親和祖父那樣。他的客戶名單讀起來就像名人錄的摘錄。那些人沒一個是會輕易被惡棍騙走錢的傻蛋。」

葛弗雷爵士發出智者般的咳嗽聲：「他的私生活……沒發生什麼不幸的遭遇？」

「至少奧克斯探長沒發現，長官。帕爾朵是個鰥夫，也沒有跡象表明他愛花錢──除了是在有價值的理念上。他沒有在賽馬或牌桌上賭博。儘管他是許多慈善機構的慷慨捐助者，他卻不喜歡聚光燈。不到十二個月前，他失去了第二任妻子，從那以後他過著低調的生活。」

「她的死有什麼可疑之處嗎？」

「她死於難產，長官。」

這個答覆促使對方又撫摸小鬍子。「柯芬園案這樣令人觸目驚心的案子……而且突然發生，這很不尋常。你相信這個男人確實謀殺了那個叫海耶斯的女人？然後他自殺了？他不可能是被第三者所殺？」

查德威克吐口氣，拿出筆記本。他是個魁梧的男人，在年輕時曾在業餘拳擊賽贏得獎杯。而現在，看到他的腰圍──他妻子廚藝高超的功勞──讓人很難相信他曾經在擂臺上迅如電光石火。多年來，他一直在辦公室工作，但他多次在老貝利街出庭提供證據，他知道除非以書面形式記錄下來，否則一個「事實」並不是事實。

「完全不可能，長官。權威專家是這麼判斷的。我當時傳了話立即把魯弗斯・保羅先生請來，他在現場對屍體進行了徹底的檢查。」

葛弗雷爵士點頭。「很明智。沒人比他更優秀。」

「的確，長官。門是從裡面上鎖的，鑰匙留在鎖孔裡。房間沒有窗戶，也沒有從樓上或樓下進入書房的辦法。槍上有帕爾朵的指紋，而且那封自白確實出自他的手。他的筆跡很難模仿，他的機要祕書也表示那張字條絕對是帕爾朵所寫。他使用的手槍是一個知名的款式，雖然我們還沒找出他是從哪裡得到它。我們的推測是，它是傳家寶。我們還在他家的地下室裡找到了他用來將女人斬首的鋸子。他將它洗過了，但不夠徹底，沒能洗掉她所有的血跡。」

「真是罪大惡極。」

葛弗雷爵士非常喜歡使用陳腔濫調，導致白廳大道的許多政府人員相信他腦袋不太靈光，弗利特街的記者們更是這麼認為。但少數幾個心胸開闊的人認為他被低估了，他虛張聲勢的軍事風格其實是一種偽裝。

「的確是，長官。」

「他自殺的一個好處是，」葛弗雷爵士用鋼筆輕敲吸墨墊。「給每個人省下了大把的時間和麻煩。他的健康狀況如何？」

「他患有惡性腫瘤，由哈利街的尤斯塔斯・萊弗斯爵士診斷的。很顯然的，他沒有向任何人透露這件事。尤斯塔斯爵士證實了，他預計帕爾朵會在幾個月內死去。他覺得有責任警告帕爾朵最後的階段會很難受。帕爾朵在自白上提到他的時間所剩無幾，這也證實了它的真實性。」

「夾板箱呢？」

「我們查出是哪家店鋪把它賣給他。帕爾朵隱瞞身分的辦法是穿一件破舊的阿爾斯特大衣，把鴨舌帽拉低遮住眼睛，並操一口伊頓式的愛爾蘭腔。」

「我們能確定那個人真的是帕爾朵？」

「我們有給店主看他的照片，他沒辦法完全確定就是他。他當時有猜到這傢伙八成想做壞事，但當然沒猜到對方為什麼要買這個箱子。」

「帕爾朵昨晚打發他的工作人員回家，大概是為了能讓他不受打擾地自殺？」

「完全正確，長官。」查德威克抽一口菸斗。「他的祕書覺得他昨天似乎很焦躁。他的管家也這麼認為。」

「但你沒有找出他精神不穩定的病史？」

「沒有任何已知紀錄，長官，不過尤斯塔斯爵士說帕爾朵對診斷結果很不滿意。很顯然，他已經處理掉了大量的文件，一頁一頁地燒掉。至於他是不是銷毀了某種機密資料，我們永遠無法得知。他那份自白，是一個被罪惡感和羞愧淹沒的人留下的作品。」

葛弗雷爵士嘖嘖幾聲：「這也算是遲到總比不到好吧。關於他的私生活，我們還知道些什麼？」

查德威克查看筆記。「他的第一任妻子死於肺病，這方面沒有任何可疑之處。他在三年後再婚了。長官，他的第二任妻子年齡不到他的一半，他家的廚子們形容她是個輕浮的人，祕書則是形容她姿色普普。她是個戲劇演員。在失去她和他們的孩子後，他似乎失去了理智。」

「自殺確實符合他會做出的舉動，」葛弗雷爵士說：「否則為什麼一個受人尊敬的銀行家會表現得像最惡劣的禽獸？」

「所言甚是，長官。」

「跟我說說那位年輕的記者。他竟然在屍體被發現後幾分鐘內就趕到了帕爾朵的家門外，這可真神奇。」

葛弗雷爵士的語調裡透出一絲不情願的欽佩。他自己的職涯證明了他在「精準把握時機」這方面的天賦堪比職業擊球手。在第一次世界大戰期間獲得的勳章多過傷口之後，他在停戰協議墨跡未乾之前就離開了軍隊，並於同級別的現役軍人因為太疲倦或患了流感而無法思考的和平時期獲得了副局長的職位。刑事調查部的副局長在十二個月前退休時，葛弗雷爵士的資歷使他成了最佳的接班人選。然而，跟監督交通和失物招領相比，成為刑事調查部的公眾門面帶來了更多艱難挑戰。

「他叫弗林特。」查德威克用食指戳戳文件頂端。「這個小夥子來自里茲，加入了號角日報。」

「我個人覺得那是最糟糕的八卦報社。」葛弗雷爵士不屑地皺起鼻子。針對刑事調查部對合唱團女孩命案處理不力的問題，號角日報在頭版上為此責備了警方的負責人。

查德威克警司曾多次從《號角日報》的賭馬技巧中獲益，而且覺得其他那些頭腦較為清醒的報社報導風格太無聊，所以閉上了嘴。「你可能知道他們的首席犯罪記者貝茲最近被車撞了？」

「八成是走路不小心踩到陰溝，一失足成千古恨。」

「我聽說醫生們正在打一場必敗之仗。弗林特雖然初出茅廬，但據說野心勃勃。」

「為什麼會有人給他關於帕爾朵的情報？」

「奧克斯昨晚跟他談過，長官。要不要我把他叫來？」

查德威克按下室內電話的按鈕，並重新填滿菸斗。不到一分鐘，一個比他們小二十歲、體型瘦削、下巴尖銳的男人加入了他們的行列。菲利普・奧克斯探長是個很罕見的類型，父母來自雷普頓和凱斯，他選擇加入警察陣容，並將自己的才智運用到刑警工作中。昂貴的教育並不是在警察同事當中享有高人氣的良方，查德威克也和其他人一樣對這位擁有廣泛詞彙量和文明餐桌禮儀的年輕畢業生抱持懷疑態度。奧克斯成功爬上油膩膩的階級桿位究竟是憑著腦力和努力，主要還是靠運氣和「有關係」，這在警察聯合會內部引發了激烈爭論。

「弗林特聲稱他不知道是誰建議他去帕爾朵家。」奧克斯說。

葛弗雷爵士抿起厚脣。「你相信他？」

「我從不相信新聞記者對我說的任何字，長官。」奧克斯答覆。「弗林特給我看了送去他住處的字條。我說我想檢查字條上的指紋，他只是象徵性地稍做抗議。」

「也許他預料到字條上只有他自己的指紋？」查德威克說。

「的確，長官。而字條上也確實只有他的指紋。」

「字條該不會是他自己寫的吧？」

「他的女房東證實，昨天晚上弗林特正在和她女兒談話時，有人把字條送到她家。當然，這也可能是他自己安排的。」

「如果是，那可就怪了。」副局長說。

「葛弗雷爵士，真正怪的是那張字條來自哪。上面沒寫地址，但那張紙與帕爾朵的個人信紙完全一樣。我們在他開槍自殺的房間裡發現了一疊同一款式的紙張。」

「我的老天爺！」

「我們詢問了一家位於龐德街的高級文具店。他們上次賣掉那牌子的紙是十八個月前的事了。最後購買的客戶是勞倫斯・帕爾朵。雖然這並不能證明這張紙來自帕爾朵那一疊，但如果不是，這也未免太巧。」

「會不會是帕爾朵把字條送去了弗林特那裡？」

「我無法想像他為什麼會這麼做，長官，但這是三種可能性之一。另一個可能是，這是弗林特自導自演。第三個可能是，字條來自第三方。」

「第三方？帕爾朵傾訴祕密的對象？」

「或是知道他即將自殺的人。」

查德威克板起臉。「他的傭人之一？他的祕書？」

「也可能是外人。」

「你覺得是誰，奧克斯？」葛弗雷爵士追問：「快說出來，夥伴。」

「我向雅各・弗林特提到一個名字——」奧克斯說：「我就算猜中他也沒承認，但由於他的臉色變得跟甜菜根一樣紅，所以我自行得出了結論。」

「什麼結論？」

「根據我的判斷，他認為字條來自瑞秋・薩弗納克小姐。」

葛弗雷爵士在椅子上旋轉。「你怎麼看，查德威克？這件事會不會跟她有關？」

「很難說，長官。」查德威克警司能有今天這些成就的另一個祕訣，是避免讓自己陷入有爭議的觀點。「說真的，這方面的可能性並不大。這也無法解釋她是怎麼弄到那張紙。」

「弗林特為什麼認為她知道帕爾朵謀殺了瑪麗珍・海耶斯？甚至知道帕爾朵即將自取性命？」

「身為記者的猜測，」奧克斯提議：「他得知了她與桃莉・班森案的關聯。柯芬園命案一直在媒體上報導。如果他懷疑她喜歡調查臭名昭著的罪行……」

「你不相信，查德威克？」

查德威克抬起子彈般的腦袋。「長官，你自問一下，她為什麼指責李納克那個人渣屠殺了桃莉・班森。我認為她是在處理私人恩怨。」

「而且幸運猜中？」奧克斯輕聲問道。

「不然呢？才華橫溢的業餘偵探只存在於故事書裡。推理不是女士的遊戲。女性的直覺可沒辦法取代縝密的調查工作。李納克案頂多是這個定律的例外。瞎貓碰上死耗子。」

「你怎麼看，奧克斯？」

「在過去的四十八小時裡，瑪麗珍・海耶斯的命案和她被砍掉腦袋的事實成了各大報社的大餐。薩弗納克小姐顯然對犯罪案件深深著迷。她如果能抗拒再次扮演偵探的慾望，我會感到非常驚奇。如果有誰精明到查出凶手是帕爾朵，我會把錢押在她身上。」

查德威克把菸斗通條擰成三角形。「那你認為，她是怎麼把罪行定在帕爾朵身上的？」

「這你就難倒我了，長官，」奧克斯愉悅地說：「但假設她刻意讓帕爾朵知道她在調查他。她可能已經預見到他寧願自殺也不願面對正當的法律程序，就像李納克那樣。所以她給了弗林特那張字條。」

「為什麼聯絡他而不聯絡我們？」葛弗雷爵士追問。

「也許我們上次的回應讓她失望了。」

查德威克悶哼一聲：「這有點牽強。」

「的確，長官。但恕我直言，這很符合薩弗納克小姐的作風。她行事總是深奧莫測。」

葛弗雷爵士點頭。「李納克自殺後，她毫無疑問地想給我們難堪或搶風頭。我必須說我很欣賞她這麼做。『謹慎』是女人應有的美德。」

「她為什麼接近李納克？」查德威克追問：「坦白說，兩位，我一點也不相信那個女人。要不是她出身名門、外貌美麗，我們會認為她的行為非常可疑。」

副局長皺眉。查德威克很少如此直言不諱，以前也從未暗示過階級意識。這傢伙不可能還因為自己父親是來自肖迪奇的車夫而耿耿於懷吧？

「就算我是對的……」奧克斯說：「還有一個謎題。如果瑞秋・薩弗納克懷疑帕爾朵是凶手、此人計畫自殺——為什麼要告訴弗林特，而不是其他較為知名的犯罪記者？」

「也許……」葛弗雷爵士思索道：「她認為一個雄心勃勃的年輕記者會滿足於揭露一個獨家新聞，而不會一直追查究竟是誰給他這些情報。」

「還有一種可能——」奧克斯說：「我有密切關注報紙上的內容，也一直在尋找瑞秋・薩弗納克的名字。她年輕貌美而且未婚，也不怕花掉她可觀的財富。簡單來說，她有新聞價值，但奇怪的是，她的名字卻沒有出現在廉價報紙上。但最近，《號角日報》刊登了一段關於她的八卦文章。雖然廢話連篇，但把她形容得很神祕，並提到她喜歡解決讓人絞盡腦汁的謎題。填字遊戲、離合詩、棋謎，應有盡有。而這樣看來，她實在可能在李納克案中扮演了某種角色。我懷疑那篇文章就是弗林特寫的。他是不是懷疑薩弗納克小姐其實不是看上去那麼簡單？」

葛弗雷爵士拿起裁紙刀，用它刺了一下吸墨墊。「也許，她暗藏什麼可恥的祕密？」

「說真的，長官，這我不得而知。為什麼一個有大把鈔票可燒的年輕女人會對凶殺案感興趣？」

「總之，這與我們無關。帕爾朵死了，柯芬園命案破案了。」葛弗雷爵士微笑。「皆大歡喜。恭喜你。」

「謝謝長官。」

「好了，查德威克？你在應該得意洋洋的時候卻板著臉。」

「請見諒，葛弗雷爵士。」警司起身。「當然，我很高興棘手的案件獲得解決。那麼，長官，如果沒有別的事……」

「有一件小事沒解決。」奧克斯開口。

「哪件？」葛弗雷爵士追問。

「帕爾朵的墨水瓶旁邊發現了一顆棋子。一枚黑棋士兵。」

「這又怎樣？」

「奇怪的是，長官，我們在那棟屋子裡沒發現棋具。」

第六章

「玲瓏屍（編按1）。」瑞秋・薩弗納克從杯子裡啜飲一口。古董勃根地紅酒，色澤如血。

她的同伴猶豫了一下，然後回以熟練的微笑。他是個高個子、膚色黝黑的西班牙加泰隆尼亞人，身上剪裁考究的西裝和他的舉止一樣優雅，他像對待公主一樣迎接了瑞秋・薩弗納克。她是「贊助人」——他對「顧客」一詞深惡痛絕——在大多數富裕的藝術愛好者被市場崩盤嚇得驚慌失措的時候，她的購買確保了加西亞畫廊的繁榮。畫廊裡人山人海，雪茄煙霧繚繞，但瑞秋猜想其他客人更願意品嘗賈維爾・加西亞酒窖的果實，而不是把錢浪費在現代藝術上。

編按1　玲瓏屍（Cadavre exquis），字面意義為「優美的屍體」，為一種繪畫或文字形式的隨機接龍遊戲。

「啊，沒錯，」加西亞說：「**Cadavre exquis（優美的屍體）**。我在隔壁房間裡有一個來自巴塞隆納的作品。妳也許會想……」

「屍體？」一個輕柔的嗓音從他們身後傳來，在喧囂中幾乎聽不見。「這可是我的領域。在這場僅限貴賓的晚會，我還以為至少能在今晚避開屍骸呢。」

加西亞原地轉身。「我的好先生，你的幽默感還是一如既往的敏銳。不好意思，你已經見過瑞秋．薩弗納克小姐了嗎？親愛的女士，這位是魯弗斯．保羅先生，是……」

「法醫病理學家。」瑞秋綻放天真爛漫的甜美笑容。「我當然熟悉你的大名。」

魯弗斯．保羅，胖嘟嘟，臉紅紅，湯瑪士．貝茲曾在《號角日報》一則關於一起法庭審判的報導上這樣描述他，他的證詞將一名殺妻兇手送上了絞刑架，這讓他看起來像一個鄉村屠夫。他如果是屠夫，也是最高級的屠夫。他不可思議的天賦是能從最微小的人類遺骸中找出足以判死刑的證據，而他作為專家證人所提出的證據不只一次從絞刑架上成功救下財力雄厚的被告人。

瑞秋握住他粗壯的手，想像這隻手揮舞一把切肉刀。她注意到他的目光向下滑動。大多數的男人會喜歡檢查她的身材，她穿著索妮亞．德勞內設計的絲綢連身裙，但保羅專業又好奇的舉止表明他正在檢查她的骨頭上有多少肉。

「很榮幸見到妳，薩弗納克小姐，」他說話時，加西亞輕輕走離、去招待更多客人。「我年輕時曾在法庭上為妳已故的父親作證。那是我永生難忘的經歷。」

「我相信就跟我對屍體的熱情一樣令人不安。我和賈維爾剛剛在談論超現實主義者，我提到了玲瓏屍的概念。」

「哀哉，」保羅說：「我是《乾草車》（編按2）的謙卑愛好者。對我來說，真實世界已經是很大的挑戰了。我見過的屍體沒有一具是不精緻的。」

「玲瓏屍？」一位帶著貴族氣質的老人加入了他們。「是一種室內遊戲。人們輪流傳遞字條，每個人隨機添加一、兩個詞彙，等著看會出現什麼奇怪的混合短句。據說有一次出來的結果是『玲瓏屍喝新酒』。這啟發了超現實主義者進行各式各樣的視覺實驗，合作繪製由看似不匹配的部分組成的身體。說真的，他們的作品不符合我個人的口味，但是**chacun à son goût（青菜蘿蔔各有所好）**。請見諒，我不該得意忘形。我有幸與之交談的該不會就是瑞秋．薩弗納克小姐？」

「妳認識尤斯塔斯．萊弗斯爵士嗎？」保羅問瑞秋：「親愛的薩弗納克小姐，能否容我介紹哈利街的老前輩？他和我都關心生者和死者。當然，他的工作遠比我的重要。如果國王生病，皇宮一定會派人請萊弗斯過去。不滿足於成為倫敦最傑出的醫生的他，成了一本活生生的百科全書，涵蓋了幾乎所有妳會想知道的主題。」

尤斯塔斯爵士彬彬有禮地鞠躬，表明他接受了這個應得的奉承。瑞秋說能和這

編按2　《乾草車》（The Haywain Triptych）為荷蘭超現實主義畫家耶羅尼米斯．波希的作品，畫中有許多隨機且怪誕的畫面組合。

樣的人在一起真是莫大的光榮，並詢問他們對杜尚的一幅畫的看法。萊弗斯和保羅高談闊論時，她的目光飄過畫廊。只有少數客人是女性，個個衣著華貴，而且都不到四十歲。她發現了殺害桃莉・班森凶手的哥哥阿爾弗雷德・李納克的嚴肅面孔。他正在和另外兩人專心交談，任何看過報紙的人都能一眼認出那兩人。一個是愛爾蘭演員威廉・基瑞，另一個是名叫赫斯洛的粗壯男人，人們普遍認為一九二六年的「大罷工」只進行九天就解散就是因為他。在她的注視下，李納克對他的夥伴們咕噥什麼，三個人都朝她的方向看了過來。端莊如修女的她移開視線。

畫廊盡頭的門打開了，一個高大自信的男人走進，細條紋的衣服一塵不染。他從一位徘徊的侍者手中接過一杯酒，眼睛在房間裡四處掃視。看到瑞秋時，他滿意地點個頭，就像獵人在發現松雞時會做的動作。

他走向她。「想必妳就是瑞秋・薩弗納克小姐吧？我是文森・漢納威。我一直想跟妳見面。」

＊　＊　＊

「我猜——」奧克斯探長輕柔道：「如果我重複你昨晚迴避的問題，我會浪費我的時間。你怎麼會在我們剛到的時候就出現在勞倫斯・帕爾朵的家外面？」

「你猜得沒錯，」雅各回答：「我已經把我知道的都告訴你了。」

這不是事實。他確信加洛斯寇特對瑞秋．薩弗納克意義重大。在那次簡短的談話中，他削弱了瑞秋冷靜的自信，足以讓她「砰」的一聲掛斷電話。

他和奧克斯正在蘇格蘭警場腹地一間無窗辦公室裡啜飲濃茶。雅各還是不太敢相信自己這麼幸運。高級警官很少撥空接見年輕記者，更別提在一個不公開的場所私下交談。奧克斯是新一代警官中的一員，受過良好教育而且懂得人情世故，與那些將報業人員視為魔鬼產物的頑固懷疑論者截然不同。據說他註定會登上樹頂，而且他一定會比葛弗雷．馬赫恩爵士那個老兵更有幫助。雅各認為，在未來的幾年裡，奧克斯可能會成為寶貴的聯絡人。訣竅在於，從一開始就發展出正確的專業關係。親切但不過分親切，謹慎卻也親民。

探長靠向椅背，雙手放在腦後。「那麼，你對這件案子怎麼看？」

「你才是警察。」雅各說：「應該是你告訴我吧。」

他的無禮換來一個淒涼的微笑。「正因為我是警察，所以我才問這些問題。」

「從表面上來看，帕爾朵為你省下了很多麻煩。」雅各放下杯子。「我能不能看看他的遺書？」

「這個要求就過分了，弗林特先生。」奧克斯似乎覺得雅各的厚臉皮很好笑。「我可以向你保證，遺書上的陳述沒有什麼令人難忘之處。他表示他遇到了瑪麗珍．海耶斯——他沒說是怎麼遇到的——並愛上了她。她沒有對他的愛意做出對等的回應時，他……惱羞成怒。他大略描述了他如何勒死她並砍下她的頭，其方式完全吻合我們掌握的證據。他那份自白的真實性毋庸置疑。」

「這世上到處都有被拒絕的單戀者，但一個女人拒絕了一個男人的示愛時，很少因此被斬首報復。」

奧克斯聳肩。「絕望會對男人造成奇怪的影響，至少我是這麼聽說的。」

雅各猜想奧克斯從沒被自我懷疑所困擾，更別說絕望。剪報上記錄著一個平靜、按照預先計畫而前進的人生。他是一位準男爵的第五個兒子，他的家族在家鄉擁有一大片莊園。值得注意的是，他所有的兄長們都在戰爭中倖存下來，因此他永遠不會繼承男爵爵位，但他在學校向來是個受歡迎的男班長，一個足以贏得冠軍的槳手，現在是警場裡最年輕的探長。難怪他散發出自信和權威。

「瑪麗珍・海耶斯的軀幹是一大早在柯芬園的一條小巷裡，被一個去市場上班的人發現的。」雅各說：「帕爾朵想必是在附近殺害並肢解了她。他有沒有說明他是在哪裡下的手？」

「在離市場不遠的一排馬廄屋裡，有一棟閒置但裝潢精美的房子。地契是在帕爾朵個人擁有的一家公司名下。我們懷疑他找個藉口把那個女人引誘到那裡，而她就是死在那兒。」

「該不會是麥卡林登馬廄屋吧？」雅各無恥地借用了同事的名字。

經驗豐富的奧克斯當然沒上這種當。「抱歉，弗林特先生，我不會公開地址。我們不希望那個地方變成某種死亡聖地。我這麼說吧，帕爾朵有清理現場，但不夠完美。他留下了一些血跡和人體組織。如你所知，他把她的屍體放在一個袋子裡，把她的衣服和手提包放在另一個袋子裡，然後把它們都丟棄在附近。他保留了她的頭顱，八成把它當成某種陰森的戰利品。」

「帕爾朵讓我一頭霧水，探長。『殺人狂』這種罪狀很少會被冠在金融家頭上，直到今天。他是不是一直在發行偽造股票？」

「他的律師，一個名叫漢納威的人，向我們保證帕爾朵的金融交易無可非議。作為帕爾朵銀行的董事，漢納威在『抑制投機』這方面擁有既得利益，但我們沒發現任何跡象表明帕爾朵不誠實或不成功。」

雅各把茶喝完。「他有沒有可能犯下了其他從未被發現與他有關的罪行？」

「就算有，他也沒有在自白上認罪，」奧克斯說：「他把自己的所作所為，描述成『一時瘋狂』。」

「這麼殘暴的暴行不可能事先毫無跡象吧？」

奧克斯聳肩。「我的名字不是西格蒙德．佛洛伊德，弗林特先生。也許帕爾朵曾經虐待動物，誰知道呢？似乎沒有人發現他的致命缺陷。在他的妻子和未出生的孩子離世後，他一定很孤獨，而且他病得很重。這可能就是我們唯一能解釋他的罪行的原因。他的律師已經透露，除了一些小額遺贈之外，帕爾朵的巨額遺產將用於一系列公益事業。這一切都符合他熱心公益的名聲。感謝主，至少有人會從這場爛攤子中受益，不是嗎？」

「所以，蘇格蘭警場滿意了？」

「非常滿意。」奧克斯允許自己露出一絲微笑。「當然，我們會進行調查，但別指望什麼驚人的發現。弗利特街那些媒體最近對我們不太客氣。我的上級們很歡迎能喘口氣的機會。」

「那奧克斯探長呢？」雅各追問：「他滿意了嗎？」

奧克斯聳肩。「這件案子確實呈現出古怪的特徵。」

「例如？」

「和你一樣，我們也是被某人告知那裡死了人。有人打了電話給蘇格蘭警場。那人用嘶啞的呢喃聲告訴我們，我們會在南奧德利街一間上鎖的房間裡找到一具屍體。致電者沒有留下姓名。」他停頓。「我們甚至不知道那人是男是女。」

雅各思索片刻。「也許就是同一個人給了我那張字條。」

「你還是不知道是誰拉了你一把？」

「我和你一樣毫無頭緒。」

「真令人好奇。」

雅各點頭。「那麼，你打算如何滿足你的好奇心？」

奧克斯苦笑。「我們面對數量龐大又緊迫的要求。查德威克警司是一位經驗豐富的警官，他認為帕爾朵的自白就是確鑿證據。我沒辦法證明繼續在這件事上耗費大量時間是合理的做法。有人把破案的辦法就擺在我們眼前，而且沒留下任何疑點，這種好事可不是天天有。恕我直言，既然收到了禮物，又何必挑三揀四？」

雅各咧嘴笑。「而另一方面，我的編輯願意給我相當大的自主權。」

兩人四目交會。「你可真幸運，弗林特先生。如果你真的發現了任何我可能會感興趣的情報，請與我聯繫。」

「放心吧。」雅各起身，兩人握了手。

「在你離開前，我能不能給你一個忠告？」

雅各在門口停下。「請說。」

「『當你要穿越繁忙的馬路時，你必須同時顧及左右兩邊的來車。』」

＊　＊　＊

「令尊沒提到你對現代藝術的熱愛。」瑞秋說。

「那老頭跟非利士人一樣沒文化，」文森・漢納威說：「他確信自《格倫君主》以來，就沒人畫過任何有價值的作品。就這些現代藝術而言，我不是專家，但我為自己開闊的胸襟而自豪。」

「我相信你是。」她說。

他把她從萊弗斯和保羅身邊挪開，來到房間的一個角落裡。他比他父親高六吋，金髮藍眼，大概是從他母親那裡遺傳來的。生下一個兒子後，艾璱爾・漢納威心靈崩潰，十二個月後死在瘋人院。她完成了使命。

一名侍者端著酒水走過時，漢納威從托盤上又拿了一杯勃根地酒，遞給瑞秋，與她的空杯交換。

「不錯的年分。」他宣布。「即使不想購買任何畫作，加西亞的酒窖也能提供充足的補償，更別說妳的陪伴。也許我是酒水上腦，我突然有一種不可抗拒的衝動，想讓妳知道一個小祕密。」

他輕柔的語調散發居高臨下的姿態。

她不禁好奇，「把女人當白痴」是這個家族的特徵，還是這是律師的職業病？畢竟律師提供的建言是如此昂貴並被視為福音，所以當律師的人或許很難不相信自己生來就是比較優越。

「我等不及了。」她說。

他的微笑露出了很多牙齒，看起來就像鋒利的小小墓碑。

「我今晚是為妳而來。」

「你讓我受寵若驚，漢納威先生。」

「請務必叫我文森。妳我或許以前從未見過面，但我覺得我認識了妳一輩子。其實，瑞秋——請容許我大膽直呼芳名——對家父來說，維護薩弗納克家族的利益向來是最重要的任務。妳我雙方的父母非常看重彼此。我不禁對妳產生了同樣的敬意。」

「我說真的，文森，我不知道該說什麼好。也許我保持沉默比較好，否則我一定會辜負你的厚望。」

他把剩下的酒一飲而盡。「我聽說妳的幽默總是夾雜諷刺。好極了。我喜歡……」

「有個性的女人？」瑞秋噘起朱唇。「渴望自己能有權決定把初夜交給誰的女人？」

他用不安的笑聲逃避。「現在妳在嘲弄我了，也嘲弄了我老爸。妳大概已經猜到，他不瞭解任何五十歲以下的女人。他依然堅信給女人投票權是一個重大錯誤。不過呢，看看我們現在這個政府搞出的那些破事，阿爾弗雷德．李納克除外，如果所有選民都是穿襯裙的，我一點也不認為我們會做得更糟。他和我確實有一個共通點，就是我同樣渴望為妳服務。」

「真謝謝你喔，可是我沒興趣再買一棟房子，而且我還年輕，不需要立遺囑。」

「我恐怕沒辦法同意。」他溫文爾雅地說：「像妳這樣的女人應該立遺囑。人有旦夕禍福，悲劇也會降臨在最健康的人身上。」

「倒也是。」她看著他的眼睛。「上次來這個畫廊的時候，我跟克羅德．李納克談過。那時候誰能預料到他的隕落？番木鱉鹼——這不是他選擇的自我毀滅的手段？」

漢納威臉色僵住。「我聽說他說服了他的醫生相信他需要興奮劑。他的死對他哥哥造成沉重打擊，但謝天謝地他已經振作起來了。在這樣一個不確定的時代，我們需要阿爾弗雷德這種人。」

「我看到他今晚就在這兒。」

「我們當中幾個人是老交情，喜歡聚聚。」他臉上的面具化為一個寵溺的微笑。「我們也經常想到妳的父親。他是個好夥伴，男人中的領袖。」

「老法官沉默寡言。」瑞秋說：「就算跟他的獨生女在一起的時候也是。雖然到最後……他確實更暢所欲言地談論了他在倫敦的生活。毫無疑問，他的朋友們對他來說就是全世界。」

漢納威讚賞地點點頭，就像鑑賞家品鑑美酒。「妳也知道，老法官是棋賽冠軍。我跟他偶爾也喜歡對弈。」

「真愜意。」瑞秋用手指撫摸杯緣，彷彿在幫助思考。「而且我相信你和你的朋友們依然喜歡……公平競爭？」

他愣了一下，但沒回答。她知道他一定在飛快思索。

她甜甜一笑：「你不可能允許讓區區一個女人加入你們吧？」

他緩緩道：「沒有什麼是永遠不變的。」

「可不是嗎？」

他似乎做出了決定。「讓老法官的女兒加入我們這個小圈子，這是多麼合適啊。」

「好極了！」她輕聲驚呼：「我還在擔心你會拒絕這麼……大膽的開局呢。」

「妳又在逗我了。」漢納威眼睛閃爍。「畢竟，我們的小圈子是由令尊和家父創立的。看來妳已經知道我們有多喜歡我們的遊戲。」

瑞秋點頭微笑。「在你把我拉進你們的兄弟會之前，請容我先提出警告。」

「放心。」漢納威說：「儘管說。」

「我如果要玩，」她收起笑意。「就非贏不可。」

第七章

雅各加快了步伐，號角報社的標誌性建築在弗利特街煤氣燈下的黑暗中若隱若現。這家報社的宏偉大樓頂端豎著被燻黑的高聳煙囪，連同一座觀景塔，戈默索爾喜歡從那座塔裡俯瞰競爭對手。建築師雷尼・麥金托什在構思最初的設計時，是不是嗑了藥而出現幻覺？與這座建築的狂野奢華風格相比，麥金托什為《格拉斯哥先驅報》打造的家，看起來像是保守派的典範。

雅各走向新聞編輯室，詢問了凸眼波瑟「加洛斯寇特」這個名字對他來說是否有任何意義。

「喔，知道啊。離這兒頂多五分鐘。」

「真的嗎？看在上帝的份上，它到底在哪？」

「林肯律師學院後面一個冷清的角落。只有一條路進去，一條路出來。我記得那裡是一個小到不行的中庭。」波瑟摘下眼鏡，用近視眼審視著雅各。「你問這個做什麼？你應該沒跟我那些博學的朋友結下梁子吧？拜託你告訴我，你沒誹謗哪個有錢又有名的人。」

「我沒刻意誹謗過誰。」雅各說。

「別以為你能拿『我不是故意怎樣怎樣』來脫罪，」波瑟哀怨道：「如果你想知道為什麼沃特．戈默索爾眼睛底下有黑眼圈，答案是他害怕有人告他誹謗。這種恐懼害得這條羞愧之街的每一位編輯失眠。如果你有什麼要向他坦承的，最好現在就說出來。」

雅各搖頭。「只是一條我得到的線索。謝謝你幫忙。」

他拚命眨著那雙凸眼。「你之前問了關於湯姆的事。這是不是跟他的車禍有關？」

「恕難奉告。」

五分鐘後，他搜索一份在律師學院附近執業的律師名單。寫著「加洛斯寇特」的項目跳了出來，鮮明得彷彿鮮血淋漓。

漢納威與漢納威，律師。

奧克斯探長稍早前提過這個名字。勞倫斯．帕爾朵的律師也姓漢納威。看來死者和加洛斯寇特之間有關聯。可是這個地方對湯瑪士．貝茲來說意味著什麼？

＊　＊　＊

「別整晚都霸占這裡最可愛的女士啊，漢納威！」

帶有愛爾蘭腔而且悅耳的這個嗓音，屬於威廉・基瑞。他拍拍律師的背，眼睛卻盯著瑞秋。漢納威進行了介紹，並被加西亞和赫斯洛拉到一邊。

「很榮幸終於見到妳，薩弗納克小姐。」曾有一位為其神魂顛倒的評論家，將聆聽基瑞悅耳的嗓音比喻為以蜂蜜沐浴。「令尊是個真正的偉人。」

魅力從他身上滲出，就像運動員身上每一個毛細孔出汗。他習慣用一手撫過濃密黑色鬈髮，這個孩子氣舉動很吸引人，但瑞秋確信這是他故意為之的小心機。乍看之下，威廉・基瑞是「真誠」的化身，但他也是他這一代當中最多才多藝的舞臺表演者。

「我從沒見過跟他一樣的人。」瑞秋說。

基瑞打量她一會兒，然後露出微笑。這是威廉・基瑞讓人難以抗拒的招牌微笑，讓無數女性的心為之震顫。

「說得真巧妙，薩弗納克小姐。我可以想像，作為父親的他應該嚴厲得就像……工頭。但作為我的律師，我發現他頑強而專注。作為我的朋友，他是極度忠誠的化身。」

基瑞在年輕時以歌舞演員的身分成名，並憑藉能模仿「百人之聲」的天賦，簽下了新摩爾劇院獨家演出的合約。瘋狂劇院的管理層來挖角、願意將他的收入增加三倍時，他叛逃了，但也收到了他的前雇主要求巨額賠償的令狀。他僱了御用大律師萊諾・薩弗納克來代表他，官司以和解條件迅速結束了，讓基瑞能自由地從事他的新職業。幾星期內，他在瘋狂劇院受到觀眾的熱愛，而他的律師則被提拔到司法部門。如今在老法官死後，基瑞同時擁有瘋狂劇院和英國最頂尖的一家戲劇表演經紀公司。

「你有和他保持聯繫嗎？」

「在他搬回岡特島上之前一直都有。在那之後，聯繫就變得……困難。雖然他為人低調，很少談私事，但妳顯然是他的掌上明珠。」基瑞停頓。「我記得他說妳小時候總是緊張不安。他如果看到今天的妳，不知道會有多高興。這麼苗條，這麼沉著。」

「而且對奉承之詞這麼無動於衷。」

瑞秋的微笑並沒有使這句話失去刺痛感，但她招牌的微笑又在她那雙豐滿性感的嘴脣上舞動。

「妳已經熟悉了倫敦的環境。加西亞說妳是他最喜歡的顧客。」

「純粹因為我的購買讓他遠離了破產。」

「我相信妳總是精明地投資，瑞秋。如果我直接用妳的洗禮名來稱呼妳，妳不會生氣吧？我向來不喜歡拘泥於形式。」他壓低嗓門。「漢納威不贊成我的粗魯行為。如果他知道我想邀請妳與我單獨共進午餐，他會很生氣的。」

「那你打算邀請我嗎？」

「當然。明天怎麼樣？拉古薩餐廳是我的最愛。我很推薦。」

「真大方。在拉古薩吃一頓午餐的金額不是等於工人一個月的工資？」

「幸好——」他微笑道：「我不算是工人。對我來說，演戲是純然的喜悅。我很樂意在舞臺上免費胡鬧。別把我這句話透露給我在瘋狂劇院的其他股東，好嗎？」

「我聽說你的支持者是一群傑出人士，」她說：「也是個不拘一格的組合。工會成員赫斯洛、漢普斯特德主教，更不用說魯弗斯・保羅。我看到今晚有幾個人在這兒。」

「妳消息很靈通，瑞秋。」基瑞停頓。「他們全是善良而誠實的人，像這世上的鹽。赫斯洛是個可靠的人，不管妳有什麼政治色彩。他知道工人的利益在哪裡。要不是他，那場大罷工可能會推翻政府。」

「我的老天爺。」她說：「那可不妙。」

「我不禁好奇——」他緩緩道：「妳現在在想什麼？」

她吞下最後一口酒。「哎唷，威廉，你們這些紳士總該讓女士保留一點神祕感吧。」

「再這樣下去，你會出名的。」道爾太太邊說邊為雅各端上了他最喜歡的特色美食——熱騰騰的牧羊人餡餅。

他狼吞虎嚥。興高采烈已經轉為筋疲力盡，他沒有為自己的獨家新聞而欣喜若狂，而是感到一種意想不到的空虛感。

＊　＊　＊

看到他的名字出現在《號角日報》的頭版上，女房東及其女兒都呆住了。艾蓮穿著與一頭濃密紅髮型成鮮明對比的黑色緊身開襟衫，正處於嬌媚模式。她發出銀鈴般的笑聲。

「他很快就不會想再跟我們有任何瓜葛啦，媽媽。跟我們這種草民混在一起，會有損這位大記者的尊嚴。我們到時候只能聚在收音機旁邊，欣賞他向全國廣播的節目。最好的英國廣播公司發音，比諾克斯神父還好！哎呀，沒人會猜到他來自最黑暗的約克郡。如果他跟努比亞王后娜芙蒂蒂那樣的名人交往，我也不會感到驚訝。那天晚上，她踏著舞步走上舞臺時，他看得目不轉睛。在他開始收錢之前，我最好趕緊讓他給我免費簽名。」

「俏皮話說夠了吧，艾蓮。」道爾太太變得嚴肅。「這件事真是駭人聽聞。那手無寸鐵的可憐孩子。有人說這是她活該、她自己太放蕩，這我可不同意。我們不能因為一個女人運氣不好就責怪她。我猜她是因為經濟困頓而成了阻街女郎？」

「報紙上說她是護理人員，」艾蓮說：「不是嗎，小各？」

「是的。」他滿嘴食物咕噥著。

「怎麼會發生這種事？帕爾朵這傢伙是個受人尊敬的鰥夫，不是嗎？經常慷慨捐助慈善機構。」

「有許多所謂可敬的人，」她母親陰沉地說：「其實一點也不可敬。讀過《世界新聞報》的都知道。」

「為什麼挑一個無辜的護理人員？」艾蓮追問：「小各，我敢打賭你知道的比你透露的要多。蘇格蘭警場的說詞是什麼？你自己的推測是什麼？在你說出實話的時候，別客氣，最後一塊餡餅也拿去吃吧。」

他把更多肉放進自己的盤子上。「就連藍衣警察們也不知道事情的全貌。雖然他們並沒有因此失眠就是了。他們已經查明凶手是誰，我們也不能一直指責他們沒保護好城裡的女性。帕爾朵為他們完成了他們的工作。案子破了，罪魁禍首死了。蘇格蘭警場的高層只在乎這些。他們把心理學的問題丟給了佛洛伊德派的學者。至於媒體，如果我們願意的話，是可以四處尋找關於帕爾朵和他那個可憐受害者的趣聞祕辛。我們傑出的警察，將致力於確保這座城市對懂得敬畏上帝的倫敦人來說是安全的。」

「你不喜歡警察？」道爾太太對他這種布爾什維克主義的暗示目瞪口呆。「來這裡詢問你收到的字條的那位警員非常有禮貌。」

「他們也是人，就和我們一樣。」

「那張字條是誰給你的，你知道嗎？」

「妳也看到了，它是匿名的。」

「真神祕。」道爾太太說。

「你打算怎麼做？」艾蓮追問：「自行調查，直到找出完整的故事？」

「這是當然的。」他放下刀叉。「妳說得沒錯。這起犯罪案件比表面上更複雜。我想找出真相。」

年輕女人的眼睛發光。「你一定做得到！」

道爾太太喃喃說要做酥皮派，然後退回廚房。門在她身後關上時，艾蓮把手放在雅各的大腿上。他很享受她纖細溫暖的手指的撫摸，但當這隻手變得更大膽時，他輕輕退開。

「我最好早點睡。可惜我吃不到酥皮派了，但我昨晚幾乎沒闔眼，現在累壞了。」

她嘟起嘴。「你對我感到厭煩了。」

「沒有，才沒有，」他急忙道：「完全沒這回事。」

「明明就有！」

她話中的飢渴令他不安。這就是為什麼她和那個已婚男人的不倫戀結束了？他很怕讓她不高興。

「只是我明天要早起。我要去紹森德。瑪麗珍・海耶斯的已婚姊姊住在那兒。她也許能給我一條線索。」

「你可真幸運——能去海邊玩！」

「現在天寒地凍耶。我會帶上我最溫暖的圍巾。」

「我只是在逗你啦。」她的語氣軟化了，彷彿為自己鬧情緒感到後悔。「你的工作一定很辛苦。在人們生命中最黑暗的日子裡盤問他們。奧利弗・麥卡林登以前還住這兒的時候，我問過他他怎麼受得了這種工作。」

雅各咬住舌頭。他無法想像他在《號角日報》那位野心勃勃的同事會受良心譴責。而且他為什麼要受良心譴責？記者的工作本來就是挖掘真相。

「我敢打賭這會讓你夜不能寐，擔心你會傷害他們。」

他在她臉頰上啄了一下，想著他的工作其實從來沒有讓他失眠過一分鐘。但今晚在床上躺了一個小時後，他還是很清醒，不安的諸多思緒讓他頭疼。最近有一、兩次，他是想著努比亞魔法與神祕王后娜芙蒂蒂進入夢鄉。今晚，另一個女人的形象充斥著他的腦海。她的冷眼透過霧靄凝視著他，而他想起了湯姆・貝茲嘶啞的耳語。

瑞秋・薩弗納克。

＊　＊　＊

瑞秋溜出畫廊時，穿戴著司機帽和大衣的楚門正在等她。他把幻影轎車停在五分鐘路程外的一條小路上。他拿著一把傘，但在毛毛雨下並沒有打開它。他們並肩而行，瑞秋哼著《雨中歡唱》。月亮躲在雲後。拐過最後一個轉角時，瑞秋幾乎停了下來，在黑暗中睜大了眼睛。

街道狹窄，光線昏暗。一側是一排關門的小商店，另一側是一間廢棄的紙箱工廠。看不到任何人，只有一隻髒兮兮的貓四處尋找殘羹剩飯。幻影轎車在五十碼外。

一個矮胖的身影在前方的陰影中出現，在昏暗光線下幾乎無法察覺。那是一個穿戴帽子和圍巾的粗壯男人，手裡拿著疑似是武器的東西。楚門加長了步幅，但男子突然衝來，楚門似乎失去平衡，掙扎著躲避攻擊。

在瑞秋身後，一個人從倉庫門口走出，一隻手臂摟住了她的肩膀。這個男人比她高，握力也很大。她感覺到他的呼吸，混雜隔夜啤酒和洋蔥的味道，溫暖而黏稠地貼在她的皮膚上。他的膝蓋壓在她的脊椎上。他的另一隻手舉起一把刀，抵在她的脖子上。刀刃刺痛了她的肌膚。

「住手！」另一人咬牙道。他和楚門在鵝卵石路上蹲在彼此面前，都等著撲向對方。男子揮舞著一根參差不齊的破鐵管。「否則我們割開她的喉嚨。」

瑞秋尖叫：「救命啊！我只是個手無寸鐵的可憐女人！」

刀子驟然一彈，割斷了她的珍珠項鍊。楚門發出痛苦的低沉呻吟。

「妳不算可憐吧？」襲擊者嘶聲道：「我敢打賭妳的珍珠是真的。」

他說話時，楚門把手裡的傘向前刺去。一根長長的鋼尖刺穿了矮胖男的腹部，瑞秋這時抓住襲擊者的手腕，以平穩而猛烈的動作拉扯。她聽到骨頭斷裂聲，刀從他手中掉落。

他痛得哀號，在布滿雨水的鵝卵石路上滑了一跤，跪倒在地。她踢出一腿，用尖尖的鞋跟掃過他的臉。他尖叫、捂著受傷的眼睛時，楚門掐住他同伴的脖子，抓著對方的腦袋去撞鵝卵石地。一次，兩次，三次。

瑞秋從大衣口袋裡掏出一把手槍，對準襲擊她的男子。鮮血從他臉上的傷口流出。他發出自憐和痛苦的呻吟聲。

「我也不算是手無寸鐵。」她說。

茱麗葉．布倫塔諾的日記

一九一九年一月三十一日

我一直把門鎖著。我理應來去自如，但其實我被困住了。我永遠被困在這裡，無論天氣是否惡化，而且這座島連續幾天與大陸隔絕。我或許沒有被螺栓和鎖鍊綑綁，但我依然是個囚犯，獨自一人在這棟破舊老房子的頂部。就像高塔上的公主。

只不過我不是公主。

我為什麼把自己關在裡面？這很難解釋，甚至對我自己也很難解釋。老法官沒辦法爬上通向我房間的八十五級陡峭臺階。這會要了他的命。

瑞秋從不來這裡。她寧願對我敬而遠之，害怕我會傳染給她。媽媽很久以前就教我，只要輕輕一咳，我就能擺脫那個討厭鬼。從我們來到岡特島的那一刻起，她對我的敵意就表露無遺。但我過了一段時間才意識到她有多殘忍。

每當傭人惹惱她時，她會跟老法官說他們的壞話來報復他們。他們都被不光榮地解僱了。老法官僱用的最後一位女管家是個肥胖的老處女，名叫唐納奇小姐，她專心照顧一隻幾乎和她一樣胖的蠢獅子狗。六個月前，那隻狗失蹤了。二十四小時前，唐納奇小姐終於失去了耐心，在我的聽力範圍內責備瑞秋愚蠢的無禮行為。意識到寵物不見時，女管家發瘋了。

瑞秋藏不住竊喜。最終，她宣布她找到了狗的項圈，在北岸的一塊裸岩上。她指著上面的一抹血跡。可是那個可憐的生物一直沒被找到。

每個人都知道誰該為此負責。每個人都知道要是瑞秋發脾氣，肯定會有某人或某物遭殃。唐納奇小姐在下一次退潮時離開了，三位女傭和一個廚子跟著她穿過堤道，再也沒回來。

瑞秋開心極了。「瞧？」她朝我嘶聲道：「這就是所謂的一石二鳥。」

當然，老法官沒懲罰她。他責怪傭人們，說他們嫉妒他的寶貝女兒。在毫無意義的憤怒中，他解僱了剩下的人。那之後，海芮妲來這裡工作。她是個三十歲的女人，樣貌賞心悅目，但未婚。她曾和一個後來在伊珀爾被炸成碎片的牧羊人訂婚，而在那之後她辛苦賺點小錢，好照顧自己和未婚夫兩邊的生病父母。他們的醫藥費貴得嚇人，她亟需錢。老法官必須付出高昂的代價才能讓任何人進來。即便如此，海芮妲說要不是為了我和我媽媽，她也不會堅持下去。

一個叫克里夫的人同意在家裡幫忙做些體力活。他因彈震症而退伍，需要掙夠錢來照顧自己、他的妹妹和守寡的母親。最後，哈羅德・布朗出現了，聲稱自己曾在一棟大宅當過管家。聽起來像是真的。海芮妲注意到他經常偷瞄老法官的金燭臺。

媽媽喜歡海芮妲。她以前從沒找到可以傾訴心事的對象。我例外，但我也相信她向我隱瞞了很多事情。她小心翼翼地避免提到老法官或他的女兒，但有一天，我聽見她和海芮妲談話。

「如果妳問我的意見——」她說：「瑞秋・薩弗納克就跟她父親那個老流氓一樣瘋狂。」

第八章

「我唯一的遺憾是，那個禽獸選擇了懦夫的出路。」艾格妮絲・戴森轉身背對雅各，凝視著大道遠方的躍騰海浪，眼睛閃閃發亮。是大風吹得她眼睛泛淚，還是她在強忍淚水？「他對我可憐的妹妹做出那種事，我很樂意親自絞死他。願他在地獄腐爛！」

她擰著手裡的羊毛手套，彷彿在排練如何讓那人的罪行獲得應有的報應。雅各實在沒辦法責怪她，就算他對死刑充滿懷疑。伊迪絲・湯普森之類的案件令他心煩意亂；她年輕的情人殺了她的丈夫，她自己真的應該為此在絞刑架上被扭斷脖子嗎？

「這對妳來說一定很難受。」他把自己想像成一個面對苦惱教徒的牧師。「我猜妳和瑪麗珍一定很親密。」

「我們是姊妹。」艾格妮絲語調放軟。「我和她相差十一歲——我們曾有個弟弟，但他在嬰兒時期就死了，那可憐的羔羊——但我和她從未失去聯繫，即使我們走上不同的道路。瑪麗珍是個心地善良的女人。她從不說任何人的壞話。模樣也賞心悅目，她在年輕時很漂亮。她向來可敬，記住我這句話。不管你從那些腦袋如同糞水的人那裡聽聞了什麼謠言，她絕對不是跟男人亂搞的女人。」

在一陣強風把他從車站吹到她的寄宿處後，他同意了艾格妮絲的建議，趁著雨停之際出來散步。貝拉維斯塔在淡季時十分靜謐，他猜她不想讓收拾早餐的女侍偷聽他們的談話。

瑪麗珍．海耶斯的身分，是透過裝在袋子裡的個人物品辨識出來的，袋子丟在她被砍頭的遺骸幾呎外。她的錢包裡裝滿了錢，殺人動機顯然不是為了錢財。報紙避免提到瑪麗珍是妓女的虛假謠言，但凶手肢解屍體的行為讓人聯想到「白教堂命案」，連同警方無法找到任何犯罪線索的這一事實。大不列顛民眾總是做出「二加二等於五」的結論，把受害者和加害者都想成最壞的人。

「我也這麼覺得。」他尷尬地咳嗽一聲：「說真的，戴森夫人，我自己的報紙也責無旁貸。我們的首席犯罪記者躺在醫院裡，而報導這個故事的其他人不是……我這麼說吧，我感謝上帝賜下的好運，這意味著我可以查出『帕爾朵自白然後自殺』背後的真相。」

「你這麼年輕……」她說：「我怎麼知道我能不能相信你？瑪麗珍出事後，我就被記者從早纏到晚。他們都保證會報導真相，但沒一個做到。他們只想要精采的故事。」

「我湊巧相信真相本身**就是**精采故事。」這句話不知從哪跳到他舌頭上，他很滿意。「妳必須決定妳是否可以相信我。」

他們默默前行。艾格妮絲・戴森體型魁梧，濃密的灰髮隨風飄揚。棕色大眼和高顴骨是她最吸引人的身體特徵，而且從他看過她已故妹妹的那些照片來判斷，這是這個家族中的特點。雖然瑪麗珍比較漂亮，但言辭犀利的艾格妮絲・戴森也絕不是漫畫中那種令人生畏的海濱女房東。只是命案的殘酷讓每個人都表現出最壞的一面，不僅僅是記者。

「我們要不要走上碼頭？」他提議。「我們不需要走到盡頭。我聽說這裡的碼頭是全國最長的。」

「不只是在這個承蒙上帝祝福的國家裡最長的，而是全世界最長。」她向他保證。「去年，他們把碼頭拉得更長，喬治王子也來參加了正式開幕式。電氣化鐵路也在延長，但我更寧可讓我的腿多走動。為別人做飯二十五年，對身材可是一點好處也沒有。」

「看在上帝的份上，戴森夫人，別這麼謙虛！」他以愉快又英勇的語調說道。

看她哈哈大笑，他暗爽在心。「幸好妳穿得很暖和。每年這時候海風都很大。」

「我的父母以前會風雨無阻地帶我去布里德靈頓。他們把那稱之為『風吹時忍耐一下』，雖然那明明就是寒風刺骨。與東約克郡相比，這裡的氣候根本屬於熱帶。」

她繼續向他解釋，為什麼濱海紹森德是英國最好的度假勝地。除了永無止境的碼頭外，遊客還可以在庫薩爾遊樂園的賽馬場、維多利亞拱廊和死亡之牆等景點之間做選擇。彷彿這一切還不夠，前面一個新的划船湖和一個藝術畫廊都在興建中。

「我在地鐵站看過廣告海報，」他說：「得等天氣回暖後再回來看看。我們沒辦法改變妳妹妹的遭遇，這點令人遺憾，但我想確保我們刊登的東西是真相，而不是扭曲事實的垃圾。」

她大聲地抽擤鼻子，撇開頭，沒看他。「如果你做得到，弗林特先生，我將永遠感激。」

「叫我雅各就好。」

「你讓我想到我的兒子。他是皇家海軍的一名軍官。從小就喜歡船和航海。可憐的瑪麗珍從不知道為人母的快樂。當然啦，也不知道母親為子女的擔憂。」

「她未曾結婚？」

「查克韋爾有家麵包店的可愛小夥子追求她多年，但後來在法國被炸掉了一條腿。他們給他裝上了義肢，但他疼痛難忍，在我們簽署停戰協議的一星期後開槍自殺了。戰爭爆發時，我兒子已經在上學了。我妹妹很寵他，但她其實一直想要自己的孩子。問題是，她快三十了，而且周圍沒有多少男人。她以前常拿這件事開玩笑：『知道我是什麼嗎？一個多餘的女人。』」

「這種說法太可怕了。沒有任何人是多餘的。」

「但有些人覺得自己是累贅，雅各。因為她貌美如花，所以小夥子們一直約她出去，但她告訴我，他們之間缺乏火花，而且她害羞的個性更是無濟於事。我向來是家裡最健談的。她在失去她的真命天子後，就再也沒找到合適的人了。隨著歲月流逝，她全身心地投入到工作中。艾塞克斯郡沒有比她更敬業的護理師，我向你保證。」

「她在七年前搬到了倫敦？」

「她當時說她該展開翅膀翱翔了。她看到大奧蒙德街醫院的招聘廣告，一時興起去應徵。他們表示願意給她職位時，她欣然接受。」

「在那之後，妳就很少見到她？」

「沒錯。一開始我經常給她寫信，但瑪麗珍向來不喜歡書信往來。她和我都忙於各自的生活，而且我們沒想到……」

她低下頭，雅各把手放在她肩上。「人都以為以後還有大把時間可以見面。」

艾格妮絲・戴森抬頭看他。「就是這樣……」她壓低聲音。「當……反正打翻了牛奶哭也沒用，不是嗎？」

「她為什麼離開倫敦？」

「牛津郊外一家孤兒院在徵人。副院長，以後會成為那家孤兒院的管理人。原本的女院長年紀越來越大，她做那份工作三十年了，想退休了。這是很大的一步，薪水很高，但責任更大。她寄給我一張明信片，說這是一生難得的機會。」

「但她並沒有在那裡待很久？」

「沒錯，當她寫信告訴我她已經離開那裡時，我很震驚。」

「妳知道她為什麼辭職嗎？」

「不知道，她從沒解釋過。我很難相信她在那裡發生了任何不愉快。瑪麗珍不是那種愛爭論的類型。我猜她可能發現『負責人』的工作其實沒有她想像的那麼好。更少陪孩子，更常處理文書工作。她向來沒有我的生意頭腦，又或許她無法面對成為院長的前景。於是她回到了倫敦，在梅克倫堡廣場、她以前住過的大樓裡租了公寓。她當時考慮要不要回去大奧蒙德街醫院，拜託他們讓她重返以前的工作崗位。」

「她有沒有跟妳提過勞倫斯・帕爾朵？」

「一次也沒有。」她露出苦笑。「瑪麗珍從不向我傾訴關於男人的事情。我猜是因為我們的年齡差距……」一隻海鷗在上方嘎嘎叫。

「原來如此。」

艾格妮絲・戴森的目光越過河口，望向遙遠的肯特海岸。「根據我的瞭解，瑪麗珍這輩子從沒玩過任何卑鄙的把戲。她關心她的病人，也愛小孩子。一想到那個禽獸如此冷酷地毀了她，我的血都沸騰了。我現在唯一能做的，就是確保她能以她所做的善事而被記住。你能幫我嗎，雅各？」

「可以。」他熱情的答覆把他自己嚇一跳。「交給我。」

＊　＊　＊

「你們冒了生命危險，」楚門太太一邊說，一邊用銀壺倒咖啡。「為了什麼？」

瑞秋打哈欠。「我們從未處於危險之中。即使對我們採取埋伏，那些惡棍也會後悔這麼做。與楚門一起練柔術的那些時光非常值得。難怪那些婦女參政運動者的保鑣們那麼強大。」

「但妳有沒有得知什麼讓這件事變得有價值的情報？還是妳只是想在和男人打架中證明自己？」

「說真的，他們知道的少之又少。」瑞秋品嘗咖啡。「即使在求饒的時候，他們也沒告訴我們任何有意思的事情。實在不值得我犧牲一條假珍珠項鍊。一個中間人僱用了他們，一個來自沙德韋爾的酒館老闆。他說他的上級不想讓我們死，只想給個警告。如果我沒在四十八小時內坐上回坎伯蘭的火車，他們會再次找到我。而下一次，他們會往我臉上潑硫酸。」

管家打個冷顫。「就像可憐的瑪莎。」

「他們不會傷害其他人。」

「他們那裡還有更多粗人。」

「昨晚證明了我的判斷是正確的。沒有人為克羅德．李納克哀悼，但帕爾朵顯然是個重要人物。我能嗅到恐慌的味道。」

電話響了，這在這個家裡很少見，兩個女人對視一眼。片刻後，瑪莎出現在門口。

「蘇格蘭警場的奧克斯探長。」她說：「他今天下午想來這裡。」

＊＊＊

回到弗利特街後，雅各立即給牛津孤兒院的院長發了一封電報，詢問能否在第二天與她見面。

不入虎穴，焉得虎子。他的下一步行動，是入侵《號角日報》城市編輯那間煙霧瀰漫的要塞。

威廉・潘德利思是一個憂鬱的懷疑論者，他對資本主義的痛斥源於嚴格的喀爾文主義信仰，而不是源於對馬克思主義的堅持。雅各對高級金融的奧祕知之甚少，但在他偶爾閱讀潘德利思的專欄時，意識到這些文章為何非常適合《號角日報》的讀者群。即使是那些對股市的微妙處毫不在意的人，也會為潘德利思對無能和腐敗發出的雷鳴譴責而激動。與其說他是一名評論員，不如說他是一名地獄火傳教士。

「勞倫斯・帕爾朵。」潘德利思在舌頭上滾動這些音節，表情清楚表明它們嘗起來很苦澀。「他讓邁達斯王看起來像個乞丐。他繼承了一筆財產，而不同於大多數有同樣福氣的富家子弟，他沒有揮霍，而是致力於增加自己的財富。」

菸草的臭味刺痛了雅各的鼻竇。「帕爾朵身價多少？」

潘德利思捻熄了伍德拜恩菸，立即點燃另一支。這個四十多歲的高個子男人瘦得令人心痛，據說他每天抽的菸比攝取的卡路里還多。

「我毫無頭緒，小夥子。如果要我猜，保守估計是三百萬，但我把『猜測』這種事留給當選的政治家，讓他們來決定我們悲慘的命運。」

雅各吹聲口哨。「搞不懂他為什麼還要去工作。」

「因為錢能生錢，而這會讓人上癮，小夥子。」

雅各差點說出「就像抽菸也會讓人上癮」，但及時制止了自己。

「聖經說得很清楚了：**不要為自己積攢財寶在地上；地上有蟲子咬，能鏽壞**。你該慶幸你不用擔心懲罰性稅收和遺產稅那些惡夢。」

「下次付房租時，我會以此來安慰自己。你有見過帕爾朵嗎？」

「一、兩次，但我們只交談了幾句。他知道我的名聲，也對我敬而遠之。對我採取這種態度的人當然不是只有他。」

「他是個老實人嗎？」

「看在上帝的份上，當然不是，小夥子。沒有誰能處理這麼多錢而保持一塵不染，即使你透過仁慈的行為來拯救你的良心也一樣。如果你問我，我是否認為他會去屠殺一個手無寸鐵的女人，答案是否定的，但這只是證明了我這個人容易相信人。在談到富有的金融家的時候，人們總是應該做最壞的打算。我不能說我有發現他任何令人震驚的惡行啦，但我向你保證，那些骯髒事一定潛伏在他財務事務的雜木叢中的某個地方。」

「他不愛炫耀，似乎也沒有奢侈的愛好。沒有關於他的八卦嗎？」

「他很低調。按照有錢人的低下標準，他似乎樹敵不多。」

「所以，儘管他在金融界名聲顯赫，你卻對他瞭解不多？」

看潘德利思發怒，雅各感到一陣滿足：子彈擊中了目標。「我對他所知甚少，小夥子。如你所知，我從不寫下任何缺乏事實佐證的報導。我從不依賴未經證實的傳聞。」

「所以你確實有聽說些什麼？」

「雞毛蒜皮，僅此而已。」

「我會很感激……」

「接下來我要告訴你的，**不是我告訴你的**。」這名較他年長的男子瞪著他。「記住，如果有誰問起，你也絕不會扯上我。」

「請放心。」雅各溫順地說：「如有違誓，不得好死。」

潘德利思小心翼翼地將瘦削的上半身越過桌面，在雅各耳邊呢喃：「不久前，我聽說有人在調查帕爾朵。一名私家偵探在暗中詳細調查他的活動。我無法確定為什麼會有人對帕爾朵這麼感興趣。失望的投資者可能會想磨斧頭報仇，但帕爾朵並沒有進行什麼註定會讓有錢無腦的投資者變得窮困潦倒的騙局。但無論是誰委託調查，顯然是玩真的。想吸引這個傢伙，就需要雄厚的財力。據說他是倫敦最聰明的私家偵探，也是迄今為止最貴的。」

「他叫什麼名字？」

潘德利思苦笑，露出一口尼古丁黃牙。「李維提格斯・舒梅克。」

第九章

「感謝接見。」奧克斯探長說道，這時楚門太太送上了大吉嶺茶和司康餅。「我相信妳一定很忙。」

「才沒有呢。我過著很平靜的生活。」管家離開時，瑞秋點頭表示感謝。「與蘇格蘭警場的明日之星共度下午茶時光，對我來說是件新鮮事。」

「我聽說妳是在一個小島上長大。」

「是啊，岡特島是個荒涼的地方，很多年前由一位心存感激的君主送給一些早已被歷史遺忘的薩弗納克家族成員。王室從不害怕對忠誠和謹慎做出獎勵。」她微笑。「雖然一塊荒涼的石頭實在算不上什麼獎勵啦。在我成長時，我覺得堤道盡頭那個村子的漁民小屋似乎才叫精美。家人能在那裡彼此交談，一起歡笑，一起哭泣。」

「作為獨生女，妳一定很寂寞。令堂早已過世，而令尊……狀態不好。」

瑞秋聳肩。「有一段時間，我一個遠房堂親也住那兒。我們年齡相仿，但是……

她後來死了。我必須承認，我並不想念她。我有大海可以游泳，有岩石可以攀爬，有書本可以學習。即使在冬天，小島連續幾天與外界隔絕時，我也總是能逃避……逃進我的想像裡。」

奧克斯在椅子上挪動身子。她的語氣就是讓他感到不自在。「倫敦對妳來說一定很陌生。」

「不是有人形容這裡是個大糞坑，這個帝國所有的閒人都無法抗拒地被拉入其中？」奧克斯眼中的光芒告訴她，他知道這句話的典故。「我承認自己是個閒人。我就是喜歡安靜的休閒活動。字謎、棋謎。」

順著她的視線，奧克斯望向鑲嵌的棋桌。「我上次來的時候就很欣賞這棟房子，但現在覺得它更吸引我了，因為這裡充滿著……妳的特徵。」

瑞秋微笑。「你曾為了辦案而訪談前屋主吧？」

「妳消息真靈通。沒錯，我逮捕了克洛桑。他喜歡炫耀游泳池和地下健身房，儘管他根本不會游泳而且病態肥胖。他喜歡擁有普通人無法企及的東西，例如擁有幾名警探在手上。」奧克斯在司康餅上塗奶油。「他的炫富毀了他。」

「警世故事。要不要再來點茶？」

「不用了，謝謝。我還記得克洛桑那群奴才，在他身邊供他使喚。他一定會覺得牢裡的新生活很不一樣。相較之下，妳顯然比較喜歡……只保留最低人數的員工。」

「我的慾望與需求很簡單，探長，所以我不需要一大群隨從。」

「妳的謙虛令人欽佩。」

「我很幸運。我的幫傭非常能幹。」

他好奇地看她一眼。「妳好像幾乎以彼此平等的方式對待他們。」

「是我的疏忽。」她微笑。「有時候，我搞不懂究竟是我還是他們才是這裡真正的負責人。」

他清清喉嚨。「請原諒我這麼問，可是妳的女傭，剛剛帶我進來的那位……」

「你對她的毀容感到好奇？」

「她的模樣非常引人注目，」奧克斯說：「在她的臉受傷之前，她一定是……」

「大美人？」瑞秋說：「在我看來，她仍然是個美人，但她的容貌是個詛咒。她引起了一個壞男人的注意，她拒絕他粗暴的求愛時，他被激怒了。」

「強酸？」她點頭。「我以前在東區一些可憐女孩身上見過這樣的傷勢。據說是硫酸鹽造成的。真希望毀了她容貌的壞人已經被抓了。」

「請放心。」瑞秋說：「他得到了他應得的。」

奧克斯似乎還想再問什麼，但瑞秋的表情讓他改變了主意。「自從我上次造訪以來的另一個變化是，妳的窗戶現在有了鋼製百葉窗。即使在較高樓層也是。」他指向俯瞰廣場的窗戶。「前門的鎖具也給我留下了深刻印象，是那些新奇的美國產品之一。我也看到妳投資了最新的警鈴。我從沒見過保護得這麼妥善的私人住宅。妳在這裡一定覺得就像在英格蘭銀行那樣安全。」

「你觀察入微，探長。」瑞秋同樣回以微笑。「因此，你一定也注意到我對藝術作品的品味。它們並不便宜，所以我想保障它們的安全。要偷東西請去別家。」

看他俐落地點頭，她聯想到擊劍手向擋住了自己刺擊的對手敬禮。「很明智。」

「接下來，請務必告訴我。是什麼風把你這樣的大忙人吹來我家？」

他吃完司康餅。「妳有沒有讀過關於勞倫斯·帕爾朵死訊的報紙報導？」

「這年頭想避開報紙報導都難。」

「從表面上看，他的情況與克羅德·李納克有著奇妙的相似之處。」

「真的嗎？李納克掐死了桃莉，帕爾朵用一條圍巾勒死了瑪麗珍，然後將她斬首。這在凶殺案上，應該是粉筆和乳酪之間的差異吧。」她垂下睫毛。「抱歉。我的低級措辭是不是讓你不愉快？」

「我不是在談論犯案手法，」他反駁：「李納克和帕爾朵屬於同一個圈子。這位藝術家把錢存在帕爾朵那裡，他們兩人都持有桃莉·班森在合唱團演唱的那家劇院的股份。兩起罪行都暗示著變態的激情。兩個受害者都是有魅力的女人……」

「但瑪麗珍·海耶斯年齡比班森姑娘大一倍，帕爾朵比克羅德·李納克大二十歲。」瑞秋打岔：「至於凶手之間的社會關係，如果兩個富有的倫敦人彼此**不認識**，那豈不是更令人吃驚？」

「我還以為妳不相信巧合，薩弗納克小姐。」

「你和那兩個殺人犯上的不是同一所好大學嗎？如果得知你的家人在過去半個世

紀裡把錢委託給帕爾朵銀行，我不會感到驚訝。權貴人士的世界是個亂倫的小世界，探長。」

他的臉頰染上一層粉紅色。「妳聽起來像是在海德公園角鼓吹社會主義的人。」

「我的觀點與政治無關。我只是認為，任何想將這兩起罪行聯繫起來的人都需要提出令人信服的推理。」

「妳對合唱團女孩謀殺案感興趣。那瑪麗珍・海耶斯的命案呢？這是否也引起了妳的好奇心？」

「帕爾朵已經死了，而且關於他那封自白的消息登上了每一頁頭版，你為什麼還這麼問？」她交叉雙臂。「當我告訴你們是誰謀殺了桃莉・班森的時候，蘇格蘭警場似乎充耳不聞。」

「的確，薩弗納克小姐。請容我辯解，畢竟一位年輕女士指責一位內閣部長的弟弟犯下了離奇的罪行，這……很不尋常。我們對此當然抱持懷疑態度。報紙沒有刊登的是，這一次，我們透過一通匿名電話得知了帕爾朵的死訊。那通電話該不會是妳打的吧？」

她看著他的眼睛。「不是。」

奧克斯放下杯子。「妳確定嗎，薩弗納克小姐？」

「我不習慣被人質疑我的說詞，探長。」她站起來，按了牆上的鈴鐺。「我曾試圖幫助蘇格蘭警場卻遭拒絕，那已經夠糟了。如果沒有別的事……」

他起身。「如有冒犯之處，我道歉。我不是有意……」

門開了，毀容女僕走了進來。「奧克斯探長要走了，瑪莎。」瑞秋說：「請不要讓他忘了他的帽子和大衣。」

奧克斯尷尬地伸出一手。「謝謝妳給了我幾分鐘的時間，薩弗納克小姐。希望我們以後還會再次相遇。」

瑞秋的表情沒洩漏任何情緒。「什麼樣的怪事都會發生，探長。至於現在，再見了。」

＊　＊　＊

離開城市編輯後，雅各回到自己的辦公桌前。他看到一封電報，來自牛津孤兒院院長艾薇拉・蒙迪夫人。她願意明天早上十點半見他。她提議去穀物市場街的福勒餐廳喝杯茶。

他開心地在回覆上確認了他同意，而他還在祝賀自己的時候，佩吉前來通報。佩吉是個永遠感到無聊的年輕女子，負責保護《號角日報》的工作人員免於不受歡迎的訪客的騷擾。

「有位女士來找你。」佩吉嘆口氣，因為看雜誌的樂趣被打擾而惱火。「叫德拉米爾。」

「從沒聽說過。她有什麼事？」

「說有急事要找你。」

「有什麼急事？不能等明天嗎？」

「我哪知道，」她打個哈欠。「那我告訴她你已經回家了？」

「她一定有說她想見我的原因吧？」

「不算有。她只有說跟一個叫瑞秋・薩弗納克的人有關。」

＊　＊　＊

「所以？」楚門在蘇格蘭警場的人離開岡特屋的十分鐘後問道。

「李維・舒梅克說得沒錯。」瑞秋說：「奧克斯是個好刑警，而且他注意到了百葉窗，儘管他還沒完全掌握到我們裝潢的規模。他懷疑我有鬼，雖然還不知道究竟哪裡有鬼。」

楚門坐下。皮革扶手椅似乎不適合他龐大的體格。「瑪莎告訴我，妳把他嚇得夾著尾巴逃了。」

「他受過文明教育，而且彬彬有禮。這對刑警來說是個障礙。他問我是否曾就帕爾朵之死打電話給警場，而他質疑我的否認時，我發了該發的脾氣。他慚愧得沒想到該問我是不是別人代替我打那通電話給警察。這樣一個出類拔萃、能幹的傢伙。

我喜歡讓他臉紅。」

楚門大笑，發出不和諧的沙啞笑聲：「別忘了舒梅克還說過什麼。奧克斯犯的大錯和弗林特一樣，他們都被教導要尊重財富和社會地位，但真正讓他們屈膝的，是一張漂亮臉蛋。」

「話先別說得太早。那位好探長一定還會採取行動。查德威克警司是狡猾的老狐狸。他會對我敬而遠之，但我相信奧克斯會回來的。」

「他在妳手上仍然是個呆子。」

「你誇大了我的能力。」

「一點也不。」楚門亮出牙齒。「那可憐的豬根本不知道自己在面對什麼。但別忘了，基瑞可沒那麼簡單。跟他共進午餐並不是好主意。妳還來得及改變主意，取消赴約。」

「錯過品嘗拉古薩餐廳美食的機會？」她搖頭。「我拒絕成為鍍金籠子裡的囚徒。你可以讓我在餐廳前門下車，等我和威廉·基瑞道別後再來接我。我很期待午餐。這會是難得的機會。」

＊　＊　＊

「你認得我嗎？」

女子嗓音很輕，似乎不想讓佩吉聽到。

雅各不知所措地伸出手。他無法正確估計任何女人的年齡，也沒笨到試著這麼做，但他猜她可能比他大一、兩歲。她身材苗條，棕色短髮紮成鮑伯頭，蒼白的眼睛和令人賞心悅目的容貌似乎因緊張而繃緊。她的手指上沒有戒指，臉上連雀斑之類的特徵也沒有。在人群中很容易從她身邊走過而沒注意到她。他不記得以前見過她。

「非常抱歉，不過……」

「說真的，」她抓住他的手。「如果你真的知道我是誰，我其實會很失望。」

她的笑容帶著溫柔的嘲弄。雅各困惑地看著她。

「我叫莎拉．德拉米爾，」她說：「但我在你印象中的身分，大概是努比亞魔法與神祕王后娜芙蒂蒂。」

第十章

「娜芙蒂蒂？」

雅各拉長每個音節，徒勞地試著掩蓋困惑。

「信不信由你。」

他用手拍拍自己的頭。在自己辦公桌後面的佩吉對此深感興趣，因此放下了手裡的《電影樂趣》漫畫雜誌。她伸長了脖子，希望能偷聽到有趣的緋聞。

雅各想起他和艾蓮在瘋狂劇院享受的那場表演的最後一幕。娜芙蒂蒂為阿努比斯火葬。這就是那天晚上讓他著迷的女人？如果加上精緻的妝容和異國情調的埃及服裝，他認為確實有可能。娜芙蒂蒂輕盈的身體似乎比莎拉·德拉米爾少年般的五官性感多了。他無法想像這個纖瘦女子能以幻術女王的身分登上舞臺，更別提以高不可攀的妖豔形象縈繞在他的腦海中。

「我們在舞臺門口說過話——是兩星期前嗎？」她精心控制的母音發音沒能完全

掩蓋她工人階級的血統。「你的伴侶收集了我的簽名。」

讚美上帝，她竟然記得他！那晚在艾蓮的堅持下，他們排隊等候，以便她能將娜芙蒂蒂瀟灑的潦草字跡添加到她收藏的明星簽名中。

「艾蓮，我房東的女兒。」他覺得有必要補充一句：「她只是個朋友。」

莎拉・德拉米爾微笑。「她挽住你的手臂時，我注意到她眼中有一種宣示主權的意味。我敢打賭，她不是只把你當朋友。她給我的印象是一位非常友善的年輕女士。而且那一頭紅髮真美。你很幸運，弗林特先生。」

「她……這個嘛，這不重要啦。」覺得自己講話像笨蛋，他問：「所以妳真的是娜芙蒂蒂王后？」

「我**真的**是莎拉・德拉米爾。不過，沒錯，我是魔術師，而且沒錯，我的藝名是娜芙蒂蒂。」

「妳確實把我嚇了一大跳。我完全猜不到妳就是她。」

「在現實世界，不會有人覺得我是努比亞美女。」她嘆道：「我喜歡扮演角色，但也會保持真實的自我。我不想完全失去自己。」

「我相信不會有這種危險。」他說：「我真的大吃一驚，妳竟然還記得那次簽名。妳一定經常被粉絲包圍。」

又是撩人的笑容。「也許你應該感到受寵若驚，而不是大吃一驚。」

為了掩飾困惑，他結巴道：「可是……妳怎麼知道我叫什麼、在哪工作？」

「你的女朋友有介紹你啊，你應該沒忘吧？她顯然對你作為記者的工作非常自豪。也不知道為什麼，你……給我留下了深刻印象。」

「妳記憶力過人，德拉米爾小姐。那麼，我能如何為妳效勞？只要能力所及，我非常樂意幫忙。」

「你很擅長問問題，弗林特先生，但回答問題可能需要一點時間。」她瞥向佩吉，對方在無恥地偷聽時嘴張得大大的。「有沒有什麼地方可以讓我們私下談話？不會花多少時間。今晚我也要在瘋狂劇院表演，我可不敢遲到。說實話，我其實根本不應該在這裡。」

她的嗓音有些顫抖。她在害怕什麼？

「我們可以去對面的『假髮與筆』酒吧喝——」

「不，拜託。」她吐口氣，顯然試著讓自己平靜下來。「別誤會，但我們不能被人看到一起出現在公眾場合。」

「可是那是私人俱樂部……」

「不行。」她竟然在哀求他。「這麼做……不安全。」

他飛快思索。「這棟樓的後側有一間空的辦公室。那裡不會有人打擾我們。」

「謝謝你，弗林特先生……我能不能叫你雅各？」

「請務必這麼做。」

「那你也叫我莎拉。喔，我真的很感激你，雅各。我必須找個人談談，我也想不出其他人選。你今早報紙上的報導激勵了我。我覺得我可以依賴你。」

莎拉或許感到緊張，但他帶她走下狹窄的走廊時，發現自己忍不住產生優越感。走廊盡頭是湯姆・貝茲的辦公室，裡頭和湯姆離開時一樣，一堆亂七八糟的文件、書籍和咬過的鉛筆。這個混亂的避風港，讓他能逃離法靈頓路那間過度整潔的公寓。凌亂辦公桌上的打字機底下，藏著一張沾滿灰塵的照片，只露出一角。雅各把它抽出來，發現自己看著莉蒂雅・貝茲，也許是十五年前拍的，她對著鏡頭害羞地微笑。

莎拉・德拉米爾脫下大衣，他把它掛在門上。她穿著一件搶眼的金色薄紗長袍，頸部和腕部有著奶油色的長毛狐狸毛。這套服裝更符合他對這位女演員的服裝印象，儘管完全不如娜芙蒂蒂王后的舞臺服裝那麼大膽。他幫她拉來一把椅子，然後他自己坐在桌子後面。坐在一個正徘徊於生死關頭的人的座位上，感覺幾乎像是褻瀆，但貝茲自己說過，記者沒有時間多愁善感。

「妳有個故事要分享，德拉米爾小姐。」平靜下來後，他露出了鼓勵的微笑。「請用妳自己的方式和步調講述。」

她清清嗓子。「其實說來也挺好笑的。在舞臺上，我有時候會在表演中迷失自我。但不知道為什麼，和你說話就是不一樣。」

他再次覺得臉紅。「這個嘛，我不會咬人。」

她害羞地瞥了他一眼。「我的成長過程並不容易，但我下定決心要走上舞臺。小時候，我發現關於女巫和男巫的故事以及他們施展的咒語非常令我著迷。我愛上了魔法。魔術師約翰・維爾・馬斯基林是我的偶像。後來，威廉・基瑞聽說我是個還算像樣的魔術師。你一定聽說過他。」

雅各點頭。「他們說他是西區最萬能的表演者，也是最有錢的。他是瘋狂劇院的老闆吧？也涉足了其他很多生意。」

「基瑞先生——威廉——提拔了我。隨著日子一天天過去，我爬上了高位。後來，我想出了娜芙蒂蒂王后這個角色。雖然我不該自賣自誇，但我那時候已經成為一名老練的魔術師。我非常崇拜雄心勃勃的魔術表演。在半空中懸浮，或是給自動人偶賦予生命……」

「我和艾蓮很喜歡妳最後那場火葬表演，」雅各說：「我真不知道妳是怎麼做到的。」

她呵呵笑。「我恐怕不能透露祕密，弗林特先生，但還是謝謝你。威廉對我很有信心，我也永遠感恩在心，可是……」

「可是？」

「我不喜歡他身邊那些人。」她嗤口水。「有兩個人對劇院的投資特別大。其中一個是克羅德・李納克。」

雅各坐直。「殺害桃莉・班森的那人？」

「是的。」莎拉打冷顫。「我很討厭他。他有錢又受過教育，行為卻很可恥。他自稱藝術家，有一天他問我願不願意當他的繆思女神——想得美！我告訴他他該把畫筆插進他身體的某個部位。他後來對桃莉產生興趣，但當然，我從沒想過他會因為被她拒絕而殺了她。你可能還記得，她的未婚夫喬治・巴恩斯，在劇院擔任舞臺工作人員。他是個脾氣暴躁的人，警察認為在桃莉解除婚約後，他一氣之下掐死了桃莉。如果我早點說出來，他就不會那麼難過……」

「妳不能怪自己。妳現在正在說出來。」

她的笑容閃耀著感激之情。「另一個是帕爾朵先生，那個銀行家。我也很討厭他。他每次和哪個女演員說話時，都不在乎自己的手放在人家身上哪個部位。」

「帕爾朵怎麼了？」

「那可憐的女人在柯芬園被屠殺的前一天，我聽到他和威廉談話。這就是為什麼我來見你。我拜讀了你在《號角日報》上的報導。帕爾朵的屍體被發現時，你也在場。而且你在報導上提到了薩弗納克法官。」

「沒錯。」

「帕爾朵曾提到一個名叫瑞秋・薩弗納克的女人。說到她的時候，他變得非常激動又大聲，所以我偶然聽到。那時候是表演就要開始之前，我在更衣室。威廉的房間在隔壁。你知道他在哪幾場戲有演出嗎？」

雅各搖頭。「他的名字不在節目表上。艾蓮當時因為看不到他而感到失望。」

「威廉覺得隱瞞自己的身分很有趣，但在表演的高潮時，他其實是娜芙蒂蒂的陪襯。你記得阿努比斯嗎？」

「死神，長著豺狼腦袋，」雅各說：「娜芙蒂蒂毀了他，就為了讓他復活。」

「完全正確。總之，我聽到帕爾朵問威廉是否知道那個女人在打什麼算盤。威廉一定說了不知道，因為帕爾朵開始咆哮。他說瑞秋．薩弗納克最好別再打探別人的隱私，否則她會為此付出代價。如果他不對付她，其他人也會。威廉試著安撫他，但帕爾朵像個瘋子一樣大喊大叫，真的很可怕。到最後，威廉要他離開。演出就要開始了，但我看得出來他很苦惱。我們單獨在一起時，我問他怎麼了，但他裝作沒聽見，還說他狀態好極了。」

「妳沒提到妳聽到什麼？」

「當然沒有！」她的臉龐驚恐地皺起。「我可不想讓他覺得我愛管閒事。我擔心得要命，試著判斷該怎麼辦。然後我看到你的報導，發現帕爾朵是個殺人犯。就是那個禽獸在柯芬園殺死那可憐的女人。」

「威廉．基瑞和帕爾朵關係好嗎？」

「威廉是任何派對的活力泉源。你第一次見到他，聊個五分鐘，就會覺得他是你認識了一輩子的朋友。相較之下，帕爾朵很無趣，而且讓人覺得很假。這兩個人之間沒有任何相似處。」

「除了都很有錢。」

她吸了吸鼻子。「算是吧。」

「我還是不明白妳為什麼來找我。」

「因為我為瑞秋・薩弗納克這個女人擔心。我雖然不完全明白我那天聽到什麼，但帕爾朵是個殺人犯，李納克也是。我相信她的生命受到威脅，即使帕爾朵已經死了。他跟一些惡毒的人有勾結。」

「妳有沒有考慮過報警？」

她一手摀嘴。「當然不可能！」

「因為妳對雇主的忠誠？」

她纖細的身體在顫抖。「你不明白，雅各。我只能告訴你，威廉・基瑞讓我在瘋狂劇院工作，那是給了我機會，使我能免於……個人的羞辱。我永遠欠他恩情。」

「妳說得對，我的確不太明白……」

她垂下眼睛。「我年輕的時候，做了一些我永遠感到慚愧的事……總之，我不可能考慮去找警察。每次在街上遇到警察巡邏，我都覺得胃不舒服。」

他不知道該說什麼。「很抱歉，我……」

「不，該道歉的是我。來這裡是個錯誤。我高估了你我之間的一面之緣。」她倏然起身。「謝謝你聽我說話，弗林特先生。很抱歉打擾你。請忘記這段對話曾經發生過。」

她開門時，他說：「等一下！」

她轉身面對他，眼眶泛淚。

「我很想幫妳，我只是不知道妳想要什麼。」

「我自己恐怕也不知道。我來這裡真是太蠢了，太冒險。我根本不該窺探別人的事情。再見，弗林特先生。」

她小跑進入走廊，但他追在她後面，在來到入口大廳之前追上她。「拜託！」他喘道：「告訴我——妳要我怎麼做。」

她看起來瀕臨淚崩，他覺得反胃。難道這個脆弱又害怕的女人真的是埃及魔法與神祕王后，在舞臺上大步走動，以令人眼花繚亂的魔術和表演技巧將觀眾掌握在她的手掌中？

「我的腦子一團亂，弗林特先生。我怎麼知道我無意間聽到的那些話是有意義的還是毫無意義？帕爾朵的死可能已經給整件爛事劃下了句號。我可能是在杞人憂天。」

「但這不是妳的真心話。」

「嗯。」她閉上眼睛。「應該不是吧。」

「那麼——妳究竟怎麼想？」

她的嗓子顫抖。「還記得發生在桃莉・班森和瑪麗珍・海耶斯身上的事嗎？我相信下一個輪到瑞秋・薩弗納克。」

茱麗葉·布倫塔諾的日記

一九一九年二月一日

只有海芮妲來看我。她是善良的化身，而且沒拿「我只是來幫妳整理房間」之類的藉口來唬我。雖然她自己已經有很多事要煩。村裡的人都很討厭老法官。任何為他工作的人，都有可能被村民排斥。這就是為什麼當他試著僱用一名管家時，他最終選擇了布朗，我見過最粗魯的人。我根本不相信布朗真的是管家。我有看到他用什麼眼神看我的母親，就連那個雜務工的妹妹他也沒放過，她每次被迫去幫海芮妲的時候就會被他亂瞄。

爸爸在長期離開後重新回到我們身邊了，我很難相信那是不到一星期前的事。他看起來比那個愛瞎扯淡的士兵老一倍，那個阿兵哥說戰爭會在聖誕節前結束，還保證說他在教訓那些德國佬的時候會帶我們逃離這座城市。

我在一九一四年來到島上之前，從沒見過老法官。媽媽也是。我們不屬於上流社會，雖然我是在瑞秋對我這麼說後我才意識到這一點。

在我爸媽失蹤的前一天晚上，我無意中聽到他們共享一瓶酒時的談話。爸爸說他非常後悔把我們送來岡特島。他才初見瑞秋的真面目。

「那個小瘋子聲稱她覺得心臟附近有灼痛，並哀求我……檢查她。我拒絕了，並說我們必須請醫生時，她勃然大怒。我說我會讓老法官知道她這種行為。」

「浪費時間。」媽媽疲憊地說：「那老頭的腦袋就像漿糊，被她用小指攪來攪去。我從沒見過有哪個孩子像這樣執著於控制別人，就像操控木偶戲中的牽線木偶。她希望引誘你出軌，這樣她就能勒索你聽從她使喚。她就是這樣奴役了哈羅德·布朗那種下流的野獸。」

「我必須帶妳們倆離開這裡。」

「拜託在明天退潮的時候。沒時間了。既然你拒絕了瑞秋，她一定不會善罷甘休。」

爸爸嗤之以鼻。「她那種小孩子能怎樣？」

我能理解他的蔑視。他在戰爭中倖存了下來，一個十四歲女孩能構成什麼威脅？

但第二天早上，海芮妲告訴我，我爸媽失蹤了。

第十一章

威廉．基瑞握著瑞秋的手的時間，比陌生人之間通常允許的禮貌長度多了五秒鐘。她猜他原本打算吻她但改變了主意。這種克制不是他的本性，但即使是他也不會隨意貿然對待一位薩弗納克家族的人。

一位熱情洋溢的年輕男侍把瑞秋帶到東道主的餐桌旁，在拉古薩餐廳後側的一個角落裡。坐在對面角落的，是一支古典三重奏的成員。懸掛的絲綢氣球燈、豐厚的朱紅色地毯，以及黃色花紋錦緞窗簾，營造出一種奢華的自我放縱——甚至全然頹廢——的氛圍，而一支超大瓶的一八六〇年利口酒白蘭地的展示，強調著拉古薩餐廳的榮耀包含了高級酒品，以及倫敦最奢華也最昂貴的餐飲。

「昨晚參觀畫廊還愉快嗎？」他問。

「那……令人難忘。」

「也許有一天妳會授予我看看妳的……藝術品的特權。」

瑞秋微笑。「同樣的，我很想去看你在瘋狂劇院的表演。」

「我一定幫妳安排最好的位子！一場精采的演出正在上演。我的角色還滿……不典型的。一個不同於短劇和歌舞套路的變化。」

「聽說你在和一位女魔術師合作？」

「是的，娜芙蒂蒂──那女孩很有天賦。她能讓任何人相信魔法真的存在。她的專長是讓自動人偶像人類一樣活動和呼吸。我們一起合作，就能獻上更令人眩目的奇觀。」他的上半身越過桌面，把聲音壓低成陰沉的耳語：「我飾演阿努比斯，掌管死亡與來世之神。娜芙蒂蒂將我火化……然後又賜給我生命的禮物。」

「真神奇啊，」她呢喃：「擁有這種左右生死的力量。」

他依然看著她，拿起菜單。「能不能容我推薦達爾馬提亞咖哩？洋蔥、番茄和水果的罕見組合，在烹飪結束時加入雞蛋，相當美味。無論如何，我都想推薦『栗子巧克力拉古薩』來作為一種充滿罪惡感的深色甜點。」

他用指甲修剪整齊的漂亮手指一彈，侍者就出現了，宛如從瓶子裡召喚出來的精靈。男孩的皮膚散發淡淡的麝香味，高顴骨暗示他的斯拉夫血統，而且瑞秋注意到他的同事們都是同一個模子刻出來的。纖瘦，俊美，不到二十一歲。男孩拿著他們倆的訂單消失在廚房時，基瑞吐露道，從巴爾幹半島流亡來此的老闆的深奧品味絕不僅限於食物和飲料。

「盧科是天生的藝術家。任何缺乏偵探資質的平凡人也能從他選擇的裝潢推斷出他是藝術家。」他看她一眼。「說到這兒，有一隻小鳥告訴我，妳對發生在瘋狂劇院的可怕悲劇很感興趣。」

「我從小就對犯罪案件感興趣。也許是遺傳吧。」

「聽說老法官擁有全英國最好的私人圖書館？他收藏的犯罪和罪犯書籍是他的驕傲和喜悅。」基瑞咯咯笑。「在孤島上的漫長冬夜裡，我猜妳花了很多時間瀏覽那些書。」

「你猜對了。」她說：「我所知道的一切幾乎都歸功於那個圖書館。我如飢似渴地閱讀了所有我能拿到的書，從布萊克斯通到理察．波頓爵士，從笛福到大仲馬。我最近才開始對奧斯汀．傅里曼先生和塞耶斯小姐產生了興趣。」

古典音樂家們開始演奏，基瑞用手指敲著桌子。「妳喜歡舒伯特嗎？」

她微笑。「我比較喜歡歌手魯迪．瓦雷。」

侍者端著飯菜來了；他倒酒以供客人品嘗時，朝基瑞眨動長長的睫毛。這位愛爾蘭人若有所思地嗅聞酒水，然後露出火爐般的溫暖笑容表示贊同。咖哩又熱又甜，瑞秋每一口都細細品味。最後，基瑞把他的盤子推到一邊。

「聽到可憐的桃莉被殺的消息，妳非常震驚，所以開始尋找凶手？」

「我從沒見過她，」瑞秋說：「但不能讓這種野蠻行徑逍遙法外。你跟桃莉很熟嗎？」

「與合唱團的其他成員差不多。成員們總是來來去去，正如妳想像的那樣。桃莉消失時，我們以為她和哪個仰慕者私奔了。她很可愛，但大家都知道她很任性，或許還有點傻。」

「不是有人說過，女孩在這個世界上最好的樣子，就是當個美麗的小傻瓜？」

基瑞在椅子上挪動身子。「當時沒有人懷疑哪裡有問題。」

「她卻突然結束了婚約。」

「可憐的喬治・巴恩斯……」他長嘆一聲：「他是個好人，還是一位有造詣的工匠。他年齡比桃莉大，解除婚約對他造成很大的打擊。她似乎是遇到了一個擄走她芳心的有錢人。其他女孩說她變得神祕，她們懷疑她在玩弄一個比巴恩斯更令人興奮的人。當時唯一的問題是，她是永遠離開了？還是會在她的新男友找到其他要征服的新領域後悄悄回來？她的屍體被發現時，我們都嚇壞了。尤其在巴恩斯被逮捕的時候。」

「他成了替罪羔羊。」

「我實在沒辦法責怪警方。他們針對巴恩斯的懷疑，是認為桃莉讓他心生嫉妒，所以他訴諸暴力。他脾氣暴躁，曾因一個同事向桃莉提出不當建議而打斷了對方的手臂。我平息了那些小事，但在桃莉死後，警察很快就聽說了那些事。」

「你不認為巴恩斯是謀殺犯？」

「我覺得有義務照顧他。他是瘋狂劇院的忠誠僕人。當然，我出錢幫他找了律師。」

「我對這件事略有耳聞，儘管你努力隱瞞了你的慷慨行為。」瑞秋說：「你很好心。」

他把這句恭維之詞揮開。「我一點也不想看到一個為我工作的人面對絞刑架。但法律有自己的流程要走。」

「你懷疑他的清白？」

他閉上眼睛。「所有證據都指向他。」

「那個證據是間接的。」

「但充滿說服力。」甜點端上時，基瑞靠向椅背。「赫赫有名的魯弗斯・保羅檢查了屍體，並在那可憐女孩的頭髮上發現了一條絲線，與巴恩斯衣櫥裡的一件針織衫相符。」

「巴恩斯是桃莉・班森的情人。魯弗斯・保羅的發現完全可以用另一種方式解釋。在盤問之下，保羅先生肯定會承認那條絲線不能證明什麼。」

「儘管如此，當時的情況對可憐的巴恩斯來說很不利。」他搖頭。「想必妳聘請了私家偵探來調查此案？」

「是的，我確保我完全瞭解情況。我第一次造訪加西亞畫廊時遇到了克羅德・李納克。」

「妳推論出他是凶手？還是憑直覺？」

瑞秋噘起嘴脣。「李納克經常光顧瘋狂劇院，那裡不只一位年輕女子引起他的注意，但都被他怪異的品味嚇跑。他為至少對她們當中兩個人施加重傷害而獲得的樂趣付出了龐大的代價。你沒聽說謠言嗎？」

「眾所周知，他喜歡……應該說是平民階級的女孩子。但他似乎還算無害。如果每一個自私的浪蕩子弟都訴諸於謀殺，人口就會大量減少。」基瑞依然掛著輕鬆的笑容，但她注意到他的眉頭皺得更緊。「請務必讓我知道祕密。是什麼讓妳認定年輕的克羅德．李納克殺了人？而且妳提出的推論有什麼令人信服之處，以至於他被迫服毒？」

年輕侍者送上咖啡。他顯得悶悶不樂，也許因為基瑞眼裡只有瑞秋。

「我只能說，他的死反映了他的人生。他是個懦夫。」

基瑞把一隻強壯的手放在她的手上。「我遇到的女人很少有這種判斷力。」他呢喃：「那麼，最近那次發怒怎麼說？容我斗膽詢問，妳是否參與了……為勞倫斯．帕爾朵的受害者伸張正義？」

瑞秋抽回手。「我的理解是，他在寫下詳細的自白後，在一個上鎖的房間裡自殺了。」

「妳身為犯罪學的熱心學生，應該知道自白通常不可靠。」

她睜大眼睛。「我忘了！帕爾朵不也和瘋狂劇院有關聯？也許你知道一些我不知道的事情？」

他退縮了，彷彿被值得信賴的寵物咬了一口。「很遺憾的，沒有。帕爾朵是個怪人。偷偷告訴妳，我其實向來不太喜歡他或李納克。雖然我作夢也沒想到他們會殺人，但他們的態度讓我覺得……相當齷齪。」

「你觀察入微。」

「我有時對人有一種直覺。正如我對妳也是。我就有話直說了，我覺得妳非常迷人。」

「嘴真甜。」瑞秋把椅子往後挪，彷彿準備離開。「說真的，我很期待能在瘋狂劇院見到你。」

他俯身靠來。「現在就來劇院，我帶妳去後臺參觀一下。」

「我不確定寡婦比安奇會不會同意。」瑞秋輕聲道。

他眨眨眼。「其實我和琪亞拉沒有結婚。我們只是彼此之間……有共識。」

「我相信她非常包容。」瑞秋微笑。「很抱歉，我的司機正在等我。」

「真可惜。那麼，也許在表演結束後？」

「也許吧。」她站起來，伸出手。「如果你到時候有空見我。」

他端詳著她平靜的容貌，而有那麼一瞬間，他的鎮定動搖了。他嚥口水，說道：「其實，瑞秋，妳絕對讓我想起妳的父親。」

「我跟老法官很不一樣，」她說：「但我確實相信正義。」

第十二章

「真感謝您願意這麼快就接見我。」雅各說話時，蒙迪夫人把印有福勒餐廳的紅色字樣的白色杯子湊到她的薄唇上。

他把檸檬擠進他的茶裡，給了她一個討好的微笑，但她沒有回應。他的頭很痛，他不太認為一杯伯爵茶能改善這個問題。睡過頭後，他勉強趕上了開往牛津的火車。

他和艾蓮在看了歌劇《苦甜》之後熬夜到很晚，這齣戲是在他最近被太多謀殺、謎團和魔法包圍後的完美解藥。看完表演後，他們在朗埃克街一家破舊得令人興奮的酒吧裡喝了幾杯雞尾酒，最後一路唱著《再次相見》回到安威爾街。回到家後，艾蓮給自己和他倒了一大杯她母親的琴酒，兩人在沙發上昏昏沉沉地摸索彼此，然後她才抽身，宣布她要去睡了。雅各並沒有醉到提議陪她睡。

宿醉醒來後，他放棄了平時的豐盛早餐，所以現在飢腸轆轆。他貪婪地瞥了鄰桌一眼，一對老夫婦正在大口吃著塗了糖霜的大塊核桃蛋糕。不幸的是，蒙迪夫人在他到達之前就已經為他們點了東西。想必她習慣了替別人做決定。

他來到這裡時發現她在離窗戶最近的桌子旁等他，她看著窗外大步走在穀物市場街上的學生，彷彿他們不僅擁有這條街，也擁有整個世界。她當時正在用鮮綠色的羊毛織一條兒童圍巾。她沉默寡言，身材嬌小，銀髮剪成鮑伯頭，緊實的身軀上穿著一件及踝的灰色狐皮大衣。當她真的開口說話時，帶有明顯的蘇格蘭口音，而且語調迅速又嚴肅，這種說法方式想必在過去三十年裡對她很有幫助。

雅各再次嘗試。「我相信您在孤兒院的工作讓您非常忙碌。」

「我需要去銀行一趟，所以在這兒跟你見面比較方便。你應該明白，我不想在家裡招待記者。」

「您被媒體打擾了嗎？」雅各臉上露出無懈可擊的同情關懷。

「不堪其擾，弗林特先生。」一根織針在桌子上輕敲，以示強調。「像我們這樣的機構，必須維持固定的例行程序才能有效運作。這整件事造成了令人震驚的破壞。可憐的海耶斯小姐曾在孤兒院工作不到六個月，但得知了我們曾僱用她後，你在弗利特街的同事們就像禿鷹一樣蜂擁而至。」

「真令人沮喪。這種犯罪案件會產生難以估計的後果。我昨天去紹森德見了她姊姊。她自然希望我們的讀者瞭解瑪麗珍是一個非常正派的女人。」

「她的確是。這整件事讓我非常苦惱，所以我無法忍受在報紙上閱讀相關報導。

天知道她的親戚們現在是什麼感受。」

「的確，蒙迪夫人。」

「那麼，你找我做什麼？一輛計程車會來接我，好讓我回去我的辦公室。五分鐘應該夠了。不過呢，我能告訴你的事情，應該都已經在公共領域了。」

「瑪麗珍為什麼離開孤兒院？這點讓人覺得奇怪。她沒有別的工作可去，她卻離開了牛津，回到了倫敦。」

蒙迪夫人嘆氣。「我們當時對她寄予厚望。她的履歷是一流的，而當她接受我和前董事會主席的面試時，我們對她印象深刻。她申請的職位是新的。我希望早日退休，所以我們把副院長的職位當作敲門磚。瑪麗珍的資歷似乎能讓她成為理想的繼任者。不幸的是，她低估了她以前的職責與副院長一職之間的差距，她發現很難適應。」

「她跟您這麼說了？」

「喔，是的，她誠實到過頭的程度。我竭盡全力鼓勵她留下。適應晉升其實一點也不容易。她心裡有一種強烈的自卑感。每次她告訴我她沒辦法勝任院長的角色時，我都直截了當地告訴她她在胡說八道。很多年前，當我開始負責這家孤兒院時，也感到同樣的自我懷疑。」

雅各很難想像這個強勢的矮小女人會對任何事情感到自我懷疑。「她沒有被說服？」

「她說這家孤兒院在三十年前更小，抱負也更有限。護理師的職位讓她很開心。但慈善機構複雜的財務安排，與受託人打交道，監督所有員工，這一切對她來說都是陌生的。」

「所以她離開了？」

「根據她的僱傭條件，她需要在離職前的一個月提前通知，但她非常沮喪並急於離開，所以我同意了——在受託人勉強同意的情況下——讓她免於了一個月的交接義務。」蒙迪夫人嗅聞她的伯爵茶，滿意地喝了一口。「如此一來，我回到了原點，又在尋找接班人，好讓我能在聖安德魯斯享受平靜的退休生活、知道孤兒院在有能力的人手中。」

「她有沒有提過勞倫斯．帕爾朵的名字？」

「犯下那起暴行的人？」蒙迪夫人的眉毛豎起。「你是在暗示他們倆是舊識？」

「是的，帕爾朵似乎早就認識她。」

她的小眼睛對他投來尖銳的審視。「我可以老實告訴你，她從來沒有和我討論過他。」

「您確定嗎，蒙迪夫人？」

「我說真的，弗林特先生！」她的鄙視像鞭子一樣造成刺痛。「我原本希望你跟那些圍攻我們孤兒院的記者是不同階層的人，他們試圖平空製造醜聞，讓我們更難進行照顧那些出身不幸的女孩們的重要工作。我很失望地發現我錯了。」

「對不起。」雅各立即感到羞愧。「我真的不是有意——」

「我已經兌現了我的承諾，給了你五分鐘。我得跟你說再見了。」

她拿起編織袋，猛然起身。雅各半站起，伸出一手，但她不予理會，只是快步走進穀物市場街的喧囂中。他沒試著追上去。他搞砸了這場談話，需要一塊令人垂涎欲滴的核桃蛋糕來安慰自己。

在與一位穿著黑制服、白圍裙的年輕女侍閒聊時，他不禁懷疑自己今天得知的情報是否比他意識到的要多。蒙迪夫人斷言瑪麗珍從未提過帕爾朵，他雖然覺得這個說詞應該是真的，但她措辭謹慎。現在回想起來，她的答覆很像律師的狡辯。

他一邊品嘗著壓碎的核桃，一邊斷定女院長並沒有告訴他所有的真相，而是試圖故作憤怒來分散他的注意力。直覺告訴他，不僅瑪麗珍早就認識帕爾朵，蒙迪夫人也知道這件事。

* * *

火車在返回帕丁頓的路上嘎嘎作響地穿過鄉間時，雅各發現自己被新的懷疑所困擾。即使蒙迪夫人的回答是虛偽的，她也可能覺得搪塞記者是應該的。他當時質疑了她的說詞，而在她擔任孤兒院院長的三十年裡，「被人質疑」一定是罕見的。也難怪她會對他產生敵意。

蒙迪夫人和艾格妮絲・戴森一樣，把「瑪麗珍離開牛津」這件事歸因於應付不了額外的責任。這個解釋看似合理，但雅各懷疑瑪麗珍是否在她人生的某個階段與帕爾朵發生過戀愛關係。也許他們在倫敦邂逅，但瑪麗珍後來因為事業野心而結束了這段關係、搬去牛津。假設帕爾朵曾經追求她，他可能有說服她放棄孤兒院的新工作，回到倫敦。帕爾朵的巨額財富意味著她沒有需要立即找工作的壓力，她能在這段時間考慮他們的未來。如果她後來還是決定不和他交往，他的憤怒……

也許。**可能**。**大概**。**如果**。

雅各望向車廂窗外，他沮喪的目光嚇壞了一群羊。何必騙自己？他對瑪麗珍的謀殺一無所知，正如他離查出瑞秋・薩弗納克的真相還是沒有任何進展。

* * *

在與莎拉・德拉米爾談過後，他立即給瑞秋發了一封電報，請求再次會面。他一走進號角報社的前門，就詢問同事有沒有誰捎來消息給他。佩吉放下關於哈羅德・勞埃德第一部有聲影片的雜誌，宣布有個人——她不知道是誰——送來了一個印有他名字的廉價信封。他撕開它，發現了一張匿名字條，上面簡單地寫著，**一點鐘來艾塞克斯海德酒館見我**。

他認出了細心但不老練的字跡。史丹利・瑟洛，他在帕爾朵住處外面遇到的刑警，一定有什麼線索要給他。他們經常會面的地方，是位於艾塞克斯街和河岸街拐角處的一家酒館。瑟洛喜歡喝酒，也偶爾喜歡賭馬，但他年輕的新娘最近生下了他們的第一個孩子，因此手頭拮据。作為對警察提供的小道消息的回報，雅各很樂意請朋友喝幾杯，連同一些現金「用來給孩子買點東西」。這麼做有利無弊。你幫我搔癢，我就幫你搔癢。

＊　＊　＊

「我拿了乾淨的毛巾。」楚門太太說。

她站在通往屋頂的樓梯頂端。一座扇形游泳池伸展在她面前。四分之三的屋頂被玻璃包裹，形成一個巨大的溫室，其餘部分形成了一個有著座椅和花盆的屋頂花園，周圍是一堵及膝高的矮牆，能俯瞰房產的後側以及下方遠處的棚屋和花園。溫室裡有一個很大的休息區，遠端有一個留聲機，還有一個可以在星空下跳舞的場地。透過供暖系統，即使在倫敦清爽的早晨，這裡的溫度也接近坎城或蒙地卡羅的氣溫。

瑞秋很喜歡水。在岡特島，游泳提供了「能逃離家園」的幻想。在倫敦，建造一座設有屋頂游泳池的豪宅，是一種花費薩弗納克家族財富的合適方式。她把自己拖出水池，紅綠相間的條紋泳衣緊貼著身軀。她摘下橡膠泳帽，甩了甩烏黑的頭髮。

「妳要不要也來泡泡水？」

楚門太太對泳衣的深V領口皺眉。「我們有些人有工作要做。」

瑞秋伸手拿了一條土耳其毛巾，開始擦乾身子。「妳太忙了。妳如果需要，我可以幫妳找個幫手。」

年長的女人搖頭。「妳該不會提議我們聘請孤兒院推薦的人吧？」

瑞秋露出邪惡的笑容。「這個主意很瘋狂嗎？」

「看在上帝的份上！妳有一種奇特的幽默感，我常常搞不懂妳究竟是不是在開玩笑。」

「妳並不需要做這份工作。」瑞秋說：「妳不需要留在這兒。憑你們兩個存在銀行裡的錢……」

「不要曲解我說的話。妳知道妳可以依賴我們。」

「沒錯。」瑞秋說：「我知道。」

＊　＊　＊

瑟洛大步走進沙龍酒吧時，雅各確保吧檯上放著兩品脫的泡沫啤酒。他今天看起來睡眼惺忪，還為自己可能會喝到一半睡著而事先道歉。他的新生寶寶正在長牙，鬧得爸媽徹夜難眠。

「敬家庭幸福。」雅各說，兩人碰杯。

「乾杯，阿弗。」瑟洛咧嘴笑。「可能不久後我們就會敬別的事情了。」

「你的好太太該不會又懷孕了吧？」

「我的老天爺，才不是。就算她又有了，現在還不敢說出來。」他的嘴咧得更開。「你別說出去，但你很快就得多給我一點尊重了。有人偷偷告訴我，我將在聖誕節前晉升成警探。」

雅各拍拍他的背。「恭喜你啊，史丹。」

「我知道不要在蛋還沒孵出來就先數小雞，但我已經訂好在布萊頓度假一星期來慶祝。到時候的天氣一定會很糟，但誰在乎呢？不過不是只有我有東西值得炫耀。我讀了你那篇關於南奧德利街的文章。」他把強壯的爪子放在雅各的胳臂上。「你出現的時候，我簡直不敢相信我的眼睛。你有沒有查出來是誰給你了密報？」

瀰漫二手菸的空氣像濃霧一樣有害，雅各故意咳嗽來轉移話題。「誰知道呢？其實這也不重要啦。據我所知，蘇格蘭警場認為此案已經結案了。」

「是啊，沒錯。查德威克警司是個好人，一心只想過著平靜的生活，老馬赫恩則快樂得像得到了新玩具的小狗。有趣的是，奧克斯非常緊繃。他似乎不相信帕爾朵就那麼遣散了員工然後打爆自己的腦袋。」

「為什麼不相信？」

「他覺得整件事太乾淨俐落。但人生並不需要總是一團糟，不是嗎？我們都有資格獲得好運，哪怕只是偶爾。」

「像奧克斯這樣的聰明人，就是需要有事做。」

瑟洛喝光了啤酒，雅各示意酒保續杯。

「乾杯，阿弗。我敢打賭你說的一點也沒錯。」

「這就是為什麼你要見我？」

「有件事。」瑟洛大口灌啤酒。「它對我來說似乎沒什麼，但困擾著奧克斯。」

「說下去。」雅各從夾克裡掏出一張鈔票，塞進警察寬大的掌心裡。「找個保姆，請尊夫人吃一頓豐盛的大餐，並致以我最誠摯的問候。」

「你是個好傢伙，阿弗。」

雅各能聞到瑟洛呼吸中的啤酒味。「所以奧克斯有何煩惱？」

「我們在帕爾朵藏著瑪麗珍．海耶斯腦袋的那個箱子旁邊，發現了一顆棋子。一枚黑兵。」

「你們怎麼看？」

「帕爾朵不下棋，至少他的機要祕書是這麼說的。那個祕書很喜歡下棋，有參加比賽，並擔任基爾伯恩象棋俱樂部的隊長，但他聲稱帕爾朵對這種遊戲不感興趣。」

「所以哪裡不尋常？」

「事實證明，帕爾朵是一家象棋俱樂部的成員。」

「那個祕書一定知道這件事吧？」

「不，怪就怪在這兒。我們告訴他的時候，他大吃一驚。」

「也許帕爾朵只是不想和他下棋。怕輸給僕人。」

「我們搜遍了房子，從閣樓到地窖，但沒發現任何棋具或棋盤，更別說少了一顆卒子的一套棋具。」

瑟洛把剩下的酒一飲而盡。雅各對空杯子點個頭。「聽起來像是需要喝三品脫才能解決的問題。」

「呃？」瑟洛查看一塊金懷錶。「抱歉，夥伴。我該回去了。」

「你怎麼知道帕爾朵真的是某個象棋俱樂部的成員？」

瑟洛壓低嗓門：「因為他在遺囑上有提到。」

「遺囑上？」在其他酒客發出的喧鬧干擾下，雅各不得不伸長脖子才能聽見。

「我不明白。」

「他留下了一筆不小的遺產，給……」瑟洛清清嗓子，模仿老律師的嚴肅語氣：

「我在『棄兵俱樂部』的董事會酌情使用，好照顧我在該俱樂部的朋友和棋友們。」

第十三章

雅各的下一站是白教堂。他想和李維．舒梅克談談。他之前和私人偵探們的互動有限，而且令人沮喪。在里茲，他遇到了一些卑鄙的人，他們幫助他們的客戶蒐集——或偽造——離婚訴訟的證據，或向無力還債的債務人討債。而他努力找到的關於舒梅克的所有情報，都表明他是一位截然不同的偵探。

舒梅克的名字未曾出現在《號角日報》或任何其他報紙上。他沒有為自己的服務打廣告：滿意客戶的謹慎推薦已經夠他忙了。雅各從未聽說過對私家偵探如此友善的小道消息。

他在牛津與蒙迪夫人互動的回憶，就像跳蚤叮咬一樣令他發癢。如果他連一位一輩子都在照顧孤兒的老太太都有辦法激怒，那麼要從一位守口如瓶的專業偵探口中挖出情報，應該會難如登天。舒梅克可不是史丹利．瑟洛，雅各也想不出什麼辦法能讓對方鬆口。他能出的價格也不可能超越瑞秋．薩弗納克。

他在傾盆大雨中騎行，思考該如何獲得舒梅克的信任。前提是他能找到對方。為了避免遭到拒絕，他決定不要事前安排見面，而是直接登門造訪。因為雨勢，街道上沒人。他放慢速度，在黑暗中尋找目的地。

這條街就是舒梅克所在的街道，轉角處有一家打烊的餡餅屋，招牌上寫著「現成的熱燉鰻魚與馬鈴薯泥」。一個戴著破舊毛氈帽的疲憊老人在回家的路上渾身溼透。雅各推斷那人不是舒梅克，因為他的胳臂下夾著一支古老的手風琴。雅各在一家雙門咖啡店和餐廳外面停下來，跳下自行車，餐廳的招牌上寫著「黑線鱈、醃燻鯡魚、醃魚和鹹魚是我們的特色菜——保證品質、禮貌和清潔」。前方五十碼，一個孤獨的駝背身影穿著一件大衣，拿著一根手杖，正在摸索一串鑰匙。雅各向前跑去，他的腳踩在潮溼鵝卵石路上發出的打滑聲和啪噠聲，使得那人轉頭查看。

他的臉腫了，左眼上方纏著繃帶，臉頰上有暗紅色的瘀傷。他在開口前顯然已經認出雅各，而且因為看到他而感到沮喪。

「弗林特！」

「舒梅克先生？」

偵探痛得皺眉。「你來做什麼？」

「想和你私下談談。」

握著鑰匙、布滿老人斑的手在顫抖。「快滾。我不想和你說話。」

「看來你出了很糟糕的意外。」雅各抓住對方骨瘦如柴的肩膀。「有沒有什麼是我能幫忙的？」

舒梅克喘著粗氣，掙脫對方的手。「我最不需要你幫忙。」

「你一眼就認出我，但你我素未謀面。我一點也不出名，所以我應該感到受寵若驚。但相反的，我感到好奇。」

舒梅克設法把鑰匙插進鎖孔時，瑞秋・薩弗納克嗓音中的柔滑輕蔑在雅各的腦海中迴響：**「你住在安威爾街，你擔心你房東的女兒想用她的身體來換取婚姻。在野心驅使下，你加入了《號角日報》那些揭瘡疤專家的陣容，而不是找一家體面的報社。那些編輯佩服你的韌性，但也擔心你的莽撞。」**

「我猜就是你製造了那些瑞秋・薩弗納克用來射我的箭？我覺得她對我這個青澀文青太苛刻了。」

舒梅克喘氣，彎下腰，用手杖支撐身子。「快走！」他低聲說：「拜託你。這是為了你自己好。」

「你真的狀況很糟。你應該去醫院。」

「不……不去醫院。」拐杖打滑，舒梅克失去平衡。雅各急忙抓住他的胳臂，免得他倒在地上，然後把他拖了起來。

「你需要休息，為了**你自己好**。我扶你回你的辦公室吧？」

舒梅克無法說話，只是點頭。舒梅克的辦公室在二樓，在一家工人餐廳的樓上，該餐廳今天已經打烊了。雅各扶老人上樓時，覺得對方沉重如鉛。到達樓梯平臺時，偵探指向他辦公室的門鑰匙，然後他們進入一個塵埃密布的L形房間，裡面有一張桌子和三把椅子。一扇相連的門通向一個內室，裡頭陳設簡陋，有兩個大櫃子和一張摺疊床，還有一間小浴室，瓷磚龜裂，血跡斑斑。舒梅克顯然就是在這裡包紮了頭部的傷口：一盒急救用品敞開著，丟在地板上，空氣中瀰漫著碘酒的鹹味。

「你先喘口氣。」雅各說：「然後我們可以談談。」

在等待的同時，他研究了周圍環境。不管舒梅克把收入花在什麼地方，顯然不包括室內裝潢。這個房間和里茲那些殘酷的討債人所住的老鼠洞一樣骯髒。

「覺得好些了嗎？」舒梅克點頭。「很好。我們去隔壁房間。」

雅各用胳臂摟住對方的肩膀，帶他回辦公室，扶他坐在椅子上。「你這裡可真舒適。」

舒梅克用氣若游絲的聲音說：「辦公室樸素點比較好。稍微有點腦袋的客戶都會意識到豪華辦公室是由他們買單。」

「你出了什麼事？」

「我摔倒了，頭撞到人行道上。」

雅各發出嘲諷的聲音：「意外不會發生在成功的偵探身上。你向來小心，舒梅克先生。我查到的一切都清楚表明了這一點。看來有人給了你一頓粗飽。」

「你調查了我？」

「你不也調查過我？」雅各咧嘴笑。「瑞秋・薩弗納克僱你來調查我的背景。她竟然認為我神祕到值得她僱你來調查我，這讓我備感榮幸。很自然地，我很想知道她為什麼願意花這筆錢。」

「我從不討論我的工作。」

雅各噘嘴。「我原本還以為你可能會願意配合呢。你的櫃子裡有沒有關於我的文件？你介意我看一眼嗎？」

「我已經清空了。快走吧，弗林特先生。為了你的安全。」

「發生了什麼事？有人想殺你？」

舒梅克咬住下唇。「兩個傢伙在阿爾德門東站埋伏我。他們看起來像工人，一個木匠和他的學徒。月臺上沒有其他人。我一定是因為老了而變得粗心大意。我真不該讓自己暴露在這樣的危險之中。」

「他們試著把你扔到通電的鐵軌上或是火車底下？」

「不，不是。如果他們真的要我死，就絕不會犯錯。」舒梅克小心翼翼地揉揉受傷的臉。明天他會有一個壯觀的黑眼圈。「這次襲擊是一條訊息，偽裝成兩個法西斯流氓對一個年邁的猶太人犯下的隨機暴行。」

「什麼樣的訊息？」

「和我給你的訊息一樣。放下這件事，弗林特先生，趁你還有機會的時候。你已經得到獨家新聞了。我敢肯定你當時不敢相信自己多麼好運，是吧？現在，回《號角日報》去，寫點別的。」

雅各伸出手，用食指的指尖觸碰繃帶。來這裡的路上，他作夢也沒想到這位偵探會看起來像一塊被嚼過的抹布。能量像電流一樣在他體內湧動。他擁有青春和自信，他打算好好運用自己的優勢。

「是瑞秋．薩弗納克僱了暴徒來打你？你對她來說已經沒用了？她想善後？她為什麼要你調查勞倫斯．帕爾朵？」

「你問太多問題了。」

「這是我的工作。」

「你不是蠢蛋。」舒梅克咕噥：「但你說話、做事時常常帶著愚蠢的虛張聲勢。聽從我的建議，弗林特先生。如果你想白頭到老，就不值得玩這場遊戲。我打算聽從那些地痞流氓傳達的訊息。下星期的這個時候，我早已遠走高飛。」

這個人儘管身體虛弱，卻散發一種怪異的威嚴。「安靜」和「尊嚴」並不是雅各會跟私家偵探聯想在一起的特質。雅各敢拿一年的工資打賭：舒梅克或許是錯的，但確實相信自己所說的。

「我很想幫你，舒梅克先生，我也希望你能幫我一個忙。你會有你的理由要我灰心，但我不能放下這個故事，即使你能一走了之。你不能至少給我一個開頭嗎？一個提示，一條線索。瑞秋．薩弗納克……」

「瑞秋．薩弗納克是全英國最危險的女人。」

雅各發笑。「真的嗎？」

「你根本不知道你在面對什麼。李納克在痛苦的抽搐中死去。帕爾朵的臉被炸開，腦漿濺得書房到處都是。」

「你的意思該不是他們的死是她造成的？」

「我已經說太多了。」舒梅克勉強站起。「現在，如果你不介意的話，我得回家了。我明天會永遠離開倫敦。」

雅各站起。「你就沒有其他可以告訴我的嗎？」

舒梅克猶豫。「我在你身上看到我年輕時的影子，就是不懂得放棄。在打聽你的來歷時，我對你產生了一種荒謬的親切感。這更是證明我老了、心腸軟了。你等一下。」他打開桌子的抽屜，拿出鋼筆、記事本和信封。他撕下一張紙，在上面飛快地塗寫，然後把它封進信封。「答應我——」並說：「如果我把這個給你，你是否願意發誓不打開它，除非我發生什麼事？」

雅各感到好奇。「如果你能平安白頭到老呢？」

「那麼我的筆記將無關緊要。」

「行。」

「你發誓？」

「我發誓。」

遞出信封之前，舒梅克疑惑地看了雅各一眼，彷彿對自己的衝動感到後悔。

「要不要我陪你去火車站？」雅各問。

「謝了，不用了。不能被人看到我們走在一起。這就是為什麼你剛剛跟我搭訕時，我試著趕你走。傷害已經造成了。我們必須分頭離開這裡。」

「有人在監視我們？」

「配合我一下，弗林特先生。能不能麻煩你走消防梯離開，而不是前門？」

雅各把信封塞進口袋。「如果你堅持。」

「往這兒走。」

舒梅克一瘸一拐地走到樓梯平臺上，設法打開一扇門，外面是一架敞開的鐵梯。雨勢變小了，但缺乏照明，而且臺階潮溼。雅各心想，萬一真的發生火災，這條逃生路線就跟火焰本身一樣危險。

鵝卵石路在煤氣燈的照耀下顯得陰森，彷彿在很遠的下方。他很快又把目光移開，但不想讓老人認為他是個膽小鬼。他忍不住微微鞠躬。

「直到再相逢，舒梅克先生。」

偵探哼了一聲，但什麼也沒說。轉身開始爬下危險的梯子之前，雅各從老人的眼裡瞥見了一種極度淒涼的情緒，比冷冽的夜風更讓他感到寒冷。

＊　＊　＊

兩分鐘後，舒梅克在電話上急切地說話。

「他名叫雅各．弗林特，在《號角日報》工作。」

電話那頭傳來一個女人的聲音：「報社記者？」

「沒錯。不要——」他被大樓前側樓下的騷動打斷了。「抱歉。我得走了。」

他放下聽筒。有人在敲打大門。不一會兒，門被踹踢。木頭的碎裂聲讓他咬牙。

他來到外面，抓著把手，慢慢爬上鐵梯的最上面。他的鞋子在身下滑動，他差點鬆開握把、墜入深淵。令人眩暈的高度使他頭暈目眩。他很想吐。

梯子無法讓他逃命，只會讓他摔破頭骨，摔斷脊椎。他唯一的希望是靠他這張嘴。這些年來，他這麼做的次數不計其數，但今晚感覺不一樣。恐懼使他窒息。他聽到大門被踢開。就算把自己關在辦公室裡，又有什麼用？那些惡棍毀壞了一扇門，能再破壞一扇。他的胃在翻騰，但他不能示弱。他會解釋說他要離開英國，也許可以討價還價。如果他在二十四小時後還沒出境，就讓他們想怎樣就怎樣吧。

他拖著腳步走進辦公室，聽到沉重的靴子咔嗒咔嗒地上樓。這些人年輕、強壯、殘忍——他已經知道了。也許他們願意講道理？他默默祈禱。

他們衝進他的辦公室時，他坐在辦公桌後面。一個男人，肩膀寬闊，滿臉鬍鬚，背著一個大帆布旅行包。他的目光讓舒梅克聯想到死魚。他的同事鼻梁骨折，臉頰上有瘢子，還有個斜視眼。

「你那個朋友呢，猶太佬？」

「我叫他從消防梯離開。總好過捲入與他無關的事情。」

「他已經捲進來了。你跟他說了什麼？」

「什麼也沒說。他扶我上來這裡，儘管我反對。」

男子揪住舒梅克的胳臂，用力一擰。「我們警告過你，你如果對任何人吐出一字會發生什麼。」

「是他來找我。我叫他走，但他不聽。」

男人鬆手，朝沉默的搭檔豎個大拇指。「看到這邊這位老喬沒有？他以前是木匠。老喬很少說話。他覺得行動勝於雄辯。」

「我們之間不需要有任何不愉快。」汗水順著舒梅克蒼白的臉頰滴落。「我會永遠離開英國。明天我會在很遠的地方，在海峽的另一邊。」

「遠離危險是吧？」

「我不會給任何人造成任何麻煩，我發誓。」

「你知道我怎麼想嗎？我認為你是個撒謊的猶太老頭。」

男子猛然拉扯舒梅克的領帶，領結壓著他的氣管，老人呼吸困難。

「求求你！我什麼都沒告訴他。我不知道——」

「夠了！」男人指向帆布包。「好了，老喬。把你的工具拿出來。」

茱麗葉·布倫塔諾的日記

一九一九年二月一日（當天較晚的時候）

海芮妲端來一盤食物和飲料時，並沒有逗留。她想幫忙，但無能為力。我很感激她讓我獨處，讓我盡我所能地應對我的悲痛。她在表面上尊重老法官和瑞秋，但我知道她其實站在我這邊。至少還有一個我能信賴的人還活著。

我沒有追問她關於我爸媽離世的細節。反正她也不知道真相。會舉行葬禮嗎？我不知道，也不在乎。我會以我自己的方式記住他們。

我懷疑是瑞秋策劃了他們的謀殺，這個懷疑是否正確？打從海芮妲說島上任何地方都沒有他們或哈羅德·布朗的蹤影的那一刻，我就充滿了不祥的預感。我因為走投無路而去了老法官的書房。那是禁地，但我沒敲門就走了進去。

他坐在他最喜歡的椅子上打瞌睡，膝上放著一本皮封書。即使在休息時，他鋒利的五官也讓我聯想到猛禽，正等著撲向毫無防備的受害者。我大聲咳嗽，他的眼睛睜開了。

「妳這樣闖進來是什麼意思，小姐？」

他的語氣一如既往地嚴厲，但這一次臉色沒有因為憤怒而變得紫紅。他的唇角泛起淡淡的笑意。有件事讓他覺得好笑，我覺得這比最激烈的脾氣爆發還可怕。

「他們在哪裡？」

「妳的爸媽？」他哼了一聲：「被叫去倫敦處理急事。布朗陪他們一起。」

「不可能！我媽最討厭他！」

他的嗓音裡透出一絲寒意，笑意消失。「記住我之前說過的。小孩子有耳無嘴。永遠不要在我工作的時候打擾我。現在快滾吧，否則我要去拿我的皮帶了。」

我流著淚逃離書房時，看到瑞秋，她站在樓梯上盯著我。我們目光相遇，她露出得意洋洋的笑容。

我相信她跟老法官說了一些關於我父親的惡劣故事，並為了報復而說服他殺死我爸媽。不是在岡特島上；那會太明顯。布朗把他們偷偷帶走了——可能在他們的酒裡下了藥，所以不用擔心遭到抵抗——然後在倫敦處理了他們。

瑞秋再過多久也要處理掉我？對她來說，女管家那隻獅子狗還比我更值得活命。

第十四章

「舒梅克死了。」隔天早上，楚門大步走進健身房時宣布。

瑞秋全神貫注於操作划船機，沒看他一眼。在她鍛鍊時，他等了整整一分鐘。最後，她停下了機器，擦拭額頭上的汗水。

「他來這裡的時候，看起來身體狀況不太好。」

楚門吐口氣。「他的屍體從泰晤士河被撈上來，嚴格來說是剩餘的遺骸。他在死前承受了殘忍的折磨。他們一定是想強迫他開口。」

她的嘴繃緊了。「延長他的痛苦也沒意義。他變得粗心大意，但他沒辦法告訴他們任何他們還不知道的事。」

「至少他很聰明，沒問妳問題。」

她把強壯結實的雙臂抱在胸前。「他的死沒改變什麼。」

＊　＊　＊

「你怎麼啦，弗林特？你看起來好像剛讀完自己的訃聞。」

沃特．戈默索爾的習慣是早上進辦公室後先到處閒逛，然後再與資深記者們會面，討論當天要關注的新聞。他語氣詼諧，但臉上充滿懷疑。

雅各放下手裡的《號角日報》。

「不是我的訃聞。」他沙啞道。

「那是誰的？」

雅各指著第二頁底部的一段話。**從泰晤士河撈上一具屍體**。這個故事既不像帕爾朵自殺事件那樣值得上頭版，也不需要大篇幅報導。河裡撈到屍體的頻率，幾乎和撈到威靈頓雨靴一樣多。要不是屍體的身分，這個故事幾乎不值一提。

「李維提格斯．舒梅克的。」

他差點被這個名字噎住。昨天他們還在一起，而現在老人的遺體被放在停屍間裡。這個想法讓他反胃。

「你認識舒梅克？」

「我昨天和他談過。」

戈默索爾眨眼。「而幾個小時後，他死在泰晤士河裡？老天，弗林特，你正在為一個故事長出一個不可思議的靈光鼻子。先是帕爾朵，現在是這個。」

膽汁湧上喉嚨，雅各深吸一口氣，一點也不想在編輯面前嘔吐。「兩個故事是同一個。」

戈默索爾板起臉。「謎語很適合我們的讀者，但我無法忍受。五分鐘後到我的辦公室，整理好思緒，好好解釋你自己。給我使用單音節的詞彙。我聽不懂晦澀難懂的東西。」

雅各點頭，不敢開口以免亂說話，然後在前往衣帽間的路上跑了起來。他來到編輯的巢穴時，儘管內心痛苦空虛，但在外表上已經恢復了鎮定。

最新版的《號角日報》攤在戈默索爾的桌上。旁邊放著兩杯熱騰騰的茶。編輯示意雅各拿一杯。「沒有什麼東西比茶更能讓一個人在震驚後冷靜下來。那麼，小夥子，這到底是怎麼回事？從頭說起。」

「謝謝長官。」雅各喝一口茶。「這條線索來自潘德利思先生。他提到有傳言說，舒梅克一直在詢問有關勞倫斯·帕爾朵的事情。」

「所以你決定去問舒梅克？儘管他是出了名的守口如瓶？」雅各點頭。「啊，年輕人還真樂觀。」

「我見到他時，他受了傷。他的臉一團糟，而且幾乎連路都沒辦法走。他告訴我兩個惡棍在地鐵站襲擊了他。」

「他是猶太人。」戈默索爾說：「這種事情越來越常發生，尤其在東區。一旦經濟不景氣，人們就會找人責怪，尤其是跟他們不一樣的人。我不喜歡，但這個世界就是這樣。」

「他說他們警告了他，要他停止調查。」

「帕爾朵死了。沒有什麼還要調查的。」

「這我就不太確定了。」雅各的精神逐漸恢復。「舒梅克很認真看待他們的警告。他跟我說他即將離開這個國家。」

戈默索爾聳肩。「他確實老了，不是嗎？錢應該也賺夠了。可能他已經準備好退休，去溫暖的地方好好放鬆。」

「他當時很害怕，甚至堅持我不應該從大樓的大門離開。我爬下消防梯，途中差點摔斷脖子。我到達地面時，還咒罵他想像力過剩。」

「你可沒資格說別人想像力過剩。」戈默索爾說：「你當時有注意到附近有流氓潛伏著嗎？」

「沒有，長官。那時候天色已暗，我也迫不及待想回家。當舒梅克說他和我處於危險之中時，我以為他誇大其詞。但現在我……」

「他說你有危險？他給出什麼理由？」

「一定是因為帕爾朵的事件，否則其他說詞都說不過去。有人不想讓那個案件的真相曝光。」

「我們知道真相。帕爾朵在得知自己來日無多後，就沉溺於一種野蠻的殺人幻想。你該不會要說瑪麗珍·海耶斯不是他殺的？」

「我毫無頭緒。」

戈默索爾從耳後取出一枝鉛筆，在報紙上一起火災報導的周圍畫了一個圓圈。

「這篇報導是奧利弗·麥卡林登的。也許他知道更多相關資料。舒梅克可能喝醉了，不小心掉進河裡。」

「這也未免太巧了。」

編輯哼了一聲：「等你有一個能確認情報來源的故事可以報導的時候再回來找我，早一秒都不行。還有一件事。」

雅各咬牙。「是的，戈默索爾先生？」

「別再板著臉。」

＊　＊　＊

奧利弗·麥卡林登比雅各大三歲，像白廳官員一樣圓滑，這種相似是遺傳的，他父親是內政部的常務祕書。在上司面前，麥卡林登的舉止就和他的頭髮和膚色一樣油膩，但他習慣在同事背後嘲笑他們，而且他對戈默索爾的北方腔的模仿也很有趣，除非太過分。

在相識之初，他告訴雅各他要搬出他在艾德加之家的住處，並推薦道爾太太這位房東，她收費低廉，廚藝極佳。這種善意舉動讓雅各認為彼此會成為好友，但某天晚上下班後，奧利・麥卡林登邀請他一起去沃德街一家燈光昏暗的賭場兼俱樂部，那裡的男人們手牽著手，偶爾會互相親吻，即使並不是為了慶祝剛賭贏輪盤。一位穿著寬鬆絲絨夾克的白髮男子甚至給雅各一記飛吻，這讓麥卡林登覺得很有趣。

「你運氣很好，孩子。我湊巧知道那傢伙身價百萬，即使在這個亂世。」

「我覺得我最好說晚安。」

「的確。你去陪他玩吧。」麥卡林登把一根食指壓在嘴唇上。「放心，我不會說出去。」

「不是啦。」雅各覺得自己像個不知所措的孩子。「我是說我要直接回艾德加之家。」

「在迪斯伯里最黑暗的角落都沒有這種地方，不是嗎？」麥卡林登用還算像樣的約克郡口音問：「其實我敢打賭一定有，只是要知道上哪找而已。」

從那晚起，雅各就開始提防麥卡林登。雅各的信條是「共生共存」，他不在乎別人在他們自己的生活中做些什麼，但他懷疑麥卡林登的動機。麥卡林登的文筆平淡無奇，但他野心勃勃。這麼想或許不公平，但雅各暗自擔心麥卡林登會設法引誘他做出輕率行為，以期為自己謀取利益。

「抱歉，」雅各從湯姆・貝茲的辦公室出來，遇到麥卡林登，問他對舒梅克的死還有什麼瞭解時，麥卡林登明顯不真誠地說道：「我知道的都已經寫在我那篇報導上了。一個猶太私家偵探，然後還有什麼？應該只不過是個被美化的討債人吧。唯一令人驚訝的，是他活到這種高齡。我敢打賭，他是被一個懷恨在心的人殺掉的。你哪次見過大受歡迎的猶太人？不可能有，因為『大受歡迎』跟『猶太人』這兩個詞彙彼此牴觸。那麼，你怎麼會對這個夏洛克·福爾摩斯感興趣？」

雅各被這番話震驚到想吐，不想說得太仔細。「說來話長。」他咕噥。

麥卡林登打呵欠。「那我們改天再聊，孩子。我必須報導一場莫斯利要發言的會議。那傢伙講話很搞笑，但還是有報導的價值。如果阿爾弗雷德·李納克哪天遭遇不幸，我敢打賭莫斯利會成為我們的下一任首相。」

* * *

麥卡林登剛從視線中消失，雅各就迅速進了貝茲的辦公室。在貝茲不在的期間，沒有人試圖整理到處亂丟的文件和垃圾，而雅各希望能從中找到湯姆調查瑞秋·薩弗納克的線索。他仔細研究了一些淺黃色文件，看有沒有哪裡提及她或加洛斯寇特。他這番探索的成果，是幾片陳舊的橘子皮和令人作嘔的香蕉皮殘骸。

他只找到一處提到瑞秋的地方。她的名字，連同岡特屋的電話號碼，潦草地寫在湯姆關於越獄犯哈羅德·科曼殺人案的報導的副本上。十分鐘後，他放棄尋找，回到自己的辦公桌前。還是沒有來自瑞秋的消息。與麥卡林登相遇後，雅各感到愈加惱火，他開始起草另一份電報。

在丟掉幾個版本後，他選擇了簡潔有力的風格。**我在舒梅克遇害不久前跟他談過**。這句話會神祕到讓她無法忽視？這位女士是不是一定會好奇，她那位溫順的調查員是否把她的遊戲說了出去？不管她的遊戲是什麼。

電報一發出，他就試著與文森．漢納威預約面談，但一位跟奧利．麥卡林登一樣高姿態的職員告訴他，漢納威先生不在辦公室，正在接待客戶，下午晚些時候才會回來簽字下班。他接下來幾天都是行程滿檔，但如果弗林特先生願意提交書面詢問，而且如果有介紹信……

雅各掛斷電話，打去蘇格蘭警場碰碰運氣。

奧克斯探長的手下也竭盡全力敷衍他，直到雅各說他打電話來是為了一樁謀殺案。奧克斯本人終於接聽。

「我要你跟我保持聯繫的時候，」奧克斯一絲諷刺的幽默使他這句話沒那麼帶刺。「我沒想到你會給我做每日簡報。」

「你知道李維．舒梅克死了嗎？」

「當然知道。」

「我相信他是被謀殺的。」

漫長沉默。「我需要休息一下，吃午餐。一點鐘去查塔姆伯爵餐廳見我。」

＊ ＊ ＊

舒梅克的字條彷彿在他的口袋裡燒了一個洞。雅各關於「要不要偷看字條內容」的道德兩難已經得到解決，比他們倆想像得更迅速也更可怕。**如果我把這個給你，你是否願意發誓不打開它，除非我發生什麼事？**這個條件在幾小時後就被滿足了。

現在想想，舒梅克當時其實已經猜到自己會有什麼下場。因為他預料到自己會在不久的將來死去，才會把機密資料託付給一個剛認識的年輕記者。

幾乎可以肯定的是，殺害舒梅克的人，就是在雅各到達那裡的不久前襲擊了舒梅克的那兩人。舒梅克離開阿爾德門東站時，他們一直在監視他，而在看到他在一名記者陪同下進入他的辦公室後，他們就將他滅口。雅各猜想他們是按照指示行事。是誰命令他們殺掉舒梅克？

舒梅克曾為瑞秋．薩弗納克工作。難道他在她眼裡已經失去用處，成了威脅，因為他知道的太多？多年來，舒梅克一定多次發現自己身處困境，但當他把雅各帶到消防梯上時，他的眼中閃過恐懼。他知道她有何能耐。

瑞秋．薩弗納克是全英國最危險的女人。

雅各打個寒顫。他自己是下一個目標嗎？不可能有人會冒險嘗試殺掉他吧。貝茲的事故並未被視為可疑，但如果又一個對瑞秋．薩弗納克感興趣的號角記者出了意外，戈默索爾就不可能當作沒看見。他猜奧克斯探長也是。

辦公室裡瀰漫著濃濃的香菸煙霧，雅各需要新鮮空氣。他匆匆下樓，走出大樓。他像小偷一樣溜進一條窄巷。應該沒人在注意他，但他沒有心情冒險。確信連隨機路過的人也看不到他時，他拿出信封，撕開它。

老人的潦草字跡難以辨認，而且這條訊息似乎是用粗略的暗號形式寫下的。

CGCGCG91192PIRVYBC

雅各完全無法解讀。他把字條塞回口袋，然後走回辦公室。要是李維・舒梅克最後留下的訊息既明確又具新聞價值就好了。

＊　＊　＊

「聽起來舒梅克幾乎什麼都沒告訴你。」奧克斯一邊說，一邊嚼著他最後一塊麵包和乳酪。

查塔姆伯爵餐廳擠滿了穿著樸素西裝的公務員，還有吵鬧又魁梧的年輕人，雅各猜想他們是蘇格蘭警場的菁英。根據「藏葉於林」的原則，在一個嘈雜到沒人能偷聽任何話語的地方進行祕密談話似乎是合理做法。隔壁桌的政府官員搞不好是正在交易國家機密的間諜。但奧克斯不打算冒險。他選了一個被磨砂玻璃屏風遮擋的角落。這裡可能是為了保護富裕顧客免受下層階級窺視而設計的，但非常適合那些想要謹慎討論謀殺案的人。

「沒錯，沒我希望的那麼多。」

雅各感到有些失望。他原以為李維・舒梅克被暴徒殺害的說法會讓奧克斯大吃一驚，但探長似乎不為所動。

奧克斯擦擦嘴，點了一根菸。他示意給雅各一根，對方搖頭。「我和負責調查這起死亡案件的同事拜提探長談過。他領先你一步。他的推論是，舒梅克被扔進了泰晤士河，也許是被他服務過或調查過的人。好像……在他死前，他身體的一部分已經被截肢了。」

雅各覺得膽汁翻騰。「真惡劣。」

「非常。」奧克斯的臉色和周圍的木鑲板一樣陰沉。

「當他堅持要我從消防梯離開時，我以為他在大驚小怪。」雅各試著抑制自己生動的想像力。他最不想做的，就是想像那位偵探在臨終時的痛苦。「但他其實知道我們有生命危險。李維・舒梅克救了我的命。」

「別這麼快就斷定他是英雄，」奧克斯說：「凶手可能是為了錢，或是情報。我不認為他們對你感興趣。」

「我真希望我能跟你一樣肯定。」

「舒梅克是私家偵探。不管你試著玩得多麼乾淨俐落，它終究是個骯髒的遊戲。他一定樹敵無數。」

雅各喝下一大口苦酒。在來這裡的路上，他一直在糾結要洩漏多少情報。奧克斯雖然平易近人，但他和雅各侍奉不同的主人。如果符合目的，奧克斯會毫不內疚地隱瞞情報；同樣的，雅各也無意脫口說出自己所知道或懷疑的一切。至於舒梅克奇怪的潦草訊息，他需要先弄懂它的意義，然後再決定是否與警方分享。

「我從沒見過他，」奧克斯說：「但他以守口如瓶著稱。這就是為什麼那麼多富人和名人在需要我們無法提供的幫助時找他幫忙。儘管如此，遺憾的是我們已經沒辦法從他嘴裡問出是誰襲擊他、誰僱用那些打手。」

「他什麼也沒說。」雅各告訴自己那張潦草的字條不算。「我離開他的時候什麼線索也沒得到。」

「啊，好吧。那你接下來打算怎麼做？」

「我打算拜訪文森・漢納威，勞倫斯・帕爾朵生前僱用的律師。」

奧克斯挑眉。「你希望從他那裡得到什麼？」

「我打算寫一篇關於帕爾朵的文章。雖然我們的讀者現在沒了一場原本能讓他們開心的審判，但我不會放棄這個故事。關於漢納威，有沒有什麼是你能告訴我的？」

「他的事務所歷史悠久，非常受人尊敬。好像是他祖父創立的。他父親年事已高，目前退居二線。他們處理跟公司和信託有關的工作，因此與帕爾朵有聯繫。我們在辦案時從沒遇過他們。他們不處理刑事案件，所以他們的客戶中沒有任何盜賊和遊民。」

「銀行家和更高級的殺人犯不算？」

奧克斯斯發笑。「你不可能以為漢納威會什麼都告訴你吧？哪有律師會願意和一個在《號角日報》頭版大肆宣揚其客戶自殺消息的囂張年輕人談話？」

「不入虎穴，焉得虎子。」

「我欣賞你的樂觀，弗林特先生。你打算今天拜訪漢納威嗎？」

「是的，他的辦公室離弗利特街只有幾分鐘的路程。」

「加洛斯寇特，沒錯。」奧克斯斯允許自己露出一絲微笑。「那裡以前是絞刑場。如果漢納威給你一大堆繩索，你就要小心點了。他搞不好會想吊死你。」

第十五章

「雅各・弗林特正在失去耐心。」瑞秋伸手去拿電報。她閱讀時，臉上浮現淡淡的微笑。「現在他想讓我知道，他在舒梅克死前跟他聊過。他八成以為我會驚慌失措。」

「那他有得等了。」楚門太太說：「我有時候懷疑妳是不是天生就沒有神經。妳打算怎麼做？」

「弗林特就像一隻吵鬧的小獵犬，不斷想引起注意。」瑞秋說：「該再丟根骨頭給他了。」

她在書房裡寫字時，楚門敲門，沒等回應就大步走進。她用吸墨墊吸掉紙上多餘的墨水，然後把字條塞進一個信封。

「你和我們來自瘋狂劇院的那個朋友談過了？」

「是的。」他說：「我們在巴特西的一家酒吧見了面。」

「有任何跡象表明他正在改變主意嗎？」

楚門聳聳強壯的肩膀。「妳我都知道人生沒有什麼事情是能確定的。不過呢，他發誓說他決心堅持到底。不久前，他還處於吞毒的邊緣。現在他有了使命。」

「好極了。我覺得我造福了人類。」瑞秋拿起信封。「你能不能把這個交給雅各．弗林特？我今晚邀請他一起去。」

「妳相信他會接受？」

「他迫切想知道我打算做什麼。他怎麼可能拒絕？」

「人隨風吹。」

「我們不是。」瑞秋把信封遞給楚門。「選擇在弗林特手上。他如果拒絕我，就會錯過畢生難得一見的精采故事。」

＊　＊　＊

CGCGCG91192PIRVYBC

記住了舒梅克的神祕訊息後，雅各發現自己完全沒辦法從腦海中擺脫這串字母和數字。沿著河岸街漫步時，這些符號在他的腦海中跳躍，像康康舞者一樣誘人又挑釁。他對神祕事件的熱愛，意味著他被暗號和密碼所吸引。他讀過一些引人入勝的故事，關於第一次世界大戰期間在英國海軍部的「四十號房間」裡工作的密碼分析員。但他永遠無法勝任這樣的工作。有個老師很久以前嘲笑他有「蝴蝶腦」——心思總是跳來跳去——而這其實非常接近事實。他完全沒辦法日復一日、週復一週地仔細研究一組毫無意義的暗號。如果把這種重責大任交給他，齊默曼電報就永遠不會被破解，美國就可能永遠不會對德國宣戰。

他到達號角報社時，前檯的佩吉屈尊地遞給他一個信封。「不到五分鐘前有個傢伙進來——」她說：「說你一進門就要給你這個。」

雅各撕開它。訊息只寫著，**芬斯伯里市政廳，今晚七點**。這張字條沒有署名，但字跡與帕爾朵死亡當晚那張要他去南奧德利街的那張非常相似。

「那傢伙長什麼樣子？」

「個子大，長得醜。」她譏笑。「是你朋友？」

* * *

代辦事項上的下一個任務，是突訪加洛斯寇特和勞倫斯·帕爾朵的律師。他勉強有時間回艾德加之家一趟，向艾蓮道歉取消約會，改成去芬斯伯里市政廳與——他推測——瑞秋·薩弗納克見面。

加洛斯寇特隱藏在林肯律師學院後面一個人跡罕至的角落，是一條擠在新廣場通道和凱瑞街之間的小長方形死胡同。四座高大的磚砌建築聳立於鵝卵石鋪成的庭院，通往一條不到一臂寬的潮溼小巷。一座絞刑架曾經矗立在這裡，雖然上一次公開處決一名因從商店偷竊而被定罪的婦女是兩百年前的事了。站在那名婦女以正義之名被絞死的地方，雅各猜想絞刑場後來成了一個不受歡迎的娛樂場所，太過狹窄，讓觀眾沒辦法清楚看到死亡的痛苦。即使在夏日，當幾束陽光穿過煙囪之間時，這裡的壓抑氣氛也會讓最堅強的靈魂產生幽閉恐懼症。暮色漸濃，煤氣燈在鵝卵石地上投射昏暗的黃光，這座絞刑場讓他覺得恐怖兮兮、陰森駭人。

他繞著中庭走了一圈，看到其中三棟樓裡是律師事務所。第四棟外面的欄杆上有一塊樸素的黃銅牌，上面寫著「漢納威與漢納威」。雅各跑上通往入口的一小段臺階，按了門鈴。他的計畫是在快下班前來這裡堵律師，這時候等候室裡沒有客戶，律師沒辦法找藉口拒絕見他。但他意識到他這項計畫有個缺陷：律師永遠有用不完的藉口。

沉重的橡木門吱嘎作響地打開了，一個瘦得令人心疼的男子瞪著他，此人六十歲左右，穿著滿是灰塵的西裝，戴著夾鼻眼鏡。他就像一具剛從棺材裡走出來的屍體，一看到雅各就恨不得趕緊回棺材裡。

「事務所今天已經休息了。如果你想預約，明天九點再來。」

雅各把腳擋在門裡，以確保殭屍般的男子不會砰地關上門。「漢納威先生？」

「當然不是。我是他的首席文員。」語氣有些輕蔑，暗指這家事務所的老闆怎麼可能親自為不速之客開門。「此外，我要補充一點，漢納威先生只接見那些帶著介紹信而來的新客戶。」

「我不是潛在客戶。」雅各覺得拐彎抹角毫無意義。沒人玩拐彎抹角的遊戲能玩得贏法律界人士。「我想和漢納威先生談談已故的勞倫斯．帕爾朵。」

殭屍男怒目相視。「想都別想。漢納威先生絕不會與第三方討論客戶。」

「我不是想窺探隱私的一般老百姓。」雅各亮出名片。「如果你能立刻把這個交給漢納威先生，我將不勝感激。」

在殭屍男身後的走廊，一扇門打開，一個輕快的聲音問：「怎麼回事，博迪斯？」

「漢納威先生？」雅各喊：「我只是想占用你一點時間。」

殭屍男瞥向身後。他的主人揮手要他讓開，並快步上前奪過雅各手中的名片。文森．漢納威遠非雅各想像中的體弱老人。一頭烏黑的波浪鬈髮，一張意外性感的嘴，幾乎可以用帥氣來形容。讀到名片上的名字時，他抿起嘴脣。

「《號角日報》？」

「我寫了一篇報導——」

「我知道。我沒有讀貴報的習慣，但在帕爾朵先生去世後，你的故事引起了我的注意。你來做什麼？」

「我正在寫一篇相關報導。勞倫斯．帕爾朵是一位成功人士，沒有暴力史。這個案子不僅駭人聽聞，在心理上也很牽強。我的讀者會很想知道這個事件的……背景。」

「你的讀者如果想要娛樂，應該去馬戲團。」

「他們求知若飢，渴求真相。」雅各喜歡像這樣假裝浮誇。「關於現實生活的故事。」

「我客戶的事務是保密的。」

「你的客戶死了，漢納威先生。」

「儘管如此，我的職業義務依然存在。我是他的遺產執行人。」

「你和勞倫斯．帕爾朵也有共同的商業利益。」

漢納威打量他。「你知不知道我一小時的收費是多少，弗林特先生？」

「我猜超過我們許多讀者一個月的收入。幸運的是，我不是來找你付費諮詢的。我能不能進去？」

博迪斯向前邁一步，彷彿恨不得把門甩在雅各臉上，但被漢納威揮手制止。「五分鐘，多一秒都不行。我今晚在劇院有個約會，我不打算遲到。跟我來。」

雅各跟在他快步穿過走廊，經過幾扇敞開的門，裡頭是等候室和博迪斯與其他祕書的小辦公室，然後來到漢納威的私人辦公室。裝滿大量法律報告的書架占據了大部分的牆面空間，連同專業證書和一幅鑲框的諷刺畫：幾個戴假髮的律師給一頭名為「官司」的乳牛擠奶。一座金鐘滴答作響，雅各推測其下方的橡木櫃裡放著客戶的文件。漢納威在一張大桌後面坐下，示意雅各坐在一張厚墊椅子上。據推測，按小時收費的律師有充分的動機鼓勵客戶在舒適的環境中多作逗留。

「那麼，弗林特先生。你在接到警察獲報後很快就趕到我客戶家。是什麼把你帶到那裡？」

「如果你要開始問我問題，那你必須給我超過五分鐘的時間，」雅各說：「和你一樣，我也受保密義務的約束。我從警方那裡瞭解到，勞倫斯・帕爾朵將他大部分的財產都留給了一項應當獲得這筆錢的慈善事業。這種慷慨實在不像一個可怕的虐待狂會做出的行為。」

漢納威打量雅各，彷彿想記住他臉上每一顆雀斑。「我唯一能告訴你的是，在與勞倫斯・帕爾朵的多年交往中，我發現他值得信賴也值得尊敬。」

「你作夢也沒想到他可能做得出……」

「請見諒，我既不會讀心術也不是精神科醫生，只是區區一位律師。」雅各很少見過這麼自大的人，但沒多作評論。「我不能告訴你我的哪個客戶可能做得出什麼，這不是我的職責所在。」

「你不只是帕爾朵的律師而已，漢納威先生，正如你不只是他的生意夥伴。你是他的朋友。」

漢納威臉色完全沒變。「律師會跟很多人合作，弗林特先生。我猜你打算在你的報紙上引用我的話？很好，我打算這麼說：**我對有關勞倫斯・帕爾朵的消息感到震驚。這真是晴天霹靂。**」

「你懷疑所謂的自殺遺書是偽造的？」

「除了我已經說過的，我不能再作任何評論。」

「帕爾朵和瑪麗珍・海耶斯在謀殺案發生前就已經認識了。」

「是嗎？」

「我是這麼相信。他沒跟你提過她？」

律師舉起一手。「夠了，弗林特先生。」

「我需要詢問你關於帕爾朵的遺囑。」

漢納威查看櫃子上的時鐘。「抱歉，弗林特先生，你的時間快到了。」

「能否請你至少確認一下，將於勞倫斯・帕爾朵的慷慨捐贈中獲益的慈善事業的名稱？」

律師朝門口揮個手，就像一位地主遣散一名農奴。「博迪斯會送你出去。」

雅各做出要離開的樣子，然後轉身問了一個重要的問題：「他連棋都不下，又為何要把這麼多錢留給一個象棋俱樂部？」

漢納威表情閃爍，原本的輕蔑露出冷酷的憤怒，雖然只有一瞬間，但雅各注意到了，也忍不住暗自狂喜。

＊　＊　＊

「我怎樣可能不吃醋啊？」雅各去拿他的大衣時，艾蓮質問：「你顯然被這個瑞秋・薩弗納克給迷住了。我這個在埃克斯茅斯市場的花店裡工作的單純女孩，怎麼有辦法跟一個身價不菲的火辣美女競爭？」

「瑞秋・薩弗納克對我來說只是個故事。」這算是事實，他告訴自己。「至於『火辣』，她更像是冰雪女王。我想採訪她而糾纏了她許久，她終於同意了，所以我得抓緊時間，趁她還沒改變主意。」

「我大概能明白。」但她的皺眉表明並非如此。「只是我們錯過了那齣戲，這實在可惜。我一直很想去看。」

他之前承諾會帶她去看弗蘭克・沃斯珀的《三樓謀殺案》。作為補償，他給她帶了一盒比利時巧克力，但他知道這還不夠。

「真對不起，艾蓮。我們改天再去。不過我很嫉妒弗蘭克・沃斯珀，就像妳嫉妒薩弗納克小姐。」

她咯咯笑。「他真的是個萬人迷，而且聰明絕頂。你那個瑞秋・薩弗納克有寫過話劇嗎？更別說自導自演。」

「我真的該走了。我不敢跟她約了見面還遲到。」

沉重的嘆息。「如果你很晚才回來，我可不會還等著你。」

他在她臉頰上啄了一下。她身上散發她母親在得知他們的約會被取消後匆忙準備的肝臟和洋蔥的味道。

「對不起，讓妳失望了。」他說：「我會補償妳的。」

「你最好說到做到。」她強顏歡笑。「要乖喔。」

他轉身上街時心想，自己不太可能有機會變壞。他只花了五分鐘就來到芬斯伯里市政廳，這是一座出人意料的宏偉紅磚建築，帶有新藝術風格的裝飾。他抵達目的地時，天空開始下雨，於是他躲到正門外的玻璃和鍛鐵遮棚下。在來這裡的路上，他試著拼湊自從第一次遇到瑞秋・薩弗納克以來蒐集到的零碎線索，但實在無法整理出任何類似完整真相的東西。瑞秋是按照她自己的劇本行事。不同於弗蘭克・沃斯珀，她選擇潛伏於陰影。他只能希望她已經準備好對他透露真相。

查看時間以確保自己沒有遲到時，一道回憶突然襲來，他感覺彷彿被擊中太陽神經叢。在艾塞克斯海德酒館的時候，史丹利・瑟洛拿出了一塊金懷錶，以確保準時回去上班。雅各以前從未見過那塊懷錶，但記得以前有一次，瑟洛拿出一塊破舊的警用制式懷錶，說它原本屬於他已故的父親。如果那塊懷錶壞了，也許他會買一塊新的來取代。問題是，一個帶著小孩，太太沒在工作，自己還經常抱怨缺錢的年輕刑警，怎麼可能買得起這麼貴的東西？

一大堆可能的解釋湧上心頭。也許那是瑟洛家族的傳家寶，又或許根本不是真品。不然就是，很可能有個比雅各更有錢的人在增加瑟洛的收入。那人是否也幫他即將到來的布萊頓假期出了錢？

越想越不對勁之下，雅各打個冷顫。但他自己難道就不是偽君子？畢竟，他很樂意偷偷塞給史丹幾塊錢，以換取對方提供的情報。但他給的款項並不多，幾乎沒有對法律與秩序的執行者造成任何影響。就是這種小小潤滑劑讓世界運轉。不過，給車輪上油是一回事。賄賂是另一回事。

突然間，他意識到一輛汽車停在他旁邊。一輛銀色的勞斯萊斯幻影，在帕爾朵自殺當晚從岡特屋接走瑞秋．薩弗納克的那輛車。他窺視車窗。

瑞秋不在車上。

茱麗葉·布倫塔諾的日記

一九一九年二月二日

也許我的房間不是牢房，而是避風港。海芮妲非常難過，告訴我那個雜務工染上了流感。

這是瑞秋的錯。她堅持要克里夫開車送她去女裁縫那裡拿回她的藍色禮服，而女裁縫的小屋在大陸上。克里夫提出抗議，但她威脅說，如果他拒絕，她就要她父親解僱他。媽媽說得沒錯。我認為瑞秋一定瘋了。自新年以來，村裡已有六人死亡。女裁縫的丈夫是其中之一，而且她的一個兒子臥病在床，應該活不了多久。瑞秋這麼做，是在拿自己的命和克里夫的命開玩笑。

海芮妲說克里夫病得很重，咳得很厲害，她擔心他的胃會撕裂。一想到她可能會感染流感，我就很害怕。真希望會病死的人是老法官而不是克里夫。老法官很老了，心智也衰弱了，但有時我擔心他會永遠活下去。

第十六章

「瑞秋！真高興再次見到妳！歡迎來到瘋狂劇院！」

瑞秋走進酒吧時，威廉・基瑞憑藉長期的練習輕鬆地從一群仰慕者中脫離出來。他揮個手，示意周圍奢華的金箔和玻璃。瘋狂劇院曾經是守護神劇院、倫敦大劇院和競技場劇院的貧窮表親，如今已成為它們強大的競爭對手。奢華的巴洛克式私人休息室位於頂層，可透過電梯抵達；草民則被限制在樓下洞穴般的公共酒吧裡。侍者們匆忙地跑來跑去，把雞尾酒杯和小點心遞給眼前的每一個人。

基瑞彎腰吻了瑞秋的手。「親愛的，妳看起來比我們在拉古薩相遇時更加迷人。」

這是事實。瑞秋並沒有滿足於一般的精美晚禮服，而是選了一件黑色長袍來展示她的身材。「你太客氣了，威廉。我警告過你，我不是一個善於交際的女人。和我最親近的一、兩個人在一起的時候，我感覺最自在。」

「妳的客人還沒到？」

「還沒。」瑞秋說。

基瑞遞給她一支突尼西亞香菸，她拒絕了。他轉身向一位端著銀托盤的侍者招手，盤子上擺滿了雞尾酒。

「敬這個值得紀念的夜晚。」瑞秋舉杯。「你今晚還打算演出嗎？」

「喔，是的，但那是晚點的事。這就是擁有自己的劇院的樂趣——總是能確保自己的票房高居榜首！在每場演出之前，我喜歡在我們的貴賓當中轉轉。」他潔白的牙齒閃閃發亮。「特別在這樣的夜晚，妳的大駕光臨讓我們蓬蓽生輝。放心，妳會有全場最好的座位。我為此哄騙了一位高級文官、一位著名的小說家，還有一位海軍少將。」

「我敢肯定我不配得到這樣的慷慨對待。」

「胡說，親愛的瑞秋。能盛情款待一位偉人的千金，這是一種榮幸。」他凝視她的眼睛，彷彿希望能催眠她。「這倒提醒我了。演出結束後，我有件事想和妳商量。是關於……令尊的遺產。」

「我很感興趣。」瑞秋說：「但請不要讓我獨占你。我不想害你沒辦法照顧其他來賓。」

「再好的東道主也有權偏心。」基瑞笑道：「我非常希望今晚晚些時候能再有妳陪伴。也許妳我可以共進晚餐——等妳和妳那位客人道別後。」

「你真慷慨。」

「很高興妳這麼想。與此同時，希望妳喜歡我們這個小小表演。」

「我很期待。」瑞秋喝完雞尾酒。「我為此已等待多時。」

* * *

「我們要去哪？」車子駛入沙夫茨伯里大街時，雅各問道。

「別浪費力氣問問題。」司機說：「你很快就會知道答案。」

他的腔調帶有生硬的北方口音。他聽起來不像約克郡人，雅各猜他來自奔寧山脈的另一邊。儘管幻影轎車內部寬敞，但司機的魁梧體格對駕駛座來說似乎還是太大。佩吉形容他是一個長相醜陋的流氓，這種說法很不友善；從那雙彷彿陷入沉思的深邃眼睛看來，他不像是個普通的打手。但他的舉止確實和他的體格一樣令人生畏。雅各很少與司機們打交道，但他以為司機對乘客至少會有點禮貌，甚至尊重。而這傢伙的無禮讓他很困惑。

他究竟要被帶去哪？這輛暖氣十足的轎車是他坐過最舒服的車，但他的脊背被突如其來的寒意觸動。瑞秋．薩弗納克那條訊息是為了引誘他去一個安靜的地方，好讓這名司機折磨並殺害他，就像有人殺了李維．舒梅克那樣？雅各雖然結實又年輕，但他清楚知道自己不是這個司機的對手。

在他焦躁到反胃之前，車子在沙夫茨伯里大街停下來，旁邊是守衛瘋狂劇院入口的矮柱。想不到！他從沒想到他的目的地會是這座流行娛樂的殿堂，巨大的愛德華時期劇院，莎拉・德拉米爾在這裡以埃及女王的扮相施展她的魔法，而可憐的桃莉・班森曾在這裡的合唱團中炫耀自己。

司機下車，為他打開車門，臉上的表情莫測難辨。

「進去吧。」

他鬆了一口氣，露出厚顏無恥的咧嘴笑容。「抱歉，我沒帶零錢，不然我會給你小費。」

司機狠狠地瞪了他一眼，雅各的嘴角失去了笑意。

「瑞——瑞秋在這兒嗎？」

「你得叫她薩弗納克小姐。」司機用巨大的拇指朝向門口一個穿制服的僕人。「跟那男孩報上她的名號，他會護送你。」

雅各照他說的做了，然後搭電梯被迅速帶到樓上。他站在酒廊酒吧的門口，掃視人群，越來越意識到這裡就屬自己的衣著最不講究。記者的工作讓他的臉皮變厚了，其實這樣也好。

他終於看到了瑞秋，迅速走到她身邊。「晚安，薩弗納克小姐。」

「啊，你來了！楚門完美地安排了你的抵達時間。布幕將在五分鐘後升起。」

「我沒想到——」

「會在劇院度過一個愉快的夜晚？啊，弗林特先生，我就是充滿驚喜。」

他打量她。「妳從沒有說過比這更真實的話。」

「我們有專屬的包廂。」瑞秋說：「就我們倆。威廉・基瑞真是大方。」

「我備感榮幸。」雅各說：「基瑞是妳的朋友？」

「嚴格來說是家父的朋友——」瑞秋冷冷道：「我們進去吧。」

＊＊＊

兩人在包廂的弧形前側坐下。豪華的內飾和鍍金支架上的燈罩是成熟李子的顏色，這個封閉的空間散發著偽裝成奢華風的頹廢氣息。大理石小天使和女神們裝飾著下方巨大的舞臺拱門。雅各透過一副歌劇望遠鏡凝視著它們，覺得雕塑家彷彿在它們眼裡賦予了惡作劇的眼神。燈光暗下時，雅各抓住機會在瑞秋耳邊低語。

「我們能不能私下談談？」

「現在不行，而且這場表演沒有中場休息。我們好好放鬆，享受這場娛樂吧。這個晚上應該能為你提供極佳的新聞文案。」

她在玩某種遊戲，但他完全不知道規則是什麼。他發現自己忍不住反駁：「可惜我不是戲劇評論家。」

黑暗中，他瞥見她的笑容，感覺心中湧起一股怒火。有太多事是他想知道的。如果這女人不想和他說話，又為何邀請他來瘋狂劇院？

她身上法國香水的麝香味令人著迷。他覺得頭暈目眩，彷彿艾蓮關於「瑞秋‧薩弗納克迷倒了他」的玩笑正在成真。

他瞥向劇院對面的包廂。觀眾當中有很多名人臉孔，足以讓蒐集簽名的粉絲暈倒。有點可惜的是艾蓮不在這裡。他認出了一位傑出的歌劇演唱家和一位曾為英格蘭隊開球的人，以及來自蘇格蘭警場的葛弗雷‧馬赫恩爵士。

鼓聲一響，血紅布幕升起；片刻後，管弦樂隊全員演奏。踢踏舞者們的鞋子像拋光的鏡子一樣在舞臺上閃爍，但他的思緒一直回到他與莎拉‧德拉米爾的談話上。即使瑞秋知道帕爾朵莫名其妙的威脅，他還是無法想像她為什麼要在帕爾朵死後在瘋狂劇院度過一個晚上。

除非，或許她已經知道莎拉有故事要說，並打算在表演結束後盤問她。這似乎有可能。又或許他應該相信瑞秋的話，好好享受表演。她會在適合她的時候露出她的牌。

瘋狂劇院的成功祕訣之一，是它的節目每星期都會變。雅各回想起他和艾蓮一起看過的一些表演，但其中有些部分改變了，而且他看到了一些之前沒見過的表演者。一群矮人雜技演員組成一個大三角形，而他們像掉落的紙牌一樣分崩離析時，三角形跟著倒塌。來自弗馬納郡的「飛翔的芬尼根家族」用銀色梯子表演了空中飛人特技，一個來自普迪斯的肥胖喜劇演員讓觀眾在鋪著紅地毯的通道上滾來滾去，並連珠炮似地說出一個接一個充滿影射的俏皮話。

在他們的包廂下方，雅各看到周圍的人都笑得眼淚直流。在他旁邊，瑞秋・薩弗納克禮貌地鼓掌，對每一句妙語都回以微笑，但她的思緒似乎在別處。直到今晚最後一幕開始的時候，她才傾身向前，全神貫注地盯著舞臺；布幕落下，然後又升起。場景轉移到一座古老的神殿，背景是沙漠，鼓聲響起，努比亞魔法與神祕王后娜芙蒂蒂登場。

「魔術讓我著迷。」瑞秋呢喃。

「我也是。」雅各輕聲說，慶幸彼此找到了共同點，哪怕只是片刻。

舞臺上看不到那位溫順又憂慮的莎拉・德拉米爾，而是一位棕膚細頸的美女，穿著緊身的純白絲綢禮服，搭配鮮豔的紅色腰帶，明亮的藍色眼影襯托她高大的錐形皇冠。她沒有對觀眾說一個字，而是在表演戲法時誇張地在舞臺上跳來跳去。一群鴿子從一個空棺材裡飛了出來，從一本古書上撕下的十幾張紙莎草紙神奇地拼成了一面帶有象形文字的橫幅，文字突然變成了「娜芙蒂蒂」。她甚至表演了最古老的把戲之一：爬上一條繩索，直到她消失在視線之外，幾秒後從一座巨大的獅身人面像後面出現。

掌聲逐漸平息，管弦樂隊開始演奏充滿威脅的陰沉主題曲時，阿努比斯從遠處的舞臺側翼出現。他有一顆黑色的豺狼腦袋，長著尖尖的長耳朵和口鼻，古銅色的瘦削男性身軀。他只裹了一條黃色的纏腰布，左手食指上戴著一枚翡翠聖甲蟲戒指。娜芙蒂蒂對他的到來故作震驚，獅身人面像這時滾離，在一座金字塔前揭露一口巨大的石棺，由四根矮柱撐出地面。

王后和死神在充滿異國風情的求愛儀式中跳舞；前一秒她害怕地躲開他，下一秒卻變得嬌媚靦腆。隨著音樂變得震耳欲聾，阿努比斯試圖抓住她，但每次都因她逃開而受挫。最後，她站穩腳跟，帶著燦笑面對他。她得意地鞠了一躬，嘴裡說了幾句，豺狼頭點點頭。兩個角色無聲地下了賭注。

突然間，她不知從哪裡摸出一條鋼鍊，像手銬一樣俐落地扣在他的手腕上。為了營造氣氛，音樂漸漸消失，她拿起石棺頂部的一枚戒指。她用力一拉，就掀開了沉重的棺蓋，同時掀開了石棺側面的上半部分。阿努比斯徒勞地試圖掙脫時，她將觀眾的注意力引向石棺側面下部的一個小開口。

她彈個響指，兩個穿著埃及服裝的男孩跑上舞臺。其中一個遞給娜芙蒂蒂四塊柴火，另一個遞出一支燃燒的火炬。娜芙蒂蒂將木頭扔進石棺，然後用火炬將阿努比斯引向石棺。她驅使他往上爬，進入石棺。他全身都在裡頭時，她拉下棺蓋；她隨著火炬的火焰狂喜地跳舞時，音樂響起。

之前來看表演時，雅各和艾蓮覺得火葬的魔術令人嘆為觀止，他這次也再次感到驚奇，儘管他知道接下來會發生什麼。娜芙蒂蒂會把她的火炬伸進石棺側面的開口，在裡面生火。當觀眾屏住呼吸時，她會掀開棺蓋來欣賞自己的傑作。裡頭將揭露一具骷髏，一顆燃燒的豺狼頭，左手食指上戴著一枚翡翠聖甲蟲戒指。然後阿努比斯會從舞臺後方的陰影中大步走出來，扯下他的鎖鍊，準備將他的戰利品帶入沙漠。但就算熟悉這個魔術表演，也不會讓人產生蔑視。娜芙蒂蒂揮舞著燃燒的火炬——雅各渾身緊繃——然後將它插進石棺的一側。

他身旁的瑞秋吐口氣。她閉上眼睛，彷彿在默默祈禱。

劇院裡每個人都能看到石棺下面，以及周圍的一切。火勢猛烈得從棺蓋底下噴了出來。觀眾倒抽一口涼氣。

裡頭的任何人想必被燒成了灰。阿努比斯怎麼可能逃脫？雅各想不出這個把戲的祕密。儘管莎拉・德拉米爾非常謙虛，但她確實是一位天才魔術師。

「不可思議。」他在瑞秋耳邊低語。

「令人難忘。」她呢喃。

鐃鈸碰撞，娜芙蒂蒂掀開石棺的石蓋。

雅各記得上次表演時，那具骷髏坐起來一會兒，手指骨上戴著一枚翡翠聖甲蟲戒指。

恐懼情緒在震驚的旁觀者中蔓延開來。

今晚有些不一樣。儘管熄滅的火焰依然散發熱量，娜芙蒂蒂卻好像凍僵了。她低頭凝視著石棺。

這一次，骷髏沒有坐起來。音樂斷斷續續，然後管弦樂隊徹底安靜下來。

每個人都在座位上向前傾，等著看接下來會發生什麼。

幾個女人發出驚呼，舞臺拱門上的小天使們帶著惡毒的喜悅對舞臺咧嘴笑。只有瑞秋・薩弗納克不為所動。

瑞秋早就知道，雅各心想。**她原本就期待著這一切，就像一位等待自己的預言成真的女巫**。

是他想像力過度旺盛，還是一股焦肉味向他們飄來？

聽到娜芙蒂蒂尖叫，他得到了答案。

第十七章

「你完全肯定威廉·基瑞是被蓄意謀殺？」葛弗雷·馬赫恩爵士拉扯小鬍子，彷彿把它從他的上唇撕下來就能解開這個謎團。他為自己看起來像五十歲而自豪，但昨晚的混亂使他面容憔悴，他現在看起來就像一個在六十二年的歲月中每天都在辛勤勞動的人。

「毫無疑問，長官。」查德威克警司小心翼翼地坐到桌子另一邊的椅子上。他的笨重體積令人安心。「我們說話的時候，奧克斯和他的手下正在查看現場。雖然還有些工作要做，但案情基本上已經很明確了。基瑞以最惡毒的方式被殺，而罪魁禍首是他自己的舞臺助手之一。」

「叫巴恩斯的那個男人？原本想娶那可憐的桃莉·班森的傢伙？」

「也是我們在李納克自殺前逮捕的人。」查德威克的語法和他的舉止一樣嚴謹。

「我一直覺得他是個壞胚子。」

「他和基瑞有什麼過節嗎？」

「沒聽說過，而這就是這個案子最奇怪的特徵。基瑞給巴恩斯的待遇是出了名的好。巴恩斯被懷疑殺害那位小姐時，基瑞不但沒解僱這傢伙，還出錢幫他僱了律師。而這絕對不是反常的。基瑞享有一流雇主的名聲。」

葛弗雷爵士繼續折磨自己的小鬍子。「巴恩斯一定是發了瘋。他失去他愛的女人，加上被懷疑殺害她——即使只是很短的時間——這些痛苦足以讓任何男人失去理智。」

「是有可能，長官。」但查德威克聽起來不相信。

「真見鬼。」葛弗雷爵士用拳頭捶桌子。「看看他謀殺基瑞的方式。雙手被鎖鍊綁住，被困在舞臺上的石墓中活活燒死。野蠻至極。任何理智的英國人都不會想出這樣的罪行。」

「我理解這個論點，長官。」查德威克真是一位經驗豐富的外交官。「但是這個案子有些奇怪的特點。巴恩斯顯然詳細計畫了他的行動。不僅是犯罪，還有他的逃脫手段。作為一個瘋子，他似乎特別有條有理。」

「即使是瘋子也能表現出低等程度的狡猾，」葛弗雷爵士悶哼一聲：「你有沒有查明他究竟是如何行凶？」

「我相信你明白那場魔術是如何表演的，長官？」

「我猜扮演娜芙蒂蒂的女孩其實並沒有創造奇蹟的能力，」然後是暴躁的一句：

「不過，不，我不知道那場火葬惡作劇的祕密。」

「請容我說明。」查德威克靠向椅背，就像爺爺給孫子講童話故事。「根據我的瞭解，火葬魔術有多種形式。而這一個是為埃及主題量身定做的。石棺後部有一塊可以從裡面移動的板子。」

「啊！」葛弗雷爵士瞇起眼睛。

「扮演死神阿努比斯的基瑞……」查德威克咳嗽，表達他對這種輕率舉動的看法。「一進入石棺，就移動了板子。那其實就是一個活板門。他的合作者，扮演娜芙蒂蒂王后的女人，拿著燃燒的火炬在舞臺上蹦蹦跳跳，給了他所有他需要的時間。這能轉移觀眾的注意力。他們看不到她身後發生了什麼，因為龐大的石棺遮住了一切。躲在舞臺後方的假金字塔中的一名舞臺助手，伸出一張梯子，接上石棺的開口。石棺是從地面升起的，所以觀眾可以從它底下看向金字塔——但有一個盲點。基瑞從石棺後部的開口擠進去後，舞臺助手拉回梯子，把基瑞帶進金字塔，確保他的安全。至關重要的是，魔術師在舞臺前面，分散了觀眾的注意力。她是一個非常漂亮的女人。人們沒辦法將目光從她身上移開。」

「的確。她的裝束很……單薄。別誤會，我不是說不雅，沒到會激怒內務大臣的程度。但確實性感。」葛弗雷爵士咳嗽。「她要怎麼確保她的同夥安全？」

「問得好，長官。基瑞到達金字塔的那一刻，舞臺助手按下一個按鈕，向空中釋放一股煙霧。這團煙對觀眾來說毫無意義，但它就是娜芙蒂蒂在等待的信號。」

「巴恩斯昨晚有發出信號嗎？」

查德威克點頭。「我們不是只依靠那女人的說詞。另外兩名在舞臺側翼待命的助手也證實了這一點。不幸的是，他們從自己的位置看不到基瑞逃脫失敗。那女人完全有理由相信把燃燒的火炬插進石棺裡是安全的。」

「可憐的孩子。」

「她大受打擊。胡言亂語，自責不已。然而，在我看來，她是無辜的。」

「真的嗎？」

「是的，長官。我們拼湊她的說詞時，覺得完全合理。她相信基瑞跟往常一樣繞到場地後側，準備以戲劇性的方式在舞臺上重新登場，而觀眾仍然對石棺內燃燒著的骷髏感到震驚。」

「跟我說說那具骷髏。」葛弗雷爵士要求。

「骷髏是舞臺道具，長官。在石棺的蓋子裡，有一個隱藏的隔間。裡面是一具穿著破爛版的阿努比斯服裝的骷髏——配有豺狼頭和複製的翡翠聖甲蟲戒指。舞臺助手按下隱藏在金字塔內的槓桿，打放隔間的門，並啟動骷髏，骷髏裡有一個機制可以讓它坐起來以嚇唬觀眾。」

葛弗雷爵士眨眼。「確實滿精巧的。」

「巴恩斯的計畫很簡單。他固定住了石棺後方的滑動板，讓基瑞完全無法移動它。它原本應該一觸即動。棺蓋很緊而且很重，而且雖然是鉸鏈式的，好讓女人可以毫不費力地打開它，但無法從裡面打開。基瑞的雙手被鐵鍊纏住，雖然是可以用一些技巧來解開鐵鍊，但就連經驗豐富的基瑞也至少需要半分鐘。但隨著大火燃燒，這項任務對一個被恐懼和劇痛占據的人來說將變得不可能。」

「他一定有痛苦得尖叫。」

「我相信他有，長官，但當時的音樂正達到高潮。」

葛弗雷爵士皺眉。「所以，就在觀眾看著的時候，音樂淹沒了他的哀號。」

「的確是。確保基瑞被燒焦後，巴恩斯平靜地走開了。我猜想，當那個女孩——德拉米爾——打開蓋子並意識到基瑞在裡面時，混亂爆發了。」

葛弗雷爵士嘆氣。「我去舞臺查看時，那股惡臭難以形容。每個人都處於一種恐慌狀態。沒有人能理解發生了什麼。」

「如你所知，大家過了幾分鐘才意識到巴恩斯不見了。他去了大樓的後側，然後從舞臺門離開了。在那陣喧囂中，沒有人注意他。」

「在劇院附近等著他的那輛車，是他的嗎？」

「我們確認了他是在四十八小時前買下那輛車。那是一輛因維克塔，長官，非常漂亮的跑車。推銷員不敢相信自己的運氣。巴恩斯給他的印象是個粗人，但當他顯然有錢可以當場買下時，推銷員立刻接受了。」

「我不禁好奇——」葛弗雷爵士說：「巴恩斯有沒有留下任何關於他的意圖的暗示？」

「他當然沒提到他打算以最可怕的方式謀殺他的老闆，長官。」葛弗雷爵士怒目而視，但警司粗獷的面容上看不出一絲諷刺。「他只有說他打算去旅行。目擊者告訴我們，那輛因維克塔停在離瘋狂劇院一百碼的地方，而且他以驚人的速度駛離，開往克羅伊登。」

「當時那麼晚，一定沒有飛機了吧？」

「有一架包機原本要送他去法國的波威市。我們正在調查是誰安排的——是巴恩斯還是他的同謀。」

「你認為這是他和別人一起計畫的？這肯定讓『他在瘋狂憤怒下殺害基瑞』的理論產生矛盾吧？」

「巴恩斯顯然是精心策劃了他的行動。至於他是否得到了第三方的幫助，目前還不確定。從表面上看，這非常值得懷疑，但我們確信他買不起因維克塔。基瑞雖然是個慷慨的老闆，但瘋狂劇院的舞臺助手工資並沒有那麼高。」

「這就太奇怪了。他會不會是偷了那筆錢？」

「是有可能。我們也在試圖確定，他是否以某種方式說服了基瑞預支薪水給他。」

「真令人發毛……」葛弗雷爵士咕噥：「我們昨晚為什麼這麼快就鎖定他？當我意識到基瑞已死，我就為我的妻子叫了一輛計程車，然後向內政大臣報告。我離開的時候，整個地方陷入一片譁然。」

「一旦確認石棺被人搞鬼，加上巴恩斯失蹤，我們就知道該找誰了。有一份報告指出，一輛因維克塔在距離機場五哩的地方開得飛快又危險。我們一個小夥子騎摩托車追了上去，後來發生什麼你都知道了。」

葛弗雷爵士凝視自己的指甲。巴恩斯當時油門全開，很快就拋開了追兵，但車子也因此失控。他轉彎太快，因維克塔因此撞上一棵榆樹，他在這個過程中扭斷了脖子。

「幫絞刑人員省下了麻煩。」查德威克挖苦道：「唯一遺憾的是，我們一直沒有機會發現導致他謀殺基瑞的動機。我們詢問了劇院的工作人員，但沒有人知道這兩個人之間有沒有任何爭執。每個人都震驚極了。巴恩斯雖然笨拙，但工作做得很好。人們說他最近看起來很憂鬱，但沒有人相信他恨基瑞恨到想要以如此殘忍的方式殺害他。」

「我們對那個放火燒了他的女人瞭解多少？」

「娜芙蒂蒂王后？她的真名是莎拉・德拉米爾，至少她是這樣自稱。其中一位舞者——一個惡毒的瘋丫頭——說基瑞以前染指了這個女孩。」

「真的嗎？」葛弗雷爵士大吃一驚。「也許她是他的情婦？」

「如果是，那他可真是個懂得運用時間的傢伙。他和一個喪偶的義大利女人同居。我猜他們沒有讓彼此的關係合法化，但你也知道這些戲子是怎麼過日子。他們遵循自己的法律。」

「如果基瑞與德拉米爾女孩調情，拋棄了義大利寡婦，她可能會渴求報復。也許是她出錢買車，要巴恩斯負責動手？」

「我們從不排除任何可能，長官，但這方面的可能性不高。所有跡象都表明，一直到昨晚，她和基瑞仍然真心相愛。」

「就算是這樣……」葛弗雷爵士思索。「就像那句老話，『被傷了心的女人，其怒火更勝地獄火』。」

「考慮到這個特殊情況，我主動與她談過。她在現實生活中與她在舞臺上扮演的角色截然不同，但我只能說，如果她的痛苦是裝出來的，那麼瑪麗．畢克馥德應該把自己的影后王冠送給她。她一定是她這一代最優秀的女演員。」

「這是一起駭人聽聞的罪行，查德威克。」

警司噘起嘴唇。「你自己一定也很震驚，長官。在馬赫恩夫人的陪伴下出去放鬆一晚，結果卻看到一個男人被活活燒死。」

「我在戰爭期間目睹了很多可怕的景象，查德威克，但那對士兵來說很正常。」葛弗雷爵士嗓音空洞。「昨晚的行徑是獨一無二的卑鄙。」

「你不是在場唯一著名的目擊者。」查德威克說：「看了今早的《號角日報》嗎？」

「坦率說，我只有時間稍微瞄了其他更嚴肅的報紙。我猜其他人正在像黃蜂圍著果醬罐那樣蜂擁而至。」

「雅各．弗林特寫了一篇關於瘋狂劇院事件的目擊證詞。」

「帕爾死的那天晚上，出現在南奧德利街的那個年輕人？」

「就是他。和你一樣，他昨晚也在場看表演。」

「該死的，這可真是個驚人的巧合！」

查德威克的表情表明了他對這個巧合的看法。「他是瑞秋・薩弗納克小姐包廂裡的客人。」

＊　＊　＊

「恭喜你，年輕人。」沃特・戈默索爾指指桌上的《號角日報》的頭版。「還不賴。」

雅各點頭道謝。睡眠不足的影響遲早會追上他，但他現在憑著腎上腺素而精神抖擻。在他這一生中，他從未經歷過任何能與昨晚相提並論的事情。坐在一個美女身邊那麼久，這本身就令人難忘，但伴隨娜芙蒂蒂的刺耳尖叫而來的戲劇性事件更是讓他刻骨銘心。

一開始，一些觀眾以為她的驚恐尖叫是表演的一部分。幾個人甚至笑了，但雅各立刻意識到大事不妙。

身著埃及服裝的男孩們跑去撲滅餘燼，並將威廉・基瑞燒焦的遺體從石棺中拖出時，觀眾的愉悅轉變成震驚。

瑞秋卻依然無比平靜。雅各結巴地告訴老闆，他原本想說出扮演娜芙蒂蒂王后的女演員給他的警告，但瑞秋打斷了他，說他確實應該下樓去看看究竟發生了什麼。他遲疑了一下，然後快步下樓，前往舞臺。現場一片混亂，但在幾分鐘內，他就獲得了獨家新聞。

「我是運氣好。」他坦承。

「非常。」戈默索爾把雙手放在腦後，這是他陷入沉思時的招牌動作。「幾天之內，你有兩次在現場報導重大命案。任何記者都會為了爭奪這種運氣而殺人。」

雅各還沒準備好承認，其實是瑞秋邀請他去瘋狂劇院。首先，他需要瞭解她究竟在打什麼算盤。他小心地點頭。「真的很巧。」

「我也覺得。」戈默索爾瞇起眼睛，彷彿想看穿年輕的記者。「你確定你沒有像浮士德那樣跟惡魔簽了契約？你沒把你的靈魂賣給魔鬼，以換取幾個頭條新聞？」

雅各發笑。「我不會這麼便宜就賣掉我的靈魂，長官。」

「真令人欣慰。」戈默索爾沒笑。「幹得好，小夥子。如此駭人聽聞的新聞本來就會受讀者歡迎，但你把它寫得很精采。我對你刮目相看，但也很擔心。」

「擔心，長官？」

「是的。」編輯搖頭。「好運總是會用完的。小心好運變厄運。」

＊　＊　＊

「巴恩斯哪來的錢買因維克塔？」查德威克質問。

「他用現金支付，在他的銀行帳戶上沒留下紀錄。」奧克斯探長強忍呵欠。他的眼睛比平常暗淡，而且他沒像平時那樣精準地刮鬍子。「是我們還沒發現的犯罪收入嗎？沒人知道。他朋友很少，也不向任何人透露祕密。」

「難不成他在搞勒索敲詐？」查德威克聽起來很懷疑，他就像個缺乏想像力的人冒險進入「如果」和「也許」的暮光世界。「這就能解釋他為什麼有錢。他是否對基瑞有所控制，而基瑞後來威脅說要揭穿他？」

「是有可能，長官。唯一合理的解釋是，他把女孩的死歸咎於基瑞，但這就顯得荒謬，因為殺害那女孩的絕對是李納克。基瑞對巴恩斯只有表現出仁慈，巴恩斯這傢伙卻讓恩人遭受最痛苦的死法來報答他。」

「真瘋狂。」查德威克說。

「也許吧。」

「至少巴恩斯死了。」查德威克吐出下唇。「我們應該感謝這小小的恩惠。」

「但他逃脫了正義？」

「看你怎樣定義正義。」查德威克沉重道：「幸運的是，葛弗雷爵士當時也在場，並迅速發出了警報。即使巴恩斯活著抵達克羅伊登，我們也會阻止他的飛機飛往法國。我覺得我們不應該擔心這奇怪的收尾。這依然是個乾淨俐落的結局。」

「和帕爾朵一案一樣乾淨俐落，長官？」

查德威克怒瞪部下。「我們不要混淆問題。」

「帕爾朵死後不久，瑟洛那小夥子發現了雅各・弗林特。如果弗林特不是像他跟瑟洛說那樣的剛到，而是在帕爾朵自殺時也在場？」

「你在暗示什麼？」

「沒什麼，長官，只是說出我的想法。昨晚，弗林特在瑞秋・薩弗納克小姐的陪伴下，在舒適的豪華包廂裡目睹了基瑞的死。我很好奇，為什麼一個富有的年輕女人會邀請一個菜鳥記者一起去瘋狂劇院。」

「某種浪漫的幽會？」

奧克斯嘆氣。「如果是這樣，其形式還真不尋常。我們的人馬在基瑞死後幾分鐘內就趕到了現場，他們記下了在場所有人的姓名和地址，包括弗林特。但沒人看到瑞秋・薩弗納克。」

* * *

雅各給自己泡了一杯濃烈的甜茶，然後回到湯姆・貝茲的舊辦公室，整理腦子裡的混亂。他昨晚跑到舞臺上加入混戰時，心中最強烈的本能是想查明究竟發生了什麼事，並將其寫成報導。舞臺上的氣味讓他反胃，喧鬧聲刺得他耳朵痛。女人們在哭，觀眾和演員們也在哭，警察則不停大喊要大家冷靜。

嚎啕大哭的莎拉・德拉米爾——打扮成娜芙蒂蒂而難以辨認其真實身分——被警察帶走了，雅各請求進行採訪的嘗試遭到了嚴厲但不可避免的拒絕。他抬頭看向包廂時，瑞秋已經消失了。他象徵性地努力尋找她，但很快就放棄了，轉而專心撰寫和整理他聳人聽聞的報導。

茶水賜予的能量促使他打電話給瘋狂劇院，要求找莎拉・德拉米爾。

「她不在這兒。」一個聽起來像是腺樣體肥大的嗓音告訴他。

「我能不能留言給她？」

「你誰？」

「我是記者，是——」

線路切斷。他決定打去瑞秋家碰碰運氣。管家接了電話，告訴他薩弗納克小姐不在家。他懷疑這番說詞的真實性，但指出對方說謊對他可沒好處。

「能不能麻煩妳告訴薩弗納克小姐，我有打電話來？我很急著和她談談。」

「我會轉達，先生。再見。」

她掛了電話，留他怒瞪無聲的聽筒。

想從瑞秋・薩弗納克那裡獲得情報，就像想從花崗岩裡榨出汁。他拿著杯子回到新進記者使用的臭氣熏天、幽閉狹窄的廚房，碰到了奧利弗・麥卡林登。

奧利弗向他推薦艾德加之家時表現出的善意，後來被他在工作上難以掩飾的嫉妒心取代。他對雅各頭版報導的簡短讚美，聽起來實在缺乏誠意。

「你正在成為明星記者呢，」他譏諷道：「看來你已經準備好穿上湯姆・貝茲的鞋子取代他的地位了。你一定已經聽說了吧？」

雅各的心往下沉。「聽說什麼？」

麥卡林登露齒而笑。他似乎總是以「搶第一說出壞消息」為樂。「老戈默索爾將在半小時後召開會議，正式宣布。醫院來了通知。貝茲今天清晨嗝屁了。」

第十八章

「巴恩斯當場死亡。」楚門走進客廳時宣布：「他撞到那棵樹時，正以六十哩的時速狂飆。」

瑪莎送上咖啡時，瑞秋正在史坦威鋼琴上悠哉地彈著《踮起腳尖穿過鬱金香》。楚門把外套扔到沙發靠背上。他花了半個上午的時間來挖掘有關喬治・巴恩斯死訊的情報。

「我覺得這是祝福。」楚門太太交叉雙臂，看她丈夫敢不敢反駁。「巴恩斯不是說過，他的生命在桃莉・班森死的那一天也跟著結束了？他永遠不可能在法國安頓下來。時時刻刻查看身後，拚命說服自己已經脫離了危險，這種人生也太痛苦了吧？」

「其實跟我們的人生沒多大差別。」瑞秋冷笑。「但我一點也不痛苦。這純粹是態度的問題。」

「巴恩斯從不虧欠任何人。」楚門聳肩。「我不是說他是故意開車去撞那棵老榆樹，但他早就不在乎會發生什麼事了。」

「真是個可憐人。」他太太說：「至少妳現在不用擔心他會背叛妳了。」

「我從沒擔心過。」

「如果警察逼他開口……」

「他絕不會透露一個字。」楚門說：「放心吧。我比一般人更懂得看人。即使他們把他關進牢裡，粗暴對待他，他也會把嘴牢牢閉上。」

楚門太太轉向瑞秋。「我猜妳會說任何人都不值得信賴。」

「你們倆都是對的。」瑞秋離開鋼琴凳，在火爐前暖手。「沒錯，信任巴恩斯是一場賭博，但值得一賭。一切都很順利。」

「除了巴恩斯之外。」楚門太太說。

＊　＊　＊

沃特・戈默索爾準備在員工會議上發表談話的兩分鐘前，把雅各拉到一邊。「你聽說了消息？」

「關於湯姆？是的，令人難過。」

「天知道那可憐的女人自己怎麼應付得來。」雅各從沒見過戈默索爾這麼嚴肅。

「貝茲對莉蒂雅來說就是一切。我們會盡力幫她，但即使是《號角日報》也沒辦法給一個人活下去的理由。」

雅各衝口說出：「我前幾天有拜訪她。」

「真的？」濃密的黑眉跳了起來。「你是去表達敬意，還是蒐集情報？」

「都有一點，長官。」雅各臉紅。「我當時想知道……她能不能給我任何線索，讓我更瞭解湯姆的遭遇。」

「你不需要臉紅得像甜菜根，小夥子。你可以同時是個人類也是個記者。記住這句話。你會受到比我更惡劣的人的考驗。」

雅各笑得很不自在，不知道該說什麼好。

「只是提前給你一個警告。我很快就會宣布誰是我們新的犯罪記者。恭喜你，這是你應得的。」

戈默索爾用力搖晃他的手。雅各結巴道：「您的意思是，我是……」

「沒錯，湯姆的繼任者。這會是他想要的，只是提早了十年。你會表現得很好。半小時後來我辦公室，我們再討論工資。不過呢，先別急著給你的女朋友買貂皮大衣來慶祝。我們可不是開銀行的。」

「謝謝長官。」這幾個字似乎不夠充分。

「別謝我，要謝就謝湯姆。我上次坐在他床邊時，他唯一讓我聽得懂的話語，就是要我把他的工作交給你。」

＊　＊　＊

「雅各・弗林特打了電話來，」楚門太太在丈夫離開客廳後告訴瑞秋：「他想和妳說話，說有些事情是他不明白的。」

瑞秋發笑。「『困惑』就是他的自然狀態，有一種可愛的魅力，會讓人很想搓亂他的頭髮，給他零錢買糖果，叫他出門去玩。」

「別耍嘴皮子了。他昨晚說了什麼？」

「只知道他和莎拉・德拉米爾談過話。她告訴他，她聽到帕爾朵和基瑞的談話，而且帕爾朵說的內容讓她擔心我的生命安全。」

「那她為什麼不自己來找妳？」

「因為她可疑的過去。」

年長的女人嗤之以鼻。「妳打算跟弗林特談嗎？」

「等時機到來的時候。」

「他有了危險，是不是？他害他自己成了槍靶。」

「他只能怪自己。我們所有的行為都會產生後果，妳我都知道。」

「但妳喜歡他。」管家從眼鏡上方凝視著她，就像一名檢察官在盤問一名不誠實的證人。

「他的天真給我帶來樂子。但我沒辦法讓他避免被他自己害死。」

＊　＊　＊

湯姆・貝茲的死和自己在《號角日報》中的突然晉升給雅各帶來了雙重衝擊，這時刺耳的電話聲把他從矛盾的情緒中拉了出來。

「奧克斯探長找你。」佩吉宣布。

一道冰冷的嗓音響起：「你應該改名叫『總是湊巧在現場』，弗林特先生。」

雅各做了個含糊回應，但刑警打斷了他。「你有空再跟我聊聊嗎？」

「我在離開瘋狂劇院、回去寫報導之前，已經跟你們的一名警官做了筆錄。」

「我讀了那份筆錄。當然，與你交談的那名警員並不熟悉你的背景。我們能不能見面？」

「行。」雅各停頓。「湯姆・貝茲死了。」

「節哀順變。」

「編輯給我升了官。我猜你會說每一片烏雲都有一線曙光，但我相信貝茲不是發生意外，而是被謀殺。」

「你為什麼這麼認為？」

「他當時在調查瑞秋・薩弗納克。」

「你在暗指是她安排他被輾死？」

「我不是……聽著，我們不應該在電話上討論這個。」

「我們在河岸街的里昂街角小館見面。」奧克斯語氣生硬，沒有平時的冷幽默。

「半小時後在鏡廳見。」

「我會赴約。」

「還有，弗林特。」

「什麼事？」

「這是你我之間的事，明白嗎？不要向別人透露任何一個字。」

＊　＊　＊

雅各急忙走下臺階，來到鏡廳，發現奧克斯在一張桌子旁等著他，旁邊是一面優雅的鏡子。一支名為「迪克西蘭藝人」的樂團正在演奏史考特．喬普林的《輕鬆的贏家》，空氣中飄蕩著糕點和新鮮出爐麵包的香味。這個工人階級的凡爾賽宮是首都最受歡迎的餐廳之一，幾乎找不到空位。他穿過錯綜複雜的桌子，不得不向一個大屁股的女侍道歉，因為他撞到她的盤子，茶壺和陶器差點飛到兩個帥氣的小夥子身上，他們的盤子上放著還沒動過的羊排。這兩個男人全神貫注地交談，甚至沒注意到自己差點被滾燙的熱茶淋溼。女侍對雅各逗弄地眨個眼，他忍不住臉紅。

自從來到倫敦後，他就聽說這裡和皮卡迪利圓環的巨大街角房屋，是奧利弗・麥卡林登喜歡的那種男人的出沒地點。女侍常常憐憫他們，引導男客走向其他單身男子占據的桌子，這樣他們就有機會以最無辜的方式搭訕。雅各環顧四周，好奇是否有人以為他和奧克斯也在玩那種遊戲。會不會有人以為探長正在尋找男伴，而不是與《號角日報》的新任首席犯罪記者交換情報？當然沒有，因為史丹・瑟洛曾描述警察在監獄牢房中是如何野蠻對待那些被懷疑有著同性戀行為的人。

奧克斯掐滅了香菸，放下他假裝在研究的菜單，但沒打算跟他握手。「我為我們倆點了番茄湯和麵包卷，」他唐突地說：「避免浪費時間。」

「為什麼要這麼神祕兮兮？跟記者見面又不丟臉。警察也常常與媒體談話。」

「你不是普通的媒體人，弗林特先生。我從沒見過哪個記者能像你這樣嗅到故事。」奧克斯的笑容裡沒有笑意。「這一星期裡，你有三次在死了人的時候就在現場。」

「希望你不會覺得這很可疑，探長？」雅各和藹的語氣掩飾了焦慮。奧克斯今天的態度明顯不那麼親切。「我到達南奧德利街時，帕爾朵的屍體正被送往停屍間。舒梅克在被襲擊之前把我從他的辦公室裡趕了出去。我是目睹了基瑞之死的眾多觀眾之一。」

「你當時坐在劇院最豪華的包廂裡，緊挨著瑞秋・薩弗納克小姐。」

「這又怎樣？她是基瑞的客人，是她邀請我一起去。」

「為什麼？」

「說真的，我也不知道。我原本希望在表演結束後跟她談談，但基瑞的死讓一切都化為泡影。至於那三人的死亡，你清楚知道我跟他們沒有任何關聯。帕爾朵在一個上鎖的房間裡開槍自盡，舒梅克遭到打手的襲擊，而殺害基瑞的凶手在逃避司法時死亡。說到巴恩斯，他的動機到底是什麼？」

奧克斯擺弄他的餐巾。「我們沒辦法要他給個解釋了。可能就連他自己也解釋不清。我也懷疑他能否說明薩弗納克小姐和基瑞之間的關聯。我希望你能幫我填補空白。」

「瑞秋・薩弗納克是突然邀請我去。在那之前，我一直在徒勞地試圖和她說話。」

「關於什麼？」

奧克斯的腦袋後面是一面大鏡子，雅各檢查了一下，以確保自己的表情還算真誠。他決定隱瞞與莎拉・德拉米爾的會面。甚至在成為威廉・基瑞命案的不知情共犯之前，她就害怕與警察交談。

「我想寫關於她的報導。」這是事實，儘管不是完整的事實。「我們的讀者會喜歡一個關於一位出身名門的女士玩偵探遊戲的故事。令我驚訝的是，她的司機接了我，帶我去了瘋狂劇院。」

「當最後那場魔術變成悲劇時，瑞秋・薩弗納克是什麼反應？」

「她……幾乎什麼也沒說。」

「她一定很震驚吧？難過？」

一種模糊的直覺警告雅各：謹慎選擇用字。「我真的沒辦法再告訴你什麼了。」

奧克斯皺眉，看著一個薑黃色頭髮的女侍走來，她穿著黑色羊駝毛連身裙、白色圍裙和筆挺的帽子，送來他們的湯。這種餐館的成功建立在便宜但健康的食物之上；兩人都吃完飯菜後才再次開始說話，這時樂隊開始演奏《楓葉抹布》。

「我想到一件事。」雅各用餐巾擦嘴。「當……當魔術出差錯時，其他人都驚慌失措，但薩弗納克小姐卻出奇地鎮定。我幾乎以為她本來就在期待某種可怕的事情發生，但這種想法當然太荒謬了。」

「如你說的……」奧克斯喃喃道：「這確實荒謬。」

＊　＊　＊

「阿弗？」

回到號角報社後，雅各實在不認為蘇格蘭警場還會打來電話，但史丹利・瑟洛的聲音很好辨認，即使他說話時聲音嘶啞。

「我需要跟你談談。」

「怎麼了？」

瑟洛非常大聲地清清嗓子，彷彿準備在海德公園角發表演講，但當他真的開始說話時，聲音很小。

「是這樣的，阿弗。我……我讓自己惹上了麻煩。」

雅各屏住呼吸。看來他猜對了。

「很遺憾這樣聽說，史丹。出了什麼問題？」

「是……總之真的麻煩，阿弗。其實是很大的麻煩。對你來說也是。你已經知道太多了。這不能在電話上談。我現在在警場，隨時有人可能會進來。」

「我們要不要見面？」

「是的。」瑟洛咳嗽。「是的，務必。」

「老地方？」

「不，阿弗。需要換個地方，在城外。如果有人跟蹤我，我必須甩掉他們。此外，他們知道艾塞克斯海德酒館。」

「他們是誰？」雅各問：「你聽起來呼吸困難，史丹。你究竟怎麼了？」

漫長停頓。「我不介意承認，阿弗，我有恐慌症，滿嚴重的。我有了大麻煩。如果可以，我絕不會把你捲進這個爛攤子。」

雅各用力握緊拳頭。「你希望我怎麼做？」

「你今晚有空嗎？莉莉的哥哥在距倫敦一小時車程的班弗雷特有一棟平房。那裡很安靜，而且他現在不住那裡。我們應該分頭過去。你從芬喬奇街站搭火車，我開車。」

「我不知道你有車，史丹。」

「福特跑車。很美的車，阿弗，賽車座椅之類的配備應有盡有。花了我一點錢，但物有所值。」瑟洛嗓音變亮，接著又立刻沉默下來。「我可能是得意忘形了。」

「那棟平房在哪？」

「就在車站旁邊，你不會錯過。八點半行嗎？」

「我會赴約。」

「謝了，阿弗，你是個好夥伴。」瑟洛遲疑。「還有一件事——」

「告訴我。」

「看在上帝的份上，確保沒人跟著你。」

第十九章

雅各剛放下聽筒，電話又響了。有人告訴他，一位女士代表瑞秋・薩弗納克小姐打來。

「接過來。」

楚門太太不喜歡浪費時間寒暄。「薩弗納克小姐今晚能見你。九點整。她說——」

「抱歉——」雅各打岔：「我很感激她，可惜今晚我沒辦法過去。我有另一個更急迫的約定。」

聽對方默不作聲，雅各暗爽在心。初出茅廬的幼崽記者，竟然成了《號角日報》的首席犯罪記者。蘇格蘭警場的探長們諮詢他，犯錯的刑警哀求他幫忙。瑞秋・薩弗納克得排隊才能見他。

「那就取消你那個約定。」

他是不是太過分了？他急切地想知道瑞秋有什麼打算。她在瘋狂劇院的行為似乎非常可疑，即使他不知道該懷疑她什麼。但他絕不可能對瑟洛見死不救。如果那個女人真的想和他說話，她會再試一次。他可不是她的貴賓犬。

「抱歉，絕對不可能。我已經答應赴約了。薩弗納克小姐明天有空嗎？」

線路切斷。

* * *

「你已經知道太多了。」

要是瑟洛說的是事實就好了，雅各邊想邊把他的外套從衣鉤上拉下來。按理說，今晚他應該出去慶祝他繼承了湯姆・貝茲的工作，但他有太多事情要煩。對於一個新晉升的——因此從定義上來說是成功的——記者來說，他實在無知到了誇張的程度。瑞秋・薩弗納克的行為一天比一天神祕。他只能希望她明天還願意和他說話。

他大步走過走廊時，同事們不停攔住他、祝賀他獲得新工作。他們的大方使他謙卑下來。他注意到，奧利弗・麥卡林登很少出現。因為嫉妒他？雅各不在乎。現在唯一重要的，是弄清楚他所知道的。

一時衝動下，他決定繞道而行，而不是直接返回安威爾街。出了號角報社，他轉向林肯律師學院的方向，朝加洛斯寇特走去。夜幕已經降臨，寒冷夜風刺痛他的皮膚。他在潮溼的通道盡頭停下，透過黑暗尋找漢納威或他那隻蒼白嘍囉的身影。路燈在寂靜的院子裡灑下陰沉黃光。這裡一個人影也沒有。人們只有在走投無路的情況下才會來這裡，而且事情一處理完就逃之夭夭。

雅各跑過鵝卵石路，來到通往漢納威辦公室的門口。恐懼使他的脖子刺痛。竊賊是不是也像這樣覺得自己顯眼到赤裸的程度，害怕警察的哨音，害怕被警察像鐵鉗一樣的手抓住？

前門旁邊一塊不起眼的牌子上，寫著「岡特辦公室」。看來薩弗納克法官在任職於律師協會期間，曾在這裡工作。註冊於這棟樓裡的諸多組織的名稱，用整齊的黑色斜體字寫在一塊長長的白色豎板上，板子的形式和列出其他律師學院成員那塊一樣。他掃視名單，發現了收穫。他上次來訪的模糊記憶，以及將他帶回加洛斯寇特的朦朧本能，確實給他帶來了幫助。這些名稱躍入眼簾。

瘋狂劇院有限公司，威廉·基瑞演藝人員經紀公司，帕爾朵物業，牛津孤兒基金會，李納克投資。

有些是他之前沒見過的：**哈利街控股公司，聯合工會福利基金，蘇活區土地收購公司，棄兵俱樂部。**

諸多齒輪在他腦中咔噠作響。**帕爾朵物業**——奧克斯不是告訴過他，瑪麗珍·海耶斯是在那位銀行家掌控的一家公司所擁有的一棟房子裡結束了生命？

咔噠，咔噠，咔噠。

棄兵俱樂部，岡特辦公室，加洛斯寇特。

這三個名稱的英文字母縮寫分別都是GC、GC、GC。

如果倒過來，就是CGCGCG。李維・舒梅克就是打算用他的暗號將雅各引來這裡？

＊＊＊

雅各從加洛斯寇特逃了出來。邏輯告訴他，那串暗號的意義想必其實直截了當。舒梅克寫下它時幾乎毫無猶豫。他是在幾秒內匆促編造那串暗號。這一定意味著那串暗號的含意其實很簡單。

CGCGCG91192PIRVYBC

一名賣報小販試圖向他出售一份《晚報》，但沒有成功。出於習慣，雅各瞥了一眼頭版。令他印象深刻的，並不是關於瘋狂劇院悲劇的大膽標題，而是上面的日期。某個想法跳進他的腦海。

如果舒梅克的用意是要他逆向解讀暗號，那麼也許這些數字可能代表一九一九年一月二十九日？他無法想像為什麼舒梅克會關心任何可以追溯到十多年前的往事。但想破解，就必須從某個地方開始。暗號中的英文字母是個謎，但他突然想到

「RIP」可能代表「Requiescat In Pace」，意思是「息止安所」。舒梅克是不是想提醒他注意一個姓名縮寫為CBYV的人的死亡？

回到號角報社，他決定檢驗自己的理論，於是去找暱稱為「特里特米烏斯」的暗號專家，這人是個非常肥胖的男子，手裡幾乎總是拿著蛋糕或麵包。他的真名是托斯蘭，是號角報社的解謎專家，是填字遊戲、離合詩和各種腦筋急轉彎的編譯，這類謎題旨在讓讀者忘記日常的煩惱，例如暫時忘掉自己是否窮得即將得去領救濟金。「特里特米烏斯」這個暱稱源自一位十五世紀、對密碼學有濃厚興趣的德國修道士。

「有個小難題給你，」雅各把舒梅克寫下的字條遞給托斯蘭。「我可能有猜到它意味著什麼，但我想測試一下。」

托斯蘭把手裡的半塊巧克力泡芙一口吞下，瞥了一眼暗號。「有任何提示嗎？」

「我確定訊息本身並不複雜。寫下這串暗號的人，是一時興起編出來的。」雅各思索該透露多少。「給你的提示是『加洛斯寇特』。」

「在林肯律師學院的那個髒坑？」托斯蘭跟波瑟一樣知道那是什麼地方。

「沒錯。」

「交給我。」托斯蘭德用袖子擦掉下巴上的巧克力。「我正忙著做我們的下一本解謎書，但我明天會抽出時間來處理你這個。」

雅各謝過他，然後回家去。昨天晚上，在上繳了他關於基瑞死亡的報導後，他在凌晨回到了艾德加之家，小心翼翼地走上樓梯，以免打擾道爾太太或艾蓮，地板發出的每一聲吱嘎和呻吟聲都讓他皺眉。今天早上，他從床上爬起來準備吃早餐時，艾蓮已經去上班了。道爾太太一反常態地寡言。她渾身散發一股濃烈的琴酒味，表明她前一天晚上喝得酩酊大醉。他昨晚就算一路敲著鐃鈸回到樓上也吵不醒她。

回到艾德加之家時，他把頭探進廚房，沮喪地發現道爾太太正處於難受的狀態。她粉紅色的臉上淚痕斑斑，稀疏的頭髮凌亂不堪。廚房一如既往地乾淨整潔，但她忘了把她的琴酒酒杯或桌上半空的高登威士忌酒瓶藏起來。

「發生了什麼事嗎？」

「我和艾蓮鬧翻了。她氣呼呼地跑掉了。」

「很遺憾得知這個消息。」

「你們該沒有……」道爾太太咬唇。「我很不想這麼問，可是你是不是和艾蓮吵架了？」

「因為我沒辦法帶她出門？不算有吵架。我有盡力解釋並道歉了。妳為什麼這麼問？」

「沒什麼。」她語調平淡。「要不要喝點茶？」

艾蓮究竟說了什麼？「我不想給妳添麻煩。」

「喔，不麻煩。這樣能轉移我的心思。來一份美味的歐姆蛋怎麼樣？」

「非常感謝妳。」他遲疑。「艾蓮說了什……?」

「拜託你，雅各。我現在不適合接受盤問。我的表達方式讓你誤會了。艾蓮好得很。一切都好得很。」

她避開他的目光，凝視著油氈地板，一個不快樂的、滿肚子琴酒的女人，失望情緒就像刺鼻的廉價香水一樣黏在身上。

＊　＊　＊

前往芬喬奇街站的路上，甚至在售票處買票的時候，雅各都感覺到被人盯著的那種不自在的發癢感。但他每次回頭查看，都沒看到誰對他感興趣。他做出判斷：奧克斯和瑟洛所做的不僅僅是讓他保持警惕，而是嚇得他有點疑神疑鬼。

他終於在班弗雷特下了火車。冒險走出燈火通明的車站，進入黑暗時，他告訴自己不用擔心。這裡地勢平坦，離鐵路線不遠有一條寬闊的溪，應該就是泰晤士河口的出海口。月亮和散落的星辰投下光芒，柔化了沼澤地的淒涼空虛，但他很高興自己採取了防範措施——帶了一支手電筒。光束照亮了一個狹小的水泵，以及一條通向擺渡人小屋和新橋工程的煤渣軌道。即使是這孤獨的一隅，很快也會屈服於進步的步伐。就目前而言，這裡沒有臨時道路，只有一條狹窄的草地小徑，蜿蜒遠離煤渣，沿溪而行。

一隻貓頭鷹發出啼鳴。他異想天開地把這個叫聲解讀為另一個警告。一隻小動物，也許是一隻狐狸，在水邊潛伏移動。小徑柔軟而泥濘，他能聞到溼土味。還好他在出發前已經把鞋子換成了一雙強韌的靴子。他的手電筒照亮了一間以海邊小屋風格設計的小木屋。一座露臺沿著木屋的前側延伸，幾碼外豎立著一個大型的集雨桶。平房門口的草道逐漸變窄，破舊的樹籬旁停著一輛時髦的福特敞篷跑車。瑟洛說得沒錯，它確實是一輛很漂亮的車。但它花了他多少錢？

窗簾沒有拉上。窗裡沒有燈光，雅各甚至看不到任何蠟燭閃爍。這麼偏遠的地方不會有煤氣或電力，他猜是用石蠟作燃料。他加長步伐，走向平房，但沒發現任何生命跡象。瑟洛是不是驚慌失措得躲在房子後側？

雅各走到前門，敲了三下。沒人回應，於是他掀起門板上的信箱蓋，喊：「你在嗎？」

他靠在門上時，門板隨之退讓。雅各把手電筒對準狹窄的前廳，兩邊的門都關著，第三扇半開著的門顯然通往廚房。

「史丹？我來了。」他看了錶。「準時抵達。」

毫無動靜。

他推開左邊的門，把手電筒照向裡面。房間陳設簡陋，只有一張小沙發、一張單人扶手椅和一個餐具櫃。沙發上躺著一個男人。他的身軀太過龐大，兩條長腿因此懸在沙發的盡頭，碰到地板上的席子。鮮血從他肚子上的一個殘酷的傷口中湧出。另一道醜陋的傷口破壞了他的脖子。

史丹利・瑟洛確實有理由害怕。

＊　＊　＊

雅各震驚得癱瘓。他不用觸摸屍體就知道對方已經死透。年輕警官的眼睛茫然地盯著天花板。

一股難聞的氣味汙染了空氣。這股味道似曾相識，卻又莫名地格格不入。在麻木狀態下，雅各無法辨識這種氣味。

他的手顫抖，手電筒的光柱因此搖擺不定。光束捕捉到一隻紅色的尖頭女鞋，從沙發後面探出來。他用力嚥口水，強迫自己向前走幾步，以便看到鞋子的主人。躺在破舊地毯上的屍體，屬於一位有著鮮紅頭髮的年輕女子。她的綠色絲質襯衫破爛不堪，血跡斑斑。她白皙的喉嚨被割破。

但讓雅各作嘔的，不僅僅是看到這具被屠殺的屍體。更糟糕的，是認出這具女屍的身分時所帶來的強烈恐懼。

他凝視著艾蓮・道爾的遺體。

茱麗葉·布倫塔諾的日記

一九一九年二月三日

又是可怕的一天。海芮妲情緒激動。

哈羅德·布朗從倫敦回來了。他抵達時，處於狂野和酒醉的狀態。毫無疑問，他一定在首都的那些罪惡窩裡花光了他那三十枚銀幣。

當他聽聞克里夫生病時，他哈哈大笑。我當時以為他笑只是因為他心腸壞。但現在，我清楚知道這個消息為什麼讓他開心。

海芮妲說他匆匆穿過堤道回到了村莊，克里夫的妹妹和他們的母親就住在那裡。他顯然對那個女孩做了一些可怕的事情。

「這到底會如何收場？」海芮妲淚流滿面。

可憐又勇敢的海芮妲。我從沒見過她這麼可憐的模樣。我自己也害怕得不敢想事情會如何結束。

第二十章

看到艾蓮毫無生氣的遺體，雅各感覺就像挨了一棍。他搖搖晃晃地抓住沙發，以免自己癱在地板上縮成一團。震驚和難以置信的情緒讓他昏昏沉沉。他從沒覺得如此口乾舌燥。他即使想尖叫，也很難發出哀號。一個完整的想法在他的腦海裡成形。

別出聲。下手的人還在這裡。

他踩到了什麼東西。他低下頭，發現手電筒照亮了一把大型切肉刀。猙獰的刀刃因沾染瑟洛和艾蓮的血而發黑。他突然意識到，這把刀的黑色刀柄嚴重缺損，就跟道爾太太廚房裡那把一模一樣。這不可能是巧合。他的第一直覺是把它撿起來，但就在他彎下腰的時候，一種出於自保的朦朧本能阻止了他。相反的，他轉換步伐，關掉了手電筒。

他看夠了。

那是什麼聲音？他豎起耳朵。在房間外面，有人在動。他聽到輕柔而謹慎的腳步聲。凶手穿的鞋子是橡膠鞋底，不是皮革。他在走廊裡，準備第三次殺人。

雅各的太陽穴顫動。他蜷縮在黑暗中，由一男一女的屍體陪伴，這兩人曾是他的朋友。他必須把死屍帶來的恐怖推到一邊。現在唯一重要的是活下去。他必須活下去。

他手無寸鐵，只能赤手空拳自衛，但他向來不擅長打架。凶手是否還有武器，還是只帶著刀來到這裡？

他屏住呼吸，不敢發出聲音，他踮起腳尖向前。

門扉吱嘎作響。

處於催眠狀態的雅各看著它慢慢地、慢慢地開始打開。他不敢再動一寸。唯一的光芒來自月亮，一絲光輝穿窗而來。他又聞到那股莫名熟悉的油膩味，他剛進這個房間時就注意到的味道。

他聽到橡膠鞋底又在動。門開得更大，凶手突然站在門口。他驚恐的眼睛在月光下清晰可見。

奧利弗・麥卡林登用一把黑色的小型左輪手槍對準雅各的腹部，那股油膩的臭味就是來自他的髮油。

＊　＊　＊

文森・漢納威坐在棄兵俱樂部的橡木鑲板會員室的皮革扶手椅上。在他的辦公室裡簽完了當天最後一封信件後，他小跑著走上樓梯，來到俱樂部的會所。在這間小小的私人餐廳裡，他吞下一塊鮮嫩而血腥的牛排，享用了用最好的帝國貴腐酒淋過的浮島甜點，然後舒服地坐著，抽著古巴雪茄，一邊處理一些小生意。一個傭人在他身邊的紅木桌上放了一部電話，他對著話筒輕聲說話，以免打擾旁邊兩位尊貴的同事，他們正在下棋打發時間，晚點將再享受更隱祕的俱樂部會員特權。

「我暫時還沒有消息。少安勿躁。」

「我對麥卡林登向來抱持懷疑態度。他不可靠，就跟其他他那種人一樣。」

「注意你的遣詞用字。你所謂的他那種人，也包括我們這個兄弟會的幾位傑出成員。而且他父親當然——」

「是個好人，這還用你說？但我的問題很簡單，就是他兒子是否可靠……」

「這是真正的考驗。在今晚結束前，我們將會知道他是什麼料。」

「你一收到消息就會通知我？」

面向漢納威的一座書架滑到一邊，露出一條照明充足的走廊，上面貼著威廉・莫里斯風格的玫瑰和粉色壁紙。這是棄兵俱樂部房間的幾個隱藏出口之一。這些路繞道而行，最終會通往凱瑞街和法院巷的一些無標記大門，而不是加洛斯寇特。一個年輕的華人女子站在通道的入口處，她的白色綢緞長袍與齊腰的黑髮型成鮮明對比。她精緻的紅脣勾起一抹禮貌而帶有詢問意味的微笑，漢納威點個頭。

「我晚點再打給你。」他對聽筒皺眉。「與此同時，我必須請你不要再來這裡找我。請向我保證你沒有驚慌失措。」

「我沒驚慌失措，相信我。我只是——」

「我很高興聽你這麼說。面對這麼多的犯罪案件，蘇格蘭警場需要你維持最佳狀態。」

* * *

麥卡林登拿著槍的手在顫抖。雅各心想：**他幾乎和我一樣害怕**。

「躺在地上，閉上眼睛。」

麥卡林登聽起來像個小學生演員，深怕把煞費苦心排練過的臺詞說錯。

「奧利弗。你做了什麼？」

「我做了什麼？」麥卡林登音調尖銳。「我贏得了我的榮譽，這就是我所做的。我犯下了完美的謀殺。三次。」

雅各覺得面部肌肉緊繃。「我不明白。」

「你用從住處偷來的刀刺死了瑟洛和那個蕩婦艾蓮，然後在一陣遲來的悔恨中往自己嘴裡開槍。」麥卡林登咯咯笑。「槍上只會找到你的指紋。很完美，不是嗎？」

雅各以前在學校有一次光著屁股被鞭打，打他的那個老師逮住他一個輕微的不端行為，對他施加痛苦來滿足自己。唯一和那次鞭打一樣讓雅各痛苦的，就是麥卡林登現在這副針刺般的得意洋洋。對麥卡林登來說，雅各死了還不夠。他將被指控為懦弱的殺人犯，為了逃避法律制裁而自殺。庶民版的勞倫斯・帕爾朵。

「奧利弗，求求你。」

「求我？」麥卡林登的手變得穩定。除了爭取時間和希望出現奇蹟外，雅各不知道該怎麼辦。「你有為我做過什麼嗎？」

有沒有可能在他扣動扳機之前撲向他，打落他手裡的槍？怎麼做都好過乖乖吃子彈。為了有機會，他必須靠近他的目標。

「不許動！」麥卡林登咆哮。

「這究竟是這麼回事？」雅各問：「好歹告訴我答案，在你……」

月光下，麥卡林登的臉上掠過一絲微笑。

「當然是因為『詛咒社團』。別假裝你對此一無所知。」

雅各目瞪口呆。他根本聽不懂這傢伙在說什麼。

麥卡林登舉起槍。「現在，給我躺下。如果你很乖，我會給你一個痛快。如果你不乖……我會把你弄得一團糟。」

雅各繃緊身子，準備撲向敵人。

突然間，某件事發生了。一聲巨大的爆炸撕裂了空氣，麥卡林登向前傾倒，倒下時手中的左輪手槍開火。雅各畏縮，閉上眼睛，撲向一邊。與地板的碰撞撼動了他的肩膀，但他除此之外沒有其他感覺。他沒感覺到身體被子彈穿過。那一槍打偏了。

安心感如潮水般湧來，但他還沒來得及睜開眼睛，一隻有力的手就抓住了他的脖子。粗壯的手指按在他的氣管上，某個堅硬的東西敲打他的腦袋。

接下來只有黑暗虛無。

＊　＊　＊

「需不需要我幫妳拿點什麼來？」楚門太太問。

「這是妳這一小時裡第三次這麼問。」瑞秋從手裡的《美麗與毀滅》抬起頭。歌手賓・克羅斯比在收音機上低聲吟唱，舒適的爐火溫暖了起居室。「別這麼焦躁。如果妳堅持繼續刺繡，而不是每五分鐘就中斷一次，一定能拿出令人愉快的成品。」

「今晚我緊張極了。」

「我有注意到。」瑞秋慵懶道。

「我有考慮去睡覺，但我知道我闔不了眼。」

「給自己倒杯威士忌，世界就會變得更美好。」

年長的女人哼了一聲：「自信是好東西，但別自滿。」

「聽著——」瑞秋用流蘇書籤標示書中的閱讀進度，將目光固定在管家身上。「我們已經說好了必須怎麼做。妳我現在除了等待之外沒有其他能做的。」

「妳怎麼能這麼冷靜？」年長的女人質問。

「那妳想聽我歇斯底里的嗚咽？我為此等了好幾年了，別忘了。再等幾個小時也不算什麼。」

「這不僅僅是再等幾個小時，不是嗎？」楚門太太的臉色像冬天一樣淒涼。「我們什麼時候才能看到這件事的盡頭？」

「其實星期三就能看到。」瑞秋說：「耐心點。這件事很快就會結束。到時候我就完成了我從一開始打算做的事。」

＊　＊　＊

雅各無從知曉自己昏迷了多久。開始回過神來時，他用力睜開眼睛，儘管這需要極大的意志力。他全身都在痛，而且他身上發生了一種奇怪的事情。他眨眨眼，意識到自己在寒冷的夜空下。月亮不見了，他似乎孤身一人。而且他動彈不得。他頭朝下地被掛在大型集雨鐵桶的側緣上。

他頭疼得想大聲喊叫，但他的嘴被封住了，無法發出聲音。某個東西刺進他的手腕和腳踝，他意識到自己被一條結實的繩索綁住了。即使他試圖掙脫束縛，也不可能成功。動作會帶來危險。如果他掉進集雨桶裡怎麼辦？

水桶有十呎深，底部三分之一處滿是臭水。他的身體處於極不穩定的平衡狀態。如果他滑進水桶裡，就會淹死。

他小心翼翼地抬起頭，直到他能勉強看到水桶的邊緣。他看到一個半磚砌成的小平臺，襲擊他的人想必是站在那上面把他掛在這裡。他環顧四周，看到平房的後門敞開著，在夜風中搖擺。

一陣滿足的吐氣聲從裡面傳來。雅各不知道該慶幸自己還沒死，還是該為即將發生的事情感到恐懼。他不知道建築裡有誰。過了一會兒，他才記起艾蓮和瑟洛已經死了。

奧利・麥卡林登居然是謀殺犯。

還是那一切都是他在夢中想像出來的？那些血跡斑斑的屍體在他腦海中的駭人畫面，會不會只是一場病態的惡夢？在這樣一個超現實的夜晚，他什麼都沒辦法確定。

屋內傳來一聲巨響，打破了寂靜。一聲槍響。

雅各屏住呼吸，瞥見門口有一個影子。一個人從後門出現。

雅各無助的身體因恐懼痙攣而繃緊。

第二十一章

「好點了嗎？」瑞秋問。

楚門太太把杯裡的格蘭利威威士忌一飲而盡，然後把酒杯放在有著凸紋的胡桃木小桌上。「妳和老法官有一些共同點。」

瑞秋細細品嘗威士忌。「是嗎？」

「妳很懂得品酒。」

瑞秋諷刺地微微鞠躬一下。「妳剛剛嚇了我一跳。我還以為妳在暗示，說我和那個討人厭的老暴君有相同的心理怪癖。」

「妳跟我和楚門一樣很正常。」

「這句話應該讓我覺得安心嗎？」

年長的女人露出勉強的笑容。「大概不。」

「一個人的本性有多少是遺傳形成的，有多少是人生經歷塑造的？」瑞秋閉上眼睛。「我真好奇。」

「這種充滿懷疑的口吻，聽起來不像平時的妳。」

「我以為坦承自己的弱點會提醒妳我也是人。」

「喔，妳是人，這點倒是千真萬確。我記得那天晚上，那個卑鄙的男人要妳給他封口費，好讓他不把茱麗葉・布倫塔諾的事情說出去時，妳是什麼表情。」

瑞秋睜開眼睛，但沒說話。

「妳當時臉色蒼白得就像床單。妳試圖弄清楚他知道多少、他猜到了多少。」

瑞秋吐口氣。「他得到了他應得的。」

管家點頭。「妳很果斷，這我承認。但即使是現在，我們也不能確定，不是嗎？我們永遠不會安全。永遠不會。」

「『擔心最糟的情況』也只是白費力氣。」瑞秋提高嗓門：「記住，事情到了星期三就會結束。看看我們已經取得的成就。帕爾朵和基瑞死了。克羅德・李納克也是……」

「那貝茲呢？還有李維・舒梅克？」

「連帶傷亡。」

「巴恩斯呢？」

「他——他本來就想死。妳丈夫這麼告訴我們的，記得嗎？」

「就算是這樣……」

瑞秋的語調變尖：「我們向來知道人生的真相。即使是無辜的人也會受苦。通常來說，他們受苦最多。」

楚門太太搖頭。「這不容易承受。」

「的確。」瑞秋抓住年長婦人的手，捏了捏。「伸張正義一點也不容易。」

「這聽起來像是老法官在說話。」

「被他判處死刑的其中一些人，其實真的有罪。」

「那雅各·弗林特呢？」

「他怎麼樣？」

「他恐怕也難逃池魚之殃。」

瑞秋聳肩。「我無能為力。」

「如果他今晚就死？」

瑞秋沒吭聲。

＊　＊　＊

從平房裡走出來的男子肩膀寬闊，身高六呎多。他從頭到腳一身黑，眼睛和嘴巴上戴著一個開縫的長襪面具，巨大的手裡握著一把槍。他走向水桶時，扯下了面具。

看到瑞秋・薩弗納克的司機怒瞪自己，雅各倒抽一口氣。

「別說話，」楚門說：「我要把你抬下來。你別亂動。你如果敢耍什麼花樣，我就把你丟進水裡。倒栽蔥。」

雅各屏住呼吸。大個子把他舉起來，彷彿他只是個布娃娃，然後把他放在地上。

「別亂動。」楚門把槍口插在雅各的肋骨之間。「我今晚已經用過這玩意兒一次。再開一槍會有什麼不同？對我來說無所謂，對你來說是生死之別。」

兩人站在煤渣小徑上，離平房有四分之一哩。附近沒看到楚門之前載他去瘋狂劇院的那輛幻影轎車，但樹籬邊停著一輛生鏽的「牛鼻莫里斯」四人座汽車。楚門的衣服很破舊。今晚身上不是司機制服。

麥卡林登呢？不見他的人影。雅各忍不住開口。

「為什麼——」

「你沒聽見我說什麼？」槍口札進雅各的內臟。**「別說話。」**

雅各頭痛欲裂，繩索割得手腕發痛。他應該慶幸自己還活著，但昨晚發生的事情讓他不僅感到困惑，也覺得反胃。

「我會解開你的雙手，把你塞進車後座。你在裡頭會看到一輛破自行車的碎片，把它們推開。睡一會；你看起來顯然需要睡眠。我會避開主要幹道，應該不會有人攔下我們，但如果我們倒楣遇上警察，別給我出聲。我會編個故事，說你醉得動彈不得之類的。不管我做什麼，跟著配合就對了。反正我沒什麼好怕的。明白了嗎？」

雅各點頭。動彈不得，沒錯，他確實覺得動彈不得。

「別給我耍花樣。」楚門用拇指指向平房。「我救了你的命，但記住我這句話：給予你的東西，隨時可以被奪走。」

＊　＊　＊

這趟穿越黑暗的長途駕車，是雅各以為永遠不會結束的惡夢。即使坐在方向盤後面，楚門也散發威脅感。他可能正在開往另一個荒涼的地方，打算悄悄處理掉乘客。疲憊和痛苦折磨著雅各的大腦，但他不是第一次跟楚門打交道，知道激怒對方會有致命後果。車子在無盡的鄉間小路上顛簸時，他服從了命令，一直閉著嘴。不久後，他斷斷續續地打起瞌睡，腦海裡充滿了令人作嘔的畫面：和他一起喝酒的那個警察的血淋淋的屍體，還有他親吻過的女孩。

雖然楚門擔心會被攔下，但沒有人打斷他們的旅程。最後，這趟旅程在倫敦市中心劃下句點。楚門把車停在瑞秋家門口的廣場上，把雅各抱上門階。

打開前門的是一位身材魁梧的女人，她臉上流露出如釋重負的神情，但沒有驚訝。這一位想必就是他在電話中與之交談的管家。她一直在等他們。

「弗林特先生，你看起來好像需要一點白蘭地。進來吧。等楚門給車子做好必要的處理，薩弗納克小姐就會立刻加入你們。」

「謝……謝謝妳。」他的嗓音聽來沙啞而蒼老。他完全不知道「給車子做好必要的處理」究竟是指什麼。

女人帶他進了客廳，往酒杯裡倒了白蘭地，然後離開了。諸多鑲框畫作裝飾著牆壁：裸體、幽閉恐怖的室內，還有音樂廳的場景。它們的陰沉色調完全符合雅各現在的心情。他懶得細細品味，一口氣喝光白蘭地，接著從管家體貼地放在桌上的醒酒器裡給自己再倒了一杯。

他這次喝得比較慢，並試著解讀周圍的環境。這些東西有沒有透露任何關於屋主的事情？看來不多，只看得出她非常富有，而且她偏好裝飾藝術風格的家具和令人毛骨悚然的現代藝術。

楚門為什麼跑去班弗雷特？現場那幾具屍體並沒有影響楚門的心情。麥卡林登是替瑞秋工作？還是瑞秋知道麥卡林登是個精神錯亂的瘋子？而就算知道，這又關她什麼事？他想不通。

十分鐘過去了，門再次打開，楚門大步走進。他身後跟著他的妻子，還有一名女傭。他們三人都沒說話，但年輕女子仔細地看著雅各盯著她毀容的臉頰。這讓他想起一個來自里茲貧民窟的女孩，她的臉被強酸腐蝕。他曾報導她因刺傷襲擊她的那人而受審。

他用力嚥口水，感覺自己正在接受某種測驗。他不能流露情感、憐憫或厭惡，甚至不能因為有人如此不人道地破壞了年輕女子的容貌而發怒。據貝茲說，瑞秋只僱用了三個僕人。與其說他們是忠誠的家臣，不如說他們是謀殺案的共犯？

瑞秋．薩弗納克走進，給雅各一個苦笑。

「晚安，弗林特先生。看來你活得好好的。恭喜你。你剛剛犯下了完美的謀殺案。」

＊　＊　＊

「我不明白……」雅各開口。

「這就是你的命，不是嗎？」瑞秋打岔：「弗林特先生，你也許不這麼認為，但今天其實是你的幸運日。多虧了楚門，你才能倖免於難。」

雅各小心翼翼地揉了揉抽痛的後腦杓。

「更重要的是，我已經決定向你透露我的祕密，雖然我其實不該這麼做。」

雅各清清喉嚨。「我猜我應該受寵若驚。」

「當然，有個條件就是了。」

「什麼條件？」

瑞秋在椅子上向前傾身。「你永遠不會把我接下來要告訴你的事情寫出來。同意嗎？」

雅各挪動身子。「我不——」

「讓我把話說清楚，」她說：「這不是談判。」

「看來是最後通牒？」

她聳肩。「你想怎麼形容都行。總之你答應我了？」

楚門坐在寬大的長椅上，坐在他妻子和女僕之間，輕蔑地哼了一聲，雅各不難理解這個聲音的意思。**記者的承諾連屁都不如**。

「算是吧。」

「如果這麼說能讓你覺得開心點，其實你並沒有做出重大讓步。這個你永遠不能刊登的故事。」

「既然妳這麼認為。」雅各變得固執。他還活著，但艾蓮死了。他這輩子從未感到如此疲憊又沮喪。

「我確實這麼認為。」瑞秋說：「平心而論，我應該指出你的個人情況有點……危險。」

雅各瞥向楚門。大漢握緊雙拳，緊繃態度顯而易見。他似乎已經做好了戰鬥的準備。

「妳是在威脅我？」

「你竟敢如此無禮？」瑞秋口氣尖銳。「給我搞清楚，你欠楚門救命之恩。他當時完全可以放任奧利弗・麥卡林登殺了你。」

「麥卡林登在哪？他死了嗎？」

「他不會再找你麻煩了。」

雅各覺得反胃，看向楚門。「你殺了他。」

「麥卡林登承受了他原本要給你的命運，」瑞秋說：「很諷刺吧？」

「他怎麼知道我會在那裡？」

「有人告訴他，是瑟洛說服了你去班弗雷特。」

「妳的意思是，那是個陰謀？」雅各瞪大眼睛。「瑟洛和麥卡林登是共謀？」

「正是如此，但他們倆都不是幕後主使。瑟洛尤其不知該如何是好，而且他想向你坦承真相。我猜，他以為艾蓮會幫忙鼓勵你隱瞞他的罪行，而作為回報，他會保證給你一個故事。好的新聞工作者一定會保護自己的消息來源，這不是你的座右銘嗎？」

「那艾蓮……？」

「瑟洛的致命錯誤，是讓他的骯髒事被別人看得一清二楚。他已經不再有用處了。艾蓮也是。你也一樣。」

雅各閉上眼睛。「好吧，很高興聽說我曾經被認為有用處。」

「這很快就會改變。你加入《號角日報》的時候，麥卡林登以為你會比貝茲更好操控。他把你置於他的羽翼之下，但很快發現你決心當自己的主人。」

「所以他放棄了我？」

「別在意，這個故事有一個美好的結局。警方會發現他的屍體，連同另外兩具屍體，而且警方就是喜歡做出乍看明顯的結論。」

「他們會認為其中兩人是被謀殺，第三人是自殺？」

「沒錯。我預測，這一判決將得到著名病理學家魯弗斯・保羅先生的法醫專家證據的支持。史丹利・瑟洛與艾蓮・道爾有不正當關係。你知道她最近有和一個已婚男人糾纏不清嗎？」

雅各目瞪口呆地看著她。「我……好吧，沒錯。但我不知道她的情人是史丹利。」

「我也覺得你不知道。在你搬去艾德加之家之前，麥卡林登就住在那兒，不是嗎？」

「其實是他向我推薦了那個地方。」

「他當然會這麼做。一個有前途的年輕記者住在艾蓮能監視的地方，這對他的主子們來說是多麼方便啊。」

「妳的意思該不會是艾蓮……？」

「我會慢慢告訴你，弗林特先生。正如我所說，警方會構建一個似是而非的論述。麥卡林登愛上了艾蓮・道爾，但她更想和一個註定會迅速晉升的年輕警察交往。麥卡林登搬出去後，她玩弄你，讓他看不到真相，但婚外情仍在繼續，而且麥卡林登發現了。他還留著艾德加之家的鑰匙，所以他偷偷溜了進去，從廚房裡偷了一把刀，然後跟著這對情侶去了他們在班弗雷特的幽會地點，在那裡嫉妒地殺死了他們倆，然後開槍自盡。本案就此結案。不需要另外找嫌疑人。」

雅各深吸一口氣。「我的老天爺。」

「《號角日報》的記者捲入一起三角戀命案，這對貴報來說很尷尬，但你們的讀者是出了名的心胸寬闊。誰知道呢？這搞不好會促進銷量呢。麥卡林登本人也沒有損失。他缺乏你作為記者的才能，所以開始討厭你。」

她的臉龐宛如面具，就像他們第一次見面的那個晚上一樣。他盡力嘗試，但無法看穿它。

「是這樣嗎？」

她嘆口氣。「這個嘛，我已經描述了班弗雷特事件的其中一個版本，但警方很可能會想出另一種版本。你想聽聽嗎？」

她的語調讓他想起自己肚子裡的空虛。

「我洗耳恭聽。」

「艾蓮・道爾很濫情。她——」

「她性格開朗，心地善良。」雅各打岔。「妳不該誹謗她，尤其因為她已經死了，沒辦法為自己的好名聲辯護。」

瑞秋狠狠瞪了他一眼。「她迷住了你，就像她迷住了瑟洛和麥卡林登。那兩人你都認識，而且你跟他們的關係都不太融洽。瑟洛是有用的情報來源，而且你拿錢去換情報。警方很容易認為，一個入不敷出的警察和一個野心勃勃的無良記者之間建立了關係。」

雅各用力嚥口水。「我只是偶爾請他喝酒。」

「一定沒這麼簡單吧？瑟洛的遺孀會證實你多麼慷慨。」

「我根本沒見過她！」

「她的智力甚至比她丈夫還低。他告訴她，是你幫他出錢買車，連同其他東西。財政大臣砍掉了警察的薪水，你這個朋友卻發了財。在他妻子面前，他把自己和媒體的特殊關係描述成這份工作最寶貴的福利。」

「這不是事實！」

「憑你在新聞業的多年經驗，你一定知道真相有許多種形式。真相是什麼，見仁見智。」

「不管是誰給了瑟洛金援，那個人不是我。」

「我相信你，但如果警方接受調查，他們可不會那麼同情你。」

「這太扯了！」他氣得窒息。「一點也不公平。」

瑞秋聳肩。「人生本來就不公平。你都這個歲數了，應該知道這個道理。至於麥卡林登，你和他是競爭對手，各個野心勃勃。你們不喜歡彼此，這點乃眾所周知。除了你們倆都喜歡艾蓮之外。」

「麥卡林登對女人不感興趣。」

「你是可以誹謗他，說他是個娘炮。但從另一個角度看，他只不過是個喜歡打破禁忌的浪蕩男子。也許他也曾鼓勵你這麼做。」

「荒謬！」

「你和他明明在沃德街的同性戀戈登夜總會共度了一個晚上，」瑞秋愉快地詢問：「你怎麼還能說出這種話？那裡是個臭名昭著的場所，絕對算是惡名昭彰。你可能是個剛來倫敦不久的年輕人，但即便如此，你當時為什麼不更謹慎一點？」

雅各呻吟。「我不會問妳是怎麼知道那晚的事。」

「反正我知道就夠了。我的理解是，你並沒有做出讓自己蒙羞的事，但如果有目擊者站出來說出一個截然不同的故事，我也不會感到驚訝。當然，故事的版本還不只這些。刀子也可能不是麥卡林登偷的，而是你偷的。」

「可是我……」

「等警方到達那棟平房時，會發現不屬於現場三具屍體的指紋。他們當然會非常好奇。」

雅各指向楚門。「今晚不是只有我去過那棟平房。」

「你是唯一一個在屋子裡沒戴手套的人，也是唯一一個在門墊上留下泥腳印的人。你的鞋子尺碼是九號吧？楚門在你失去知覺的時候檢查過。你如果當時像他那樣穿著襪子進屋，就會更明智。一個更謹慎的人，可能會確保鐵路職員在賣給他去班弗雷特的火車票時不會特別注意到他。當我祝賀你犯下了完美的謀殺案時，那是我在開玩笑。」

漫長沉默。雅各緊閉雙眼，瘋狂地試著整理思緒。他有沒有辦法像魔術師胡迪尼那樣從她設下的陷阱中逃脫？在被楚門打昏之前，麥卡林登開了一槍。如果警方發現那枚子彈？他們會不會因此開始尋找其他線索？不，他告訴自己。他們會知道他是一個缺乏經驗的射手。他可能在殺死麥卡林登之前先胡亂開槍，為了嚇唬對方。

還有沒有其他漏洞？他努力讓自己冷靜下來。

「我是怎麼離開班弗雷特的？」

「好問題。」她微笑。「我敢打賭，你偷了一輛自行車。你是個健康的年輕人，也熱愛自行車活動。你甚至可能在回到倫敦後試圖透過銷毀自行車來掩蓋你的蹤跡。但做得恐怕不夠好。它的碎片可能會在你在安威爾街的住所附近被找到。」

老天，那些自行車碎片曾經和他共享牛鼻莫里斯汽車的後座！

那些碎片上面一定到處都是他的指紋。

「真高明。」雅各咕噥。

「應該是真粗糙，親愛的弗林特先生。」她的笑容裡沒有幽默感。「但警方恐怕就是喜歡簡單的答案。」

他口乾舌燥地嘶啞道：「妳忘了一件事。」

她交叉雙臂，靠向椅背。「請說。」

「我什麼也沒做錯。」他用拇指指向楚門。「我們這位朋友殺了麥卡林登。沒錯，他讓我免於被殺，但後來他把我打暈了，然後他殺了那傢伙。」

瑞秋搖頭。「這是誹謗，弗林特先生。我建議你不要在這四堵牆之外說出這個指控。楚門整晚都在這兒，我可以作證。我們兩個在玩橋牌的吃磴遊戲。」

「那麼是誰駕駛了妳的牛鼻莫里斯？」

「牛鼻莫里斯？」她故意抓抓頭髮。「老天，我這輩子從沒坐過那種車，」她說：「我的車是勞斯萊斯幻影，你一定還記得吧？」

他雙手抱頭，大腦開始運轉。

「我猜他偷走了那輛莫里斯？」

「倫敦一天到晚都有汽車失竊。令人高興的是，它們通常都會被找回來，而且沒有任何損壞。有時車主甚至不知道它們被開走了一個晚上。」

雅各覺得自己眼淚即將決堤。然而，他必須向這個女人和她的僕人證明，他並不是他們認為的那個軟弱無力的白痴。

他用低沉的聲音說：「妳似乎想好了一切，薩弗納克小姐。」

她聳肩。「過獎了，弗林特先生。漏洞恐怕總是存在，這是即興創作的必然結果。然而，如果警察對我所概述的這些事件的解釋聽之任之，那將令人痛苦。你不覺得？」

「的確。」他咬牙道。

「那好。我相信你明白，為什麼我很樂觀地認為你永遠不會透露今晚發生的事情。我要你相信我，而且一切都會好轉。」

「相信妳？」

「是的。」她語氣嚴厲：「接下來，告訴我你和瑟洛的交易。一字不漏。那個年輕的蠢蛋死了搞不好比活著還有用。」

＊　＊　＊

瑞秋終於走出房間時，雅各想起自己曾在布拉福看過的一場拳擊賽。裁判叫停了一場勢均力敵的較量，而較弱的拳擊手頭部瘀傷流血，腦部受到無可挽回的損傷。他很清楚那個被打敗的鬥士的感受。

楚門和女傭跟著女主人離去，但管家逗留了一會兒，問雅各要不要吃點東西。當他搖頭時，她責罵他，說他在經歷了這樣一個夜晚之後需要一點食物。

「你需要恢復體力。」她說：「我幫你煮些有營養的湯。」

「謝謝妳，但不用了。」即使試著強迫自己吃東西，也一定會吐出來。

她不以為然地嘖了一聲：「晚點你的肚子開始抱怨時，你會後悔的。」

他瘋狂地環顧四周。「『晚點』？妳以為我會在這裡待多久？」

她誇張地嘆口氣，就像母親面對遲鈍的孩子。「當然是這個晚上。畢竟，你還沒有準備好回去你的住處，去安撫遇害女孩的母親。不是嗎？」

＊　＊　＊

她當然是對的。他弓著背獨自坐在扶手椅上時，開始明瞭這個災難之夜的現實。一切都不再一樣了。首當其衝的就是他的居家生活。艾蓮死了，道爾太太一定會悲痛得失去理智。她在失去丈夫後陷入了低潮，他懷疑她能否挺過失去女兒的痛苦。至於女房東、她女兒和麥卡林登之間有什麼關聯，他連猜都沒辦法猜。

他的工作生活也永遠改變了。在升職帶來的驚喜後，他今晚親臨了一個多重命案的現場，得到了大新聞，卻必須永遠保持沉默。他一點也不懷疑東道主瑞秋已經準備好、願意也能讓他在食言時付出代價。她會把他撕碎得像五彩紙屑。

即使在這一刻，他像貴賓一樣坐在她的豪華住所裡，對她卻幾乎一無所知。他對這個謎感到困惑時，楚門太太端著一杯熱騰騰的可可回來。

「喝吧。」她說：「別擔心，不會要你的命。」

他愣了一下。他在懷疑這個友善的女人是否打算毒害他，這種想法是不是在疑神疑鬼？

「我並沒有……」

管家臉上出現恍然大悟的神情。

「擔心裡頭是不是摻了砒霜？」她咯咯笑。「你今晚經歷了那麼多事，也難怪你會這麼想。那我自己喝一口，讓你安心。」

她嘗了可可，然後把杯子遞給他。被羞辱得雙頰火紅的他，也吞了一口。飲料很熱，而且味道很好。

「還不壞吧？」楚門太太說：「在她回來之前，讓我告訴你一件事。沒人鬥得過瑞秋．薩弗納克。即使只是試試，也是拿自己的命在開玩笑。相信我，年輕人，唯一能摧毀她的人……只有她自己。」

「她為什麼要毀了自己？」雅各問：「她想要什麼？」

女子搖頭，站起身。「我說夠了。喝完你的飲料，我幫你洗杯子。你確定不要我給你弄點吃的？」

＊　＊　＊

五分鐘後，瑞秋．薩弗納克在三名傭人的陪同下回到他身邊。雅各覺得他們更像是犯罪同夥。

「在你來這兒之前，瑪莎已經在二樓後側的房間裡鋪好了床。」瑞秋說：「你一定會睡得非常舒服。枕頭裡填充的是頂級鵝絨。」

雅各打呵欠。他幾乎睜不開眼睛，但很想讓她繼續說話。如果她的盔甲上有縫隙，他想找到它。

「謝了。」他說：「一番思索後，我願意接受妳的盛情款待。可是我對很多事情感到困惑。例如明天會發生什麼。」

「你回去上班啊，不然呢？」

「《號角日報》將一片譁然。」他說：「等消息一出，報社絕對是一團亂。麥卡林登死了，連同艾蓮・道爾以及一名年輕警察。據我猜測，編輯會希望我報導這個故事。我到時候該怎麼辦？」

「即使按照弗利特街的卑微標準，命令一個男人報導他曾追求、曾同處一室的女孩遇害，這也太不體貼了。」

「妳不瞭解戈默索爾的個性。」他擠出毫無幽默感的笑容。「我該怎樣解釋我今晚為何在這兒？我來這裡是因為你們打橋牌三缺一？」

瑞秋發笑。「這是個令人愉快的想法，但我認為不合適。我的名字不能從你嘴裡說出來。我們明早再談——吃早餐的時候。」

他想抗議。無論她提出什麼不在場證明，想必都遠非無懈可擊，但他知道與瑞秋・薩弗納克爭論是白費力氣。她是個真正的棋手，總是提前想到兩、三步之後的事。

他改變策略。「妳怎麼知道我今晚會去班弗雷特？」

她吐出一口氣。「你原本非常積極地想找我談話，卻拒絕了今晚的見面邀請，顯然有特殊的理由。我總是為各種可能發生的情況做好了準備。找人監視你和艾蓮・

道爾，這麼做一點也不困難。我們早就知道班弗雷特那棟平房。你的朋友瑟洛一點也不懂得隱藏自己的行蹤。這對倫敦警察廳來說恐怕是很糟的宣傳。曾有一段時間，他對他的出資者來說很有用處，但他的無能讓他成了累贅。」

「出資者？」雅各皺眉。「蘇格蘭警場外頭的人？還是內部？」

她揮揮手。「你該去補個美容覺了，弗林特先生。請原諒我這麼說，你看起來氣色很差。」

他深吸一口氣。他該不該再次追問她關於加洛斯寇特的事？

「請允許我問最後一個問題。詛咒社團是什麼？」

她把一根手指放在脣邊。「噓，弗林特先生。晚安。」

「拜託妳。詛咒社團是什麼？」

瑞秋・薩弗納克表情變得嚴肅。

「沒有所謂的詛咒社團。」

第二十二章

頭部和肩膀的疼痛，讓雅各痛苦地想起他在楚門手中所受到的懲罰。在管家叫醒他吃早餐之前，他只睡了四個小時，儘管睡在一張無比舒適的床上。這四個小時實在不夠長，不足以讓他腦袋清醒。他需要像發動福特T型車的引擎那樣先啟動自己的大腦，否則根本沒辦法接受瑞秋的指示。

她坐在他對面的桌邊，看著女傭瑪莎默默為他送上一盤培根、雞蛋、磨菇和炸麵包。瑞秋穿著淡藍色的羊毛連身裙，突顯出她的細腰和窄臀，看起來完美無瑕，頭上沒有一根凌亂的髮絲。沒有人會懷疑，她在與她忠誠的好傭人打了一整晚的牌後睡了一夜好覺。萬一真的有人來確認楚門的不在場證明，她在作證時——編織謊言時——也會佐以絕對的信念、甜美和輕鬆的態度。

但他也說謊。人人都會在需要的時候說謊。她問他如何答覆道爾太太關於他晚上的安排，他說他告知對方自己要出去慶祝晉升，預計很晚才會回家。

「這個說詞聽起來不錯。」瑞秋宣布：「你乾脆就堅持下去吧。如果有誰問起，你就說你去了好幾間酒館續攤，然後醉倒在後巷裡。這就是為什麼你昨晚沒回去安威爾街，為什麼你的夾克和褲子看起來很不體面。」

他咬一口炸麵包。「芬喬奇街站那個職員怎麼辦？」

「無關緊要，除非警方開始對你昨晚的行動感興趣。為了你好，希望他們會專注於其他辦案方向。別聯繫我，也別回來這裡。當我準備好再次和你說話時，我會找你。」

「那安威爾街呢？」她發號施令的方式，讓他覺得自己像個無能的學徒。「我所有的衣服都在那裡。我所有的財物。」

「今天晚些時候，你應該去那裡，安慰悲傷的母親。」

「我自己也很喜歡艾蓮，妳知道。」他厲聲道。

「是的，她有確保你會喜歡她。」

「她是不是……一直都有跟瑟洛見面？」

「斷斷續續。他只偶爾有機會溜去那棟平房去見她。」

「他們以前會在班弗雷特見面？」

「是的。關於那棟平房，瑟洛對你撒了謊。它其實是——」

「帕爾朵物業股份有限公司所擁有的諸多房產之一？」

她挑眉。「這是基於你在加洛斯寇特的銘板上看到的公司名稱所做出的推理？」

「妳知道我的方法。」他反駁。

「神探！」瑞秋假裝拍手。「既然如此，我不需要告訴你其他事情了。你都已經知道了。」

「這不是遊戲。」腦海中浮現艾蓮的遺體，他把剩下的早餐推到一邊。「三個人死了。」

瑞秋笑意消失。「你以為我忘了？」

「艾蓮是個——」

「貪心的人。她收受了賄賂，負責引誘瑟洛，後來也引誘你。你沒注意到，她昨晚穿的衣服比一個在花店打工的姑娘能買得起的衣服貴很多？把你的淚水留給一個更值得的人吧。」瑞秋嚼著吐司。「反正你又沒愛上她。」

她殘酷的話語令他皺眉。「沒……沒錯，我沒愛上她。可是我喜歡過她。就連她的母親……」

「艾德加・道爾是個有錢人，」瑞秋打岔：「他的遺孀喝光了他的遺產，而當她和她女兒因提供某些服務而得到金錢作為回報時，她們毫不猶豫地接受了。」

他雙手抱頭。「老天，真是亂七八糟。我該怎麼做？」

「跟佩欣絲・道爾說你覺得你應該搬走。她會哀求你留下。」

「那我該留下嗎？」他討厭自己聽起來就像課堂上最笨的學生。

「有何不可？你遭受了失去女友之痛，即使你的損失完全不像道爾太太的那麼嚴重。天下最悲慘的莫過於白髮人送黑髮人。那種痛難以想像。」

聽見她的語氣，他抬起頭。令他驚訝的是，她的嘴脣上掛著淡淡的微笑，彷彿一段回憶逗樂了她。

＊　＊　＊

「麥卡林登死哪去了？」戈默索爾質問。

這個問題引起了潘德利思和編輯團隊其他高級成員的不滿。麥卡林登的傲慢和赤裸裸的野心使他不受歡迎，雅各猜想較年長的記者們都懷疑他是否有足夠的能力在工作人員當中占有一席之地，更不用說他如此渴望升官。

今天是雅各在戈默索爾每天主持的晨會上首次露面。在這半小時裡，記者們討論當天的報導，並決定優先報導哪個新聞。雅各潛伏在房間的後側。他今天實在不想引起太多注意。總之，這場討論不會有任何意義。等班弗雷特事件的消息一傳出，其他新聞都算不了什麼了。

「又忘了設定鬧鐘了吧。」波瑟說。

戈默索爾悶哼一聲，開始談論政治危機。雅各心想，政治危機總是存在；只要沒用的麥克唐納依然在位，政治危機就會存在，而且可能永遠持續下去。心不在焉地聽著記者們談論經濟衰退時，他好奇瑞秋怎麼會懂得失去孩子的痛苦。

房間一側的門被猛地打開，負責幫戈默索爾打機密信件的梅西匆匆走進來。從周圍的騷動和編輯臉上的震驚來看，雅各推斷這次打擾嚴重違反了辦公室禮儀。在他的注視下，梅西彎下腰在戈默索爾耳邊低語。

不用看她的唇形，他也知道平房裡的屍體被發現了。很快地，每個人都會知道麥卡林登為什麼錯過了這場晨會。

＊　＊　＊

「我再次表達哀悼之意。」一個小時後，戈默索爾說。他把雅各叫進他的辦公室，向他說明了班弗雷特的悲劇。一名倒楣的郵差發現那棟平房的前門在風中搖擺半開，於是冒險進去查看一切是否正常，然後警察被叫去現場。

「謝謝您，長官。雖然我和艾蓮一起出去過一、兩次，但我們只是朋友，僅此而已。」他迫切試著讓自己與命案保持距離。「我是她眾多朋友當中的一個。她是個活潑的年輕女子，人緣很好。」

「這種說法也行。」對戈默索爾來說，人性本惡論比哀悼之意來得更自然。「你知道她和那個警察之間的關係？瑟洛？」

「我和他算是點頭之交，」雅各選擇戰略模糊。「當然了，他已經結婚了……」

「我猜你沒有問得太仔細？你如果想在這一行混下去，就不能太委婉。那麥卡林登呢？你們兩個曾經很要好，不是嗎？」

「不算是，長官。雖然他曾寄宿在艾蓮和她母親那裡，但當他搬走時，他向我推薦了艾德加之家。」

「是嗎？」戈默索爾挑起濃眉。「我猜，他在和那個女孩吵架後放棄了他的住所，但一直沒能忘了她。」

「這似乎是最可能的解釋，長官。」

「嫉妒心。如果你問我，我覺得這是最嚴重的罪過。而麥卡林登就是愛吃醋的類型，願上帝讓他的靈魂安息。別搞錯，我還是很難相信這件事。撇開其他考量，他從來沒讓我覺得……他是適合結婚的類型。」

「也許那只是他的舉止，長官。」

「他以前發生過一些事，」戈默索爾說：「在哈羅和劍橋。他父親請求我給這孩子一個機會、在弗利特街出人頭地時，向我透露了那些往事，並要我務必保密。他說那只是年輕人的狂歡，但這種說法聽起來就像一廂情願。儘管我當時知道不該這麼做，但還是讓這小夥子進了報社。我猜這應該不會讓你感到驚訝？」

雅各以前從沒見過《號角日報》的編輯表現出反省的心情。「的確，長官。」

「有位高權重的朋友當然不會有任何壞處，但如果時間能重來，我會拒絕。至於他父親，這件事會徹底摧毀他當上大官的希望。遵守法律和秩序的人們不可能願意投票給他，因為他兒子殺死了一個漂亮女孩和她的情人——那人還是個警察！然後開槍自殺，選了懦夫的出路。」

雅各點頭，但保持沉默。乖乖讓上司想說什麼就說什麼，這才是上策，尤其當他自己有一大堆事情要隱瞞。

戈默索爾移動辦公桌上的一些文件。「如你所知，我已經叫波瑟找其他人來報導這個新聞。雖然你最近才升官，但事件當事人的關係跟你太親密。」

「的確，長官。當然，我會全力協助他。」

「謝了，小夥子。我猜你會想盡快去跟那女孩的母親談談。」

這其實是雅各最不想做的事。「她一定會傷心欲絕，長官。」

「可想而知。但我們的讀者會想聽聽她對……這悲慘處境的看法。波瑟已經派出一名攝影師。」

雅各嚴肅地點頭。在他剛成為記者的時候，他對具有新聞價值的悲劇的態度是沾沾自喜，甚至有點幸災樂禍。當時唯一重要的，是確保讀者的好奇心獲得滿足。但現在，當死者離他這麼近，他就不太確定自己是什麼態度了。但這些疑惑不適合在剛升官的隔天跟編輯討論。

「那麼。」戈默索爾看了錶，這是他在解散部下前最常做的動作。「你去忙吧。咱倆今天都會很忙碌。不過呢，只有一件事讓我感到驚訝。」

雅各在走去門口的路上停下來。「什麼事，長官？」

「我們之前討論過，你就是有辦法在正確的時間出現在正確的地點。」戈默索爾的苦笑表明，這位愛挖苦人的記者正在重申自己的立場。「所以你這次沒有出現在班弗雷特現場，我幾乎有點失望，否則那會是多大的獨家新聞啊？」

＊　＊　＊

雅各回到自己的空間時，電話響個不停。「這裡來了個警察，想問你幾個問題。」佩吉難掩喜悅。「我說你馬上就會下來。電話上還有一位女士要找你，她堅持等你接聽。」

他覺得反胃。該不會是道爾太太，絕望地想靠在某人的肩上哭泣？

「那位女士叫什麼名字？」

「她拒絕透露。」女孩陰沉地說。

「把她接過來……喂？」

「弗林特先生，是你嗎？」

他立刻認出莎拉的嗓音，急促卻又悅耳。「是的，德拉米爾小姐。妳還好嗎？」

「嗯。」停頓。「我的意思是，不，不算好。」

「怎麼了？」

「我不敢在電話上討論。」她聽起來呼吸急促，彷彿一直在奔跑。「我們能不能在哪裡見面？最好是公共場所，我會覺得比較安全。」

「比較安全？」他有所遲疑，對她的焦急感到困惑。「大英博物館算不算是公共場所？」

「好，可以。雖然我從沒進去過就是了。」

他瞥向窗外。這是一個清爽的一月早晨，甚至還有一絲陽光。「我們在正門外的臺階上見面吧。現在有個人等著見我。一點鐘對妳來說方便嗎？」

「喔，非常感謝你。或許你能救我一命。」

＊　＊　＊

來找他的警官是一位五十多歲、下巴很長的警員，名叫達賓，他的外表讓雅各聯想到一匹憂鬱的馬兒。他已經知道雅各認識在平房裡發現屍體的那三人。雅各心想，蘇格蘭警場動作還真是快如閃電。這其實一點也不讓他驚訝，畢竟他們失去了自己的一員。

他不需要假裝自己對三個與他交情程度不一人的死亡感到恐懼。他對班弗雷特的造訪，就像一場栩栩如生的惡夢。

達賓此行的目的顯然是蒐集情報而不是傳遞情報，並憑著長時間的練習輕鬆地阻止了雅各偶爾的提問。

「艾蓮的母親如何看待這個消息？」

「我恐怕沒辦法告訴你，警官。通知她她失去愛女的這份悲傷責任，並不是由我承擔。」

儘管雅各對此感到沮喪，但他自己的一些答覆也毫無幫助。他承認自己是瑟洛的酒友，麥卡林登則是他很少來往的工作同事（「我加入號角報社後，他曾帶我出去喝幾杯，但我們幾乎沒有共同點，而且我們只有一起外出過那一次。」）他否認知道艾蓮和瑟洛之間的任何關係，這也是事實，並說他不知道她和麥卡林登是否有過戀愛關係。（「他們倆都沒有提到這種事，但如果關係已經結束了，他們又怎麼可能會提到？」）

他說，艾蓮是令人愉快的夜遊伴侶，但儘管她母親偶爾會取笑她該安定下來，他們的友誼卻完全是柏拉圖式的，他們之間的交流頂多只是個純潔的吻。對此，達賓只是皺眉，但還是詳細地記下雅各的否認。

雅各對警方程序還算瞭解，知道達賓雖然沒有質疑他的說法，但這並不意味著自己的說詞會被毫無異議地接受。這只是第一階段。

向警員告別時，他的胃袋收縮。

「希望有幫上忙，警員。如果我能提供任何進一步的幫助，請告訴我。」

達賓的馬臉上沒透露任何情緒。「謝謝你，先生。我猜我們很快就會請你再次協助。」

＊　＊　＊

沿著大羅素街走向大英博物館時，雅各看到一個如柳樹般婀娜的女性人影，穿著一件毛領長大衣，戴著一頂不算時髦的寬邊帽。

「莎拉！」

她像被雷劈中一樣轉過身來。一看到他，她似乎鬆了一口氣。「非常感謝你來。」

「這是我的榮幸。」

「如果我看起來有點……緊繃，請見諒。」她喃喃道：「自從我們上次見面後，我這幾天不是很好過。」

「這當然。」他咳嗽。「我對威廉・基瑞的遭遇深感遺憾。」

她低下頭。「那真的太可怕。難以言喻。」

他遲疑片刻。「我們要不要進去博物館？還是附近找間茶店？」

「我們能不能邊走邊談？我覺得走動比較安全，以防有誰在旁邊偷聽。」

她嗓子顫抖，手緊張地抽搐。她的臉頰上沒有一絲血色。他懷疑她正處於崩潰的邊緣。娜芙蒂蒂的火葬魔術的可怕結局，足以把任何人嚇得魂飛魄散。瑞秋・薩弗納克例外。

「我打電話去了瘋狂劇院。」看她一臉狐疑，他立刻補充道：「不是因為我想針對……發生的事而採訪妳，而是想問問妳的狀況。」

這是事實，他告訴自己。至少在某種程度上。

「你真好心，」她低聲說：「他們有沒有告訴你我放棄了我的工作？」

他大吃一驚。「真的嗎？」

「我再也不會扮演埃及王后了，也再也不會表演魔術。我真的沒辦法再面對那種工作。」

「發生的事情不是妳的錯。」他說：「叫巴恩斯的那傢伙……」

「沒錯，喬治確保威廉沒辦法從熾熱的墓穴裡逃脫。但點燃它的人是我。」

「妳做過那些表演幾十次，妳怎麼可能會知道巴恩斯想犯下如此駭人聽聞的罪行？」

「沒錯，我是不可能知道。」她說：「但這不足以安慰我。」

「我明白。」

「你真的明白嗎？」

他很想告訴她，他在不到二十四小時前才走過鬼門關。但他不敢違背對瑞秋・薩弗納克的承諾。一起過馬路時，他挽著她的胳臂，走進羅素廣場的花園。他們找到一張偏僻的長椅，他注意到她偷偷地四處張望，彷彿確保沒有人跟蹤。

「妳說妳想和我談談。」他輕聲道。

「是的。」她閉上眼睛，彷彿在鼓起勇氣。「其實，我不知道還能求助於誰。」

「妳在劇院有朋友和同事。」他說：「我相信他們會非常樂意……」

「我能相信他們嗎？」她的眼中閃過一絲慌亂。「他們當中任何一個都可能是我的敵人，決心要傷害我。」

「我相信——」

「只有一件事是**我**相信的。」她說。

「什麼？」

「有人想置我於死地。」

第二十三章

就在雅各質問的那一刻，蒼白的太陽彷彿為自己的軟弱感到羞愧，躲進了雲層後面。「妳為什麼認為有人想殺妳？」

「在威廉遇害後，曾有人兩次企圖殺了我。」她的聲音變小，他必須靠近她才聽得清。「我擔心他們第三次會得手。」

「發生了什麼？」

莎拉靠向他，他聞到一股梔子花的香味。「我必須告訴你完整的真相。我們上次見面時，我暗示了我曲折的過去。我做過令我羞愧不已的事情。」

他清清嗓子，希望讓她覺得自己見多識廣、沒什麼會讓他感到震驚。

「我不會告訴你細節，以免太丟人。總之湊巧的是，我和威廉是在……可以說是一次商業交易中認識的。其他男人喜歡對我施加痛苦，他卻對我很溫柔，而且他……這麼說吧，他對我有好感。」

雅各把手放在她的手上。

她垂下眼睛。「和任何人一樣，威廉也有缺點，但他把我當人看，而不僅僅是……他的快感工具。他說他要幫我過上更好的生活。許多男人都有對我這種不幸的女人做出這種承諾，但不同的是，他信守了諾言。多虧了他，我才得以告別過去骯髒的生活，重新開始。」

「我明白。」

「你真的明白嗎？」她搖頭。「我實在很害怕你會瞧不起我。」

「沒有這種事。」

「我成了威廉的情婦。我並不是很願意承認這件事。你可能也知道，他娶了一位上議院議員的女兒。」

雅各點頭。他在基瑞遇害後研究過這個人。

「他妻子在幾年前精神錯亂了，之後被關進了私人療養院。我知道即使法律允許，威廉也永遠不會和她離婚，他也沒有假裝打算這麼做。我們的交往自然而然地結束了，沒有一絲怨恨。相反的，他確保我生活無虞。我成了瘋狂劇院的明星，他把我安置在攝政公園附近的一間公寓裡。他沒有要我給他什麼服務，也不是在收買我的沉默。他這麼做，就只是簡單的慷慨之舉，我也感激地接受了。」

「原來如此。」他心想，她還真天真。

「我們保持著親密關係，彼此之間從來沒有過一句辱罵。甚至在他妻子死後，他也沒有回到我身邊，而是迷戀上一位美麗的義大利女人。琪亞拉・比安奇是一位富商的遺孀，在上流社會如魚得水，那是我永遠做不到的。但我很清楚他不快樂。」

「因為比安奇那個女人？」

「喔，不是。他的一些同事──例如李納克──聲名狼藉。」

「還有那個律師漢納威？」

她抬起下巴。「是的，漢納威父子，他們屬於同一個圈子。威廉後來很討厭他們，而李納克謀殺桃莉・班森這件事就是最後一根稻草。他不想再和他們有任何瓜葛，但他們不是能容忍他這種冷落的人。從那一刻起，他們就想方設法地因為他輕率地背棄他們而懲罰他。」

「妳懷疑他們在威脅瑞秋・薩弗納克。」

「我不是懷疑，而是確定，雅各。她父親曾是他們兄弟會的一員。該組織有著很深的根源，能追溯到好幾年前。我認為那個老法官曾經是他們的首領。」

「直到他的精神錯亂變得明顯，他才回到他祖傳的島上家園。」雅各咕噥。

「然而不知何故，瑞秋惹惱了他們。她來到倫敦的這件事，給他們帶來了麻煩。」

「為什麼？」

「我也不知道。我每次問威廉，他都避而不談。他顯然認為我知道得越少越安全。」

「瑞秋有生命危險？」

「打從她來到倫敦。」儘管大衣很暖和，她還是劇烈地顫抖。「但我沒意識到的是，其實威廉也有生命危險。」

他眨眨眼。「妳認為是這些人指示巴恩斯謀殺威廉？」

「不然還有什麼解釋？」

「巴恩斯可能是一時瘋狂而下殺手。」

「那起犯罪是經過精心策劃。有人幫他出錢買下他開往克羅伊登的那輛車，還幫他支付了飛往法國的機票。巴恩斯不可能有辦法自掏腰包負擔這些費用。」

「即使這些人確實謀殺了基瑞，並想殺害瑞秋・薩弗納克，他們為什麼想除掉妳？」

她漫長而低沉的嘆息顯得疲憊，還有些惱怒。「你還不明白？我知道的太多了，至少他們是這麼認為的。他們不能冒險。」

他握著她的手，輕聲道：「妳經歷了痛苦。所以這很可能是妳在胡思——」

「這不是我瞎掰的，雅各。」她眼眶泛淚。「我已經搬出了攝政公園的公寓。我在雷頓斯通一個偏僻的地方租了房間，希望沒人會找到我。而且不是只有我被嚇到。威廉的情人，那個義大利女人，已經逃走了。」

「妳該不會覺得她已經被謀殺了？」

「我不知道。她原本住在威廉在凱瑞街的那棟房子裡。我原本想和她談談，但在……發生了那件事後，沒人見過她。那裡有個女傭，一個華人女子。威廉帶我去他家時，我認識了她。她告訴我，寡婦比安奇帶走了一個手提箱，連同珠寶。我猜她已經離開了這個國家。她本身就很有錢，不需要依賴威廉。她可能完全是出於恐懼而逃之夭夭。」

「妳剛剛說有人想殺妳？」

「昨天，在雷頓斯通地鐵站，人群中有個人試圖把我推下通電的鐵軌。」

「妳認得他嗎？」

「我連他的臉都沒看清楚。要不是一個年輕的軍人及時抓住我的手臂，把我拖到安全的地方，我已經死了。看在任何外人眼裡，那都像是一場意外，我也假裝那只是意外。但我敢肯定那是蓄意謀殺。」

他吐口氣。「妳經歷了一場可怕的悲劇。」

她提高嗓門。「也許可能是我誤會了，但今天早上，當我漫步走向哈洛池，試著讓自己冷靜下來的時候，一輛車沿著街道疾馳而過，彷彿失控。我急忙跳開，但那真的很驚險。我如果慢了兩秒，就會被撞倒。」她停頓。「我看起來和聽起來都像個神經病，但這能怪我嗎？」

「如果有什麼是我能幫忙的……」

「現在只有一個人能幫我，」她說：「瑞秋・薩弗納克。」

「我把妳的訊息轉告了她。」

「她怎麼說？」

「她似乎並沒有感到不安。我從沒見過這麼無所畏懼的女人。」

莎拉看著他的眼睛，彷彿在窺視鑰匙孔裡。「我相信你迷上她了。」

「才沒有。」他在她的注視下不自在地挪動身子。「沒錯，我是對她感到好奇，這我無法否認。我從沒見過她這種女人。說真的，她很像螳螂。她彷彿繼承了她父親的冷酷無情。」看莎拉打個顫，他問：「怎麼了？」

「沒什麼。」

他不耐煩地呻吟。「莎拉，我以為妳相信我。妳在隱瞞什麼？」

眼淚奪眶而出，她過了一會兒才回答。

「我小時候見過薩弗納克法官。」

＊　＊　＊

「你還沒有告訴我你對弗林特的看法。」瑞秋說。

她和楚門在岡特屋地下室的小型攝影室的暗室裡。楚門一邊檢查他最新的攝影作品，一邊五音不全地吹著一首古老的蘇沙進行曲。

「他就像瞄不準的大砲。不值得信賴。」

「因為他是記者？」

「不只。他年輕又任性。」

「他年紀比我小不到十二個月。」

「妳待在島上的那些年拚命學習。」

她聳肩。「『書本沒辦法教你一切』。你常對我這麼說。教育是讓你為人生做好準備，但不能替代人生。我對世界的經驗，比弗林特的要窄。沒錯，他是很天真，但我還挺喜歡他這樣。」

楚門指著他放在一張小木桌上的一張照片。它是從後方拍攝，畫面上是雅各・弗林特俯身看著史丹利・瑟洛的屍體。從這個角度，根本看不出來雅各當時其實失去知覺，是被人小心翼翼地扶著才沒有倒下。從這幅相片來看，似乎是個凶手正在欣賞自己的傑作。

「別太喜歡他。妳有一天可能需要犧牲他。」

＊　＊　＊

「我不記得我爸媽了。」莎拉說：「我最早的記憶，是我在孤兒院的童年。那裡管理得很嚴格，但我們吃飽穿暖，也得到了基礎教育。那裡的女孩遠比男孩多，但這無所謂。我是在長大後才發現不對勁。」

「那個孤兒院……」雅各說：「該不會是在牛津吧？」

她目瞪口呆。「你怎麼知道的？」

「慘遭勞倫斯・帕爾朵殺害的那女人，曾在牛津孤兒院工作。」

莎拉雙手抱頭。「我的天啊，不會吧！」

「抱歉，對不起，我不是有意打斷妳說話。請說下去，告訴我哪裡不對勁。」

她拿出一塊蕾絲小手帕，擦了擦鼻子。「三不五時，年紀較大的女孩會突然消失。我們會猜測她們為什麼不告而別，也許有個失散多年的親戚出現了，給她們提供了一個像樣的家。又或許她們找到了一份條件不錯的幫傭工作，需要立即就職。我原本沒把這種事放在心上，直到它發生在我的一個好朋友身上。我跟她很要好，她絕不可能不辭而別。我被告知，她的叔叔和阿姨突然從澳洲出現，但我壓根兒不相信。當我抗議時，院長把我帶進她房間，用手杖抽打我。」

「蒙迪夫人？」她微微點頭。「我見過她。」

「你見過她？」她眨眨眼。「你調查得很仔細，弗林特先生。」

「我跟妳說過，叫我雅各就好。」

「謝謝你，雅各。能和某人討論這件事，這真是一種解脫。」她又拿出手帕，擤了鼻子。「那天挨打後，我就不再追問，並假裝徹底忘了我那個朋友。從那天起，我成了演員。我眼觀四面、耳聽八方，而隨著日子經過，我蒐集到了一些線索。」

「關於妳失蹤的朋友？」

「沒錯，還有其他女孩。她們的消失，似乎總是發生在受託人舉行會議之後。那家孤兒院是由一家慈善機構經營的。負責人就是薩弗納克法官。」

「原來如此。」他其實難以理解。他覺得自己彷彿得了視力障礙，被混濁的鏡片阻礙，看不清曾經熟悉的世界。「這是開戰前不久的事？」

「沒錯。有一、兩次，老法官和其他受託人來和我們這些孤兒談話。我們被告知，那是為了確保我們得到適當的照顧。這純粹是個人偏見，但我不喜歡老法官。他被形容得像是某種聖人，但他看我們的眼神讓我毛骨悚然。有時候，他會邀請我們其中一人上樓。他說那是為了會談。我後來意識到，就是這些孩子——他們不一定是女孩——在那之後很快失蹤了。一開始，我以為他是向他們透露有失散已久的親戚來認領他們之類的消息。但後來，我就不那麼確定了。」

「他有把妳叫去會談嗎？」

「沒有，謝天謝地。」血色湧上她的喉部，掃過她的臉頰。「我斷定他在撒謊，蒙迪夫人和孤兒院的其他人也是。當然，我永遠沒辦法證明這一點。然後有一天，受託人們聚會，老法官不在場。我沒問他去哪兒了。我只慶幸他沒有出現。我再也沒見到他。」

「妳後來發生了什麼事？」

她垂下眼睛。「我不想詳細說明。我這麼說吧，我接受了新的受託人主席稱之為『適當的牛津教育』的訓練。」

他咬唇。「原來如此。」

「我只能告訴你，有一天，他把我叫去會談。你已經知道他的名字。他是勞倫斯・帕爾朵先生。」

＊　＊　＊

葛弗雷・馬赫恩爵士站在他辦公室的窗前，凝視著倫敦的屋頂，彷彿希望那些錯綜複雜的瓷磚紋路當中暗藏答案。

查德威克警司查閱筆記，清清嗓子。

「很自然地，長官，調查是由當地警方負責，還有……」

「他們本領夠嗎？」

「我們正在提供適當的協助，長官。」查德威克長嘆一聲：「我猜他們很快就會把案件移交給我們，即使只是為了幫艾塞克斯的納稅人省錢。初步調查表明，麥卡林登知道瑟洛有安排在班弗雷特與那個女孩見面。可能他有監視他們，發現他們在平房裡幽會。」

「那兒離倫敦很遠。」葛弗雷爵士咕噥。

「路程本身很簡單，而且如果不想讓任何人看到你在做什麼，出城確實是上策。昨晚，瑟洛開車接了那個女孩，帶她去了那裡。」

「那棟平房是誰的？」

「我的手下正在調查，長官。」

「我猜案情應該一目了然？」

查德威克的紀律不允許他在副局長在場的情況下聳肩，但他輪廓分明的面部皺紋暗示了這位職業警察對軍人出身的人員的蔑視。

「懷疑是一定有的，長官，就算不一定是合理的懷疑。就目前而言，我們的推測是麥卡林登謀殺了瑟洛和那個女孩，然後開槍自盡。」

「我猜法醫證據也支持這個論點？」

「我們很幸運，魯弗斯・保羅先生有空勘驗現場。在現階段，他似乎將本案視為一目了然的案件。」

「這應該算是慈悲吧。」魯弗斯・保羅做出的結論向來明確。「可是警方的威信……」

「瑟洛當時並沒有值勤。」查德威克說：「我們也沒發現任何跡象表明，他有讓他和那女孩見不得人的關係損害他履行公務的能力。」

「感謝上帝。」葛弗雷爵士思索這件事。「當然，這其中的道德敗壞是無可否認的。」

查德威克避開了這個地雷區，就像他年輕時在擂臺上那樣閃過對手的拳頭。「但每一朵烏雲都暗藏一線曙光，長官。《號角日報》的編輯不會就此案批評警方的無能，因為奪走兩條人命的凶手就是他的員工。至於弗利特街的其他媒體，他們會忙著挖掘麥卡林登的黑料，而不是抱怨蘇格蘭警場的內部不當行為。就這件骯髒且不幸的案件而言，長官，我覺得一切其實算得上乾淨俐落。」

葛弗雷爵士鼓起腮幫子。「我們必須懂得感恩。」

「所言甚是，長官。」查德威克警司說。

＊　＊　＊

他們走出花園時，微風吹得落葉在小路上亂竄。天空變得陰沉，愈加黑暗的烏雲反映了雅各的心情。莎拉對自己的過去感到羞愧，但雅各認為那是胡說八道。她是受害者。

謝天謝地，她逃離了孤兒院的魔掌。威廉・基瑞給了她開始新生活的機會，但他的圈子裡有帕爾朵、李納克和老法官。他那些昔日朋友是不是覺得他讓他們失望了，於是決定報復，煽動一個瘋狂的舞臺助手殺掉他？

雅各對瑪麗珍・海耶斯命案背後的真相有了一絲瞭解。假設帕爾朵在倫敦遇到她，而且看上了她。身為牛津孤兒院的主席，他最在乎的是幫助朋友和同事們滿足病態性慾。他確保瑪麗珍這個文靜且似乎聽話的女人被招募來接替蒙迪夫人，她也受寵若驚地接受了這份工作。

雅各猜想，她是在意識到孤兒院並不像表面上那樣後辭職的。帕爾朵殺了她是因為被她拒絕，還是因為她發現了太多？這其實不是很重要。他把她引誘到柯芬園那棟房子裡，勒死了她，並將罪行偽裝成一個瘋子所為。

蒙迪夫人那天表現出的義憤填膺，其實只是為了掩蓋她的足跡而演的戲。她在福勒餐廳穿的那件皮草大衣，可能根本不是假貨，而是昂貴的真貨。孤兒院為有錢有勢之人提供了源源不絕的女孩和男孩，以滿足他們最卑鄙的慾望。憑著她長期忠誠的服務，尤其是她的低調謹慎，女院長一定得到了豐厚的回報。

「我得回去雷頓斯通。」莎拉說。

「妳認為瑞秋・薩弗納克因為知道孤兒院發生了什麼事而有危險？」

「說真的，雅各，我已經不確定該怎麼想了。」

他沒讓莎拉知道，自己昨晚就是在岡特屋過夜。相信一個人固然很好，但也該有個限度。一想到被誰發現他昨晚出現在班弗雷特，他就擔心得冒出一身冷汗。

他們來到羅素廣場地鐵站的入口。他伸手想和她握手，但她在他臉頰上輕輕吻了一下，阻止了他這個舉動。

「我還能再跟你見面嗎？」

「我很樂意。」他說。

「請不要試圖找到我。我猜我會四處搬遷。但我會盡快和你聯繫。還有，謝謝你，給了我最珍貴的禮物。」

出於困惑，他發出了一個含糊又尷尬的聲音。

「你給了我希望。」

她加入了排隊買票的人群。他慶幸她猜不到他在想什麼。他完全沒有透露在腦海中湧現的瘋狂想法。

假設薩弗納克法官曾主持一群自稱「詛咒社團」的惡人，剝削牛津孤兒院的孩子，那麼，也許瑞秋・薩弗納克決心隱瞞老法官的祕密，並除掉任何礙事者——帕爾朵、基瑞，天知道還有誰。

第二十四章

「我警告過你，麥卡林登那小子不是好人。」

加百列・漢納威的喘息聲讓自己的話語很難被聽見。在得知麥卡林登的死訊後，他一瘸一拐地走進了辦公室。文森・漢納威冷靜地看著生病的父親，好奇這個老人還會踏進辦公室多少次。尤斯塔斯・萊弗斯爵士最近在棄兵俱樂部喝雞尾酒時吐露心聲，說他不認為加百列・漢納威還能度過下一個聖誕節。

「這是個值得把握的機會。」

「上一個對我說這種話的客戶，被送上了絞刑臺。」加百列・漢納威說：「就連萊諾・薩弗納克的辯護也沒能挽救他。」

文森在心裡呻吟。那一定是二十多年前的事了。這老頭還活在過去。人生中重要的是接下來會發生什麼。

「我一點也不相信麥卡林登在殺掉瑟洛和那女孩後開槍自殺。除非他是出於嫉妒心而殺人，否則這種說法說不過去。根本荒謬。」

「如果另一個記者——他叫啥來著，弗林特？決定不去班弗雷特？」

「他怎麼可能不去？他是個愛管閒事的傢伙，而這就是他的工作。瑟洛給過他非常多內幕消息，他不可能有辦法抗拒邀請。」

「好吧，假設有人阻止他走這一趟。如果麥卡林登驚慌了……」

「他會尋求進一步的指示。不，這不合理，父親。他所謂的自殺是假的。」

「我們在蘇格蘭警場那個朋友怎麼說？他也同意你的看法嗎？」

文森點頭。「我不到一個小時前和他談過。這整件事讓他大吃一驚。彷彿事情還不夠糟糕似的，向佩欣絲．道爾宣布愛女死訊的那名警官報告說她有點歇斯底里。現在他懷疑，給她一個痛快對她來說或許是慈悲。他突然變得緊張兮兮。他原本對犧牲瑟洛感到緊張，而突然間，瑟洛和那女孩的死似乎都白費了。」

「那兩個人已經沒用了。至於那個母親，她已經沒有活下去的盼望了。」

「除了琴酒。」

「酒對她還真有好處。」老人把道爾太太的事情揮到一邊。「或許當時是弗林特把麥卡林登打得措手不及，並痛下殺手。」

「讓麥卡林登落入他自己的陷阱？」文森嗤之以鼻。「他沒有這種勇氣。不，昨晚一定發生了一件非常特別的事。」

「有第三者介入？」老人大聲咳嗽。「如果你問我，我認為有人取代了弗林特的位置。」

「有可能。」

分泌物過多的眼睛打量著年輕人。「當你用那種口氣跟我說話，我的兒子，我就知道你看法不一樣。那麼，你對這起悲慘事件有何解釋？」

文森用筆尖戳戳吸墨墊。「麥卡林登是被一個強大到足以制伏他的人殺掉，這人冷酷到狠心近距離槍殺他，也狡猾到製造了麥卡林登自殺的假象。」

「所以？」

「有一個可能的人選。」

「瑞秋・薩弗納克的手下？」

筆尖斷裂。文森惱火地揮手，把筆從桌上丟下。

「不然還有誰？」

「我跟你說過她會惹麻煩。她父親是我見過最暴躁的人。有其父必有其女。」

「完美的準兒媳資格。」文森一貫的諷刺語氣裡帶著苦澀。

「幸好她的人格好過你與之胡混的那些妓女。而且她確實長得賞心悅目。漂亮的顴骨、令人垂涎欲滴的火辣身材。她讓我想起一個人……」

「已故的希莉雅・薩弗納克吧。」文森咕噥。

「不不，不是她娘。」老人搖頭。「我想不起來了。我的記憶力大不如前。」

大不如前的不只是你的記憶力而已，文森殘酷地心想。他努力控制住自己的脾氣，說道：「沒人是越活越年輕。」
「這就是為什麼我想在走之前看到你安頓下來，兒子。」
「我永遠不可能娶瑞秋・薩弗納克，父親。」
「那你就太愚昧了。當然，這是你的決定。我也知道另一個值得你愛的女人。她經濟獨立，而且不再有交往對象。」
「美麗的寡婦比安奇？」文森譏笑。「在這一刻，我的首要任務是清理這個爛攤子。自從瑞秋・薩弗納克來到倫敦，我們就遭遇了一場又一場災難。李納克、帕爾朵、基瑞，現在是麥卡林登。」
「這將如何收場？」老人好奇地問道。
文森用拳頭敲了桌子。「讓我告訴你事情將如何收場。打消關於婚禮鐘聲的蠢念頭吧。這件事的收場，就是瑞秋・薩弗納克冰冷地躺在墳墓裡。」

＊　＊　＊

「妳沒有叫弗林特去質問那女孩的母親。」楚門說。
瑞秋在一塊烤麵餅上抹奶油。她和楚門夫婦正在客廳裡喝茶。「何必浪費他的時間？道爾太太什麼也不會告訴他，因為她幾乎什麼都不知道。」
「艾德加・道爾曾是老法官的會計師。」

「但他從來不是老法官的知己，正如加百列・漢納威也不是。雖然他的遺孀憑著偶爾給他老友們服務來換取接濟以免破產，但變得有價值的是她女兒。」

楚門太太又給自己倒了一杯茶。「那瑟洛的太太呢？他有沒有可能跟她談過？」

瑞秋搖頭。「他在跟艾蓮・道爾胡搞瞎搞的時候？我很懷疑。」

「妳建議我們現在該怎麼做？」楚門追問。

「我們應該去蘇格蘭警場一趟。」瑞秋說：「但現在，再來一塊烤麵餅吧？」

＊　＊　＊

「謝謝你抽空見我。」一個愉快的女侍為他們送上茶後，奧克斯探長開口：「尤其在你這麼忙的時候。」

他和雅各再次在河岸街的里昂街角小館見面，又在鏡廳餐廳裡喝茶。回到號角報社後，雅各被告知奧克斯打了電話來。他回電話時，刑警要求見面，而且越快越好。

「很諷刺吧？」雅各笑容蒼白。「今天是我身為首席犯罪記者的第一天，我卻根本沒寫昨晚的事件。考慮到麥卡林登的參與，想寫這個報導已經夠具挑戰性了，但因為艾蓮是他的受害者之一，所以我離這個故事太近。」

「我為你的痛失深感遺憾。」

奧克斯的語氣生硬又正式，完全沒有上次談話時的輕鬆親切感。他一根接一根地抽著菸，睡眼惺忪，彷彿睡得比雅各還要少。他的襯衫沒像平常那樣熨燙，就連他的領帶看起來也像是單手打的。他夜不能寐的原因是什麼？

「謝謝你。」雅各攪動茶水的時間比必要的要長。他需要小心謹慎，但也必須說些什麼。「艾蓮是個……好夥伴。」

作為墓誌銘，這句話算不上抒情，但確實發自內心。他很享受和她在一起的時光，而且他對她溫暖的身軀貼著他的身子有著揮之不去的回憶。如果瑞秋·薩弗納克說的是真的，那麼艾蓮確實操弄了他的感情。但不知道為什麼，他沒辦法對她的口是心非產生鄙視。不管她做錯了什麼，都不該在那棟寂靜的平房裡落得那種悽慘的下場。

「你跟她很親密嗎？」

「只是好朋友。她母親似乎認為我適合當她女兒的丈夫，但我從沒考慮過向艾蓮求婚，而且我敢肯定她只是想跟我共度愉快的時光。」

「尤其因為她和別人有染……」奧克斯說：「你原本不知道？」

「我隱約意識到她另外有男人，我好奇他是否已經結婚了，但她從未提起過他，我也從沒問過。」

「這就怪了。我還以為你總是充滿好奇心。」

「有些事情不要知道比較好。我當時以為她和那人的不倫戀已經無疾而終。」

奧克斯皺眉，雅各臉紅。作為一個專業的詞匠，他責備自己的措辭選擇怎麼這麼愚蠢。

「所以你根本不知道那個人就是瑟洛警員？」

「當我被告知——」雅各在落入陷阱前急忙糾正自己：「今天稍早前，這件消息讓我震驚無語。我到現在還是沒辦法接受。竟然是史丹利……」

「這個世界很小。」奧克斯又點了一支菸。「你認識兩個受害者，也認識殺了他們的凶手。」

「是的。」雅各覺得自己正在小心翼翼地繞過流沙。「這不僅僅是一場悲劇，更是震驚得駭人聽聞。如果我看起來心不在焉，請見諒。我到現在還沒有機會完全消化這個消息。」

「你跟麥卡林登有多熟？」

「沒很熟。」雅各急忙道。

「你覺得他是同性戀嗎？」奧克斯質問。

「我不在乎。那與我無關。」雅各忍不住回嘴。「他的舉止有時候確實古怪，但我將其歸因於他的公立學校教育。」

奧克斯怒目相視。「有趣的是，他曾兩次因為行為不當而被捕，但憑著他父親的人脈，他未曾被起訴。」

聽到刑警嗓音中的酸澀，雅各抬起頭。「但他一直在和艾蓮在一起？」

「沒錯，至少他有愛上她。看起來是這樣。」

「你聽起來不是很肯定。」

「我的看法並不重要。我來這裡，是想看看你針對這場悲劇能提供什麼情報。」

「你的一個手下已經給我做了筆錄了。一個叫達賓的傢伙，臉長得像……」

「老馬？沒錯，我看了你給他的筆錄。」奧克斯靠向椅背。「我想知道你還有沒有什麼能補充的。也許你在事後反思時想到了什麼。」

雅各判斷，進攻就是最好的防禦。「我說了那些，只是想表達我對瑟洛這件事的驚訝。我不知道他是不是個好警察，但我喜歡他。你可能知道，我跟他一起喝過一、兩次酒。」

「嗯。」奧克斯說：「我確實知道。」

「我根本不知道他和艾蓮有染。看來我太天真了。」

「也許這就是為什麼他找你聊天。」奧克斯嚴厲道：「為了在你背後嘲笑你。」

「不倫戀這件事在警場裡是眾所周知嗎？」

看奧克斯皺眉，雅各感到一絲滿足。他或許疲憊又困惑，但確實給對方造成了打擊。

「一點也不。他煞費苦心地隱瞞了他那些……活動，也出於充分理由。如果我們知道他做了什麼，他早就被踢出警隊了。」

「他原本的名聲一定很好。」雅各說：「否則怎麼會升官。」

「升官？」奧克斯怒瞪。「什麼意思？」

「他跟我說他將升任警探。說真的，我沒想到你這麼看重他。」

「就我所知——」奧克斯僵硬道：「史丹利．瑟洛離升官有千里之遙。你一定弄錯了。」

「絕對沒有。他說得很清楚，而且他當時開心極了。」

「他什麼時候告訴你的？」

雅各知道自己必須小心回答：「就昨天的事。我們最後一次交談。他打電話告訴我這個消息，我提到了我自己的升職。我們約好一起慶祝。」

「但沒能成真？」

「現在當然永遠不會成真了。」雅各長嘆一聲：「奇怪的是，你說他沒有升官。史丹或許並非天資聰穎，但在自己會不會升官這種事上也不可能弄錯吧。你該不會認為……？」

「我該不會認為什麼？」

「我很不想提到這種可能，」雅各缺乏誠意的口吻就像資深記者。「但他有沒有可能……控制了蘇格蘭警場某個權威人士？」

「你在暗示什麼？」奧克斯面紅耳赤。雅各以前從沒見過這個人被激怒。「處於高位的腐敗朋友？」

「請原諒。」雅各說：「我完全沒有暗示什麼。」

兩人看著對方的眼睛，都清楚意識到彼此之間的空氣中潛藏著嘲諷的話語。**如果帽子戴得下**（編按3）**⋯⋯**

＊　＊　＊

走回號角報社的路上，雅各忍不住恭喜自己。如果奧克斯的目的是強迫他承認什麼，那麼那場談話並沒有按計畫進行。雅各確信自己已經以其人之道還治其人之身。

他針對蘇格蘭警場的評論，無疑地擊中了要害。奧克斯那麼激動，可能是因為他也得出了類似的結論？如果是這樣，奧克斯是否已經鎖定了哪個嫌疑人？

經過新聞編輯室敞開的門，他看到波瑟正在和印刷工長開會。凸眼哥舉手打招呼。

「喬治，有誰採訪了道爾太太沒有？」

波瑟點頭。「我親自採訪了她。我不確定她是否意識到她再也見不到她女兒了。琴酒暫時給了她安慰。我完全能理解你為什麼不急著去見她。」

編按3　英文俗諺"If the cap fits (wear it)"，直譯為「如果帽子戴得下（就戴上吧）」，意指要是他人的批評中肯，就得接受。

雅各慢慢走回自己的辦公室，感覺心往下沉。他沒細想如何安慰一個失去獨生女的女人，而是將思緒轉回到蘇格蘭警場可能的腐敗上。奧克斯對瑟洛宣稱自己即將升官的說法感到震驚，那個反應似乎是真的。唯一合理的解釋是，瑟洛收受了某個上司的錢，那人掌握著不少權力。

他腦海中閃過瘋狂劇院的畫面，在燈光變暗、表演開始之前。他在瑞秋對面的一個包廂裡瞥見了葛弗雷．馬赫恩爵士。桃莉．班森遇害後，《號角日報》的記者們騷擾警場時，湯姆．貝茲曾嘲笑馬赫恩的無能。對貝茲來說，馬赫恩代表了警察階級制度的錯誤之處；他是軍人出身，對刑警工作的實際情況知之甚少。戰爭期間，馬赫恩曾是把諸多勇敢的獅子（包括雅各的父親，在法國被炸成碎片）送去屠宰場的蠢驢之一。

但戰爭是一回事，冷血殺戮是另一回事。不是嗎？

＊　＊　＊

他還在思索這個問題時，他的門吱嘎打開，綽號特里特米烏斯的托斯蘭走了進來。他的豬形眼睛裡出現平時沒有的光芒，這表明他正處於興奮狀態。

「我解開了！」他喘道：「那串暗號其實非常簡單。我一認真思考，就看出其中的端倪，但我為了查出細節而做了大量的研究。」

「非常感謝。所以暗號說了什麼？」

「是關於兩個人的死亡。」

「兩個人？你確定？」

「完全確定。」托斯蘭輕敲鼻子的一側。「請相信特里特米烏斯。」

「我以性命相托。」雅各誇張地說。

「冷靜點，夥伴。我們不要得意忘形，尤其在老麥卡林登發生了那種事之後。那真是悲劇，不是嗎？」

「令人震驚，」雅各同意：「那麼——暗號？」

「你提到加洛斯寇特，這讓我很好奇，所以我今天下午去那裡轉了一圈。」

「是嗎？」雅各無法想像托斯蘭出門走動。「你發現了什麼？」

「有個地方叫岡特辦公室，而門旁邊的一塊名牌表明它是一個叫做棄兵俱樂部的地方。這能解釋暗號的前六個字母。三雙相同的縮寫，只是簡單地顛倒過來。」

雅各點頭。目前為止一切順利。

「如果倒著讀，就會看到『ＲＩＰ』，然後是『一九一九年一月二十九日』這個日期。」

「嗯，我也是這麼想。」

「如果你也是這麼想，」托斯蘭假裝嚴厲地說：「那你原本可以幫我省點力氣，你自己去一趟薩默塞特府就行了，而不是把所有的麻煩差事都丟給在下。」

「抱歉。當然，你說得沒錯。」

「我查了所有在那天死去的人。花了一些時間，但有兩個名字符合這個條件。查爾斯·布倫塔諾和伊薇特·維維耶爾。」

「從沒聽說過。」

「兩人的死亡地點都是林肯律師學院，所以兩個案子之間一定有關聯，而且暗號一定是指他們。」

「嗯，這似乎是唯一可以想到的解釋。但至於他們是誰……」

「我沒查到關於那女人的消息。她的名字聽起來是法國人。但布倫塔諾這個姓氏曾出現在《泰晤士報》的訃聞上。」

「真的嗎？」

「是的，來自一個富裕的家族。他上過伊頓公學和牛津大學那些假掰的學校，但他是在戰爭爆發後才做出了值得注意的事情。他贏得了傑出服務勳章，並被授予英勇十字勳章。他是個英雄，但也付出了代價，在德軍的砲擊中被炸傷。戰爭結束前的最後幾個月，他在一家軍醫院接受治療。」

「他是傷重而死？」

「顯然不是。死亡證明書上的死因是心臟衰竭。」

「他有任何家人嗎？」

「訃聞沒提到妻子或孩子。我覺得看起來好像在隱瞞什麼。」

「什麼意思？」

「訃聞寫出來的內容，往往跟它們刻意避開的內容一樣有趣。例如在某些單身漢的訃聞上，有時候字裡行間會透露他們的性傾向。但更常見的是，這類訊息會被掩蓋過去。」

「原來如此。」

「那個叫伊薇特的女人的死因也一樣。」

「他們都在同一天死於心臟衰竭？」

「很巧吧？」托斯蘭氣喘吁吁地走向門口。「希望這對你正在寫的任何報導有幫助。不管怎樣，我得下班了。做了這麼多活動後，我有點餓了。」

「謝了，托斯蘭。我感激不盡。」

「別在意，老夥伴。這陣子天天都有刺激的事，不是嗎？我們先是失去了可憐的貝茲，然後麥卡林登自殺。聽說他被捲入了三角戀。不可思議。要不是在《號角日報》上看到，我一個字也不會信。」

雅各發笑。「登在《號角日報》上的就一定是真的。訃聞上還有什麼值得注意的嗎？」

「內容很短。不過另一點可能會讓你感興趣。布倫塔諾的父親是來自柏林的外交官，愛上了一個英國姑娘。她屬於一個叫薩弗納克的富裕家族。她哥哥是惡名昭彰的絞刑法官萊諾・薩弗納克。」

第二十五章

「瑞秋・薩弗納克想要我們見面？」查德威克警司重複。

「沒錯，今天晚上，」葛弗雷・馬赫恩爵士說：「這不尋常，非常不尋常，但我們生活在不尋常的時代。」

「那麼，你已經答應見她了，長官？」查德威克的紀律難得失常。張開的嘴巴透露他的難以置信。

「沒錯，查德威克。」葛弗雷爵士的臉頰染上一層粉紅色。「她非常堅持，簡直像是不請自來。她說她掌握了關於瑟洛警員死亡的重要情報。」

「什麼樣的情報？」

「她拒絕透露。我說我們相信麥卡林登殺死了瑟洛和他的女朋友，然後用子彈打爆了自己的腦袋。很簡單的情殺案。但她拒絕在電話上進一步討論此事。」

「我之前表達過這個觀點，長官。」查德威克冷冷地說：「但我不贊成鼓勵業餘愛好者誤闖嚴肅的調查工作。」

葛弗雷爵士哼了一聲。他清楚意識到，瑞秋・薩弗納克並不是查德威克唯一關注的業餘偵探。

＊　＊　＊

托斯蘭笨重的腳步聲在走廊迴盪時，雅各突然想起一件事。那天他和麥卡林登談到舒梅克的死訊時，麥卡林登不就是從這間辦公室出來？那傢伙在貝茲的房間裡做什麼？他根本不該進來。雅各當時沒多想——他自己當時也想來這間辦公室裡偷窺——但他現在知道麥卡林登是殺人犯。奧利是否一直在偷翻貝茲的東西，尋找貝茲對瑞秋・薩弗納克做的調查？

雅各審視周圍的雜亂。如果不知道該往哪看，就幾乎不可能知道該找什麼。就他所知，麥卡林登搞不好已經把這個房間翻了個底朝天，但還是比他剛來時還要整潔。

如果有什麼值得帶走的東西，麥卡林登無疑已經拿走了，但雅各決定在前往安威爾街之前再檢查一次。這是個很好的藉口，可以用來推遲他與道爾太太可怕的面對面。

十分鐘後，他再次準備認輸。翻遍了貝茲櫥櫃裡的每個抽屜，並瀏覽了能找到的每一個筆記本之後，他一無所獲。

莉蒂雅・貝茲天真無邪的臉龐，在貝茲壓在電話下面的那張照片中向他微笑。她也是一個失去所愛的女人，雅各很快就會在湯姆的葬禮上見到她。那將是另一場生硬又絕望的談話。雅各呻吟。比起醫院，他更討厭葬禮和墓地。

看著莉蒂雅，他的腦海裡又浮現出另一幅畫面。貝茲公寓裡的書架，以及一本絕對屬於湯姆的書——愛倫・坡的《顫慄的角落》。會不會跟雅各一樣，貝茲其中最喜歡的故事也是《失竊的信》？

雅各拿出照片，把它翻過來。上面有著貝茲用鉛筆寫下的潦草字跡，雖然幾乎無法辨認。

查爾斯・布倫塔諾

文森・漢納威

坎伯蘭燧發槍團，第九十九師

聖昆廷堡壘

發生了什麼事？

貝茲的筆記就藏在眾目睽睽之處，就像愛倫・坡的線索，儘管它們產生了一個新的謎團而不是解開一個謎團。查爾斯・布倫塔諾，薩弗納克法官的侄子，死於加洛斯寇特，他和文森·漢納威，在那裡執業的律師，在第一次世界大戰期間曾是戰友。

＊　＊　＊

雅各回到艾德加之家時，仍在與湯姆·貝茲的謎題搏鬥。他深吸一口氣，解開前門的鎖。

他從不認為自己是個敏感的人，但一踏進屋裡，他就知道不對勁。這裡的沉默似乎不是哀悼，而是險惡。而且經歷了他那場不幸的班弗雷特之旅後，這裡的氣氛令他痛苦地熟悉。

「道爾太太？」

無人回應。

他轉動通往廚房的門把手，發現鎖著。鑰匙孔裡有個塞子。他懷疑地嗅聞空氣。

「道爾太太？妳還好嗎？」

他用肩膀推門，門開始退讓。他使盡全身力氣，聽到木頭碎裂，門在他最後一推時打開了。

煤氣的惡臭差點將他擊倒。看到水槽旁一堆沒洗過的平底鍋和盤子，以及油氈地板上一幅令人遺憾的景象時，他的眼睛被刺痛。

佩欣絲・道爾靜止不動。看起來，她的腦袋一定在烤箱裡放了很長一段時間。

＊＊＊

「非常感謝你這麼快就答應接見我們，葛弗雷爵士。」

瑞秋・薩弗納克放下手提包，對副局長辦公室裡的其他人微笑。馬赫恩旁邊是查德威克和奧克斯。楚門坐在警司旁邊，離窗戶最近，月光照在他的臉上。

葛弗雷爵士指著楚門。「妳沒提到妳會由妳的傭人陪同。」

瑞秋的嗓音如剃刀割肉般劃破寂靜：「我從不向楚門隱瞞任何祕密。」

「儘管如此，考慮到事情的敏感性……」

「楚門雖然……外表粗獷，但懂得如何處理敏感事務。」她說：「那麼，我們開始吧？」

「請。」葛弗雷爵士假裝查看懷錶。「我今晚有個晚餐約會。如果妳不介意保持簡潔……」

「我會非常簡潔，葛弗雷爵士。」她語調冰冷。「我來這裡，是要告訴你們史丹利・瑟洛警員收受了賄賂。」

「薩弗納克小姐！」葛弗雷爵士緊張地看了他的同事們一眼。「我真的不──」

奧克斯打岔：「這是非常嚴重的指控，妳有什麼證據？」

「瑟洛有對《號角日報》的雅各・弗林特提供內幕情報。」

「妳怎麼知道？」

「弗林特親口告訴我的。」

「出自記者的嘴。」查德威克反感地咕噥。

「他沒理由撒謊，警司。我相信他告訴我了真相。」

奧克斯說：「我今早盤問他的時候，他沒有對我說這種話。」

「也許，」瑞秋回嘴：「你沒問他正確的問題。」

「瑟洛可能只是在吹牛。」葛弗雷爵士說：「年輕人常常這麼做，薩弗納克小姐。為了讓其他人佩服，妳懂的。」

「我同意，年輕人是有這種行為。」瑞秋說：「但相關證據很明確。瑟洛過著入不敷出的生活。一輛閃亮的新車，一塊金懷錶……」

「那傢伙已經死了！」葛弗雷爵士像回到閱兵場一樣咆哮。「他沒辦法回應妳這種可恥的誹謗。」

「他才是做出了可恥的行為，葛弗雷爵士。而且恐怕不是只有他行為不當。」

「什麼意思？」奧克斯輕聲道。

「他跟弗林特說他即將晉升為警探。」

「不可思議！」葛弗雷爵士厲聲道：「妳竟然暗指……？」

「他的忠誠被收買了。」

「升官的事情是他信口開河。一定是。」

「不，他完全相信他得到的獎賞一定會兌現。」

「胡說八道！」

瑞秋搖頭。「你們其中一人知道我說的是事實。你們其中一人不僅出賣了他的名譽，還出賣了他的靈魂。」

＊　＊　＊

救護車運走佩欣絲・道爾的屍體，一名冷酷的警員跟他做了筆錄後，雅各將一些東西扔進一個手提箱，然後沿著馬哲里街緩慢前行，在遇到的第一家旅館停下來。他無法想像在艾德加之家該如何度過今晚。

前臺人員是個乾癟的侏儒，占據了門廳後面的一個玻璃籠，就像在一個結滿蜘蛛網的博物館中展示的標本。侏儒不情願地掀起玻璃百葉窗，陰沉地確認了有一個單人房可以過夜。房間很髒，窗簾被蟲蛀，床墊凹凸不平。鏡子讓雅各看起來像一隻變形的石像鬼，但他不在乎。過去的二十四小時讓他麻木了。

牆壁很薄，他聽到提高的嗓門。聽起來，隔壁那對夫婦捲入了一項金融交易，兩人正在激烈爭論關於應付價格以及所換取的服務的範圍與價值。這場爭吵以巴掌聲、甩門聲和走廊上的腳步聲告終。他聽到一個女人在哭，但幾分鐘後她也離開了，三樓一片寂靜。

他仰躺著，眼睛痠痛地盯著天花板。灰泥牆上參差不齊的裂縫提醒他，他熟悉的人生正在分崩離析。那個在霧中搭訕瑞秋．薩弗納克的雅各．弗林特似乎是別人，一個天真無憂的人。貝茲的死，儘管不可避免，卻還是讓他感到不安，而且瑟洛和艾蓮被謀殺，隨後她母親自殺，這讓他感覺被掏空。史丹和那兩個女人與他交友，雖然可能是別有用心，但他確實享受他們的陪伴。

至於瑞秋．薩弗納克，她的魅力仍然令人不安，她的動機深不可測。昨晚，當她詢問他與警察打交道的相關細節時，他問她是否信任奧克斯。

她的答覆就像律師的詭辯一樣含糊其辭。「他是那種罕見的聰明警察。當然，有些人是聰明反被聰明誤。」

奧克斯最近在舉止上的變化確實驚人。這傢伙究竟怎麼了？

答案只有一個。奧克斯探長在害怕。

＊　＊　＊

「女士！」葛弗雷爵士憤怒得嗓音顫抖。「妳這完全是可控告的誹謗。」

她看向奧克斯。「你怎麼說，探長？」

奧克斯臉色蒼白，面色憔悴，低下了頭。「很遺憾，妳說的是事實，薩弗納克小姐。」

「能不能麻煩你向你的同事說明？」

奧克斯吸口氣。「我開始確信，最近接二連三發生的……事件並非巧合。我相信一群知名人士聯合起來藐視法律。帕爾朵、李納克和基瑞，以及其他尚未被發現的人。他們都來自同一個社交圈，但我敢肯定，他們之間的關聯比我們意識到的更密切。他們的動機和他們的行為一樣黑暗，但我懷疑邪惡的活動得益於蘇格蘭警場提供的非法援助。」

「看在上帝的份上，小夥子！」葛弗雷爵士驚呼：「別亂說話。」

「我原本一個字也不想說，長官。我的調查還處於早期階段，我也承認還有很多事情是我還不知道的。但是薩弗納克小姐今天這番話讓我別無選擇，只能攤牌。這麼說讓我很痛苦，但她說的是真的。瑟洛警員不是我們當中唯一的爛蘋果。」

葛弗雷爵士怒瞪他。「好吧，小夥子。說出來。你暗指誰……？」

「讓我幫奧克斯探長省去一點尷尬，」瑞秋說：「我知道他在想什麼。我很遺憾這麼說，但他的懷疑是針對你，葛弗雷爵士。」

副局長的臉頰浮現一種不自然的紫色。「女士，這……」

她舉起一隻手。「我有說錯嗎，探長？」

奧克斯羞愧得滿臉通紅，不發一語。

「這項推測是基於幾條零碎線索，葛弗雷爵士。你、帕爾朵和李納克，都屬於出身名門的富裕階層。你家族的錢存在帕爾朵那兒。你熱愛戲劇，經常能在瘋狂劇院的包廂看到你。威廉・基瑞遇害那晚，你也在場。」

「那天是我太太生日！只是稍微幫她慶祝……」

「我就直說重點了。簡單來說，探長已經蒐集了夠多的證據來建立一個間接案例。但這樣還不夠。」

「妳什麼意思？」奧克斯沙啞道。

查德威克站起。「妳該不會要說是奧克斯自己賄賂了瑟洛吧？妳太無禮了！妳先是誹謗葛弗雷爵士，現在還……」

「坐下！」瑞秋厲聲道：「我只有指責探長『見樹不見林』。」

「妳究竟在胡說什麼，女人？」查德威克追問。

「葛弗雷爵士沒有賄賂瑟洛，正如探長也沒有。最大顆的爛蘋果就是你，查德威克警司。」

＊　＊　＊

「薩弗納克小姐。」葛弗雷爵士看起來好像隨時都會中風。「我真心希望妳能證實這一指控，否則我必須請妳撤回妳的言論並道歉。這位警司——」

「……是這棟大樓裡最有經驗、最受尊敬的警官之一。」瑞秋打呵欠。「而這就是為什麼就連奧克斯探長也對真相視而不見。他根本不可能相信這種人會犧牲自己為之努力的一切。」

查德威克恢復說話能力，厲聲道：「這項指控既骯髒又卑鄙。妳是女性的恥辱，正如妳父親是司法部門的恥辱。」

「那個老法官？二十年前，他的野蠻作風把你嚇傻了，我也不能怪你。你屈服於他門徒們的示好，這可真令人失望。」

「胡說八道！等我控告妳誹謗的時候，妳會需要一個像妳老父那樣殘忍的律師。妳的證據在哪？」

「瑟洛問弗林特是誰提供了那張將他引去帕爾朵家的匿名字條時，他說他想把情報轉交給你。這就怪了，因為你是每天坐辦公室的警司。他一定會向探長報告才對呀？」

「妳這是道聽塗說，」查德威克嘲笑。「這就是妳的證據？」

「瑟洛把在帕爾朵的書房裡發現棋子的事告訴了弗林特。探長已指示手下們隱瞞這部分的情報，但你授權瑟洛洩漏它。你用美味的內幕消息來獲取弗林特的信賴。」

「這與我完全無關。還有別的嗎？」

「恐怕還有一大堆呢。李維．舒梅克在被你的出資者派人殺害之前進行的調查表明，你兒子和他的家人已經搬進了位於海斯廷斯海濱的一棟新平房。那裡的海風對你生病的孫女有好處。它比你在溫布頓為你的妻子和你自己買的豪宅便宜得多，但對於丈夫失業、孩子經常需要醫療照護的夫婦來說很奢侈。光是醫生的費用想必就讓讓你付出天文數字。」

「查德威克？」葛弗雷爵士瞪大眼睛。「這是真的嗎？」

「問奧克斯。」瑞秋說。

馬赫恩看向探長，對方痛苦地點點頭。

「我不知道海斯廷斯那個地方，長官，但溫布頓那棟房產確實了不起。當地的街坊大多是城裡的高層。我必須承認，我當時很擔心，但警司讓我安下心來。他碰巧提到他在他姑姑去世後得到了一筆遺產。我猜他是剩餘受益人。」

「沒錯，千真萬確。」查德威克咬牙。「但那一切都是光明正大。如果妳懷疑我，可以去薩默塞特府查查文件。」

「李維．舒梅克就是這麼做了。」瑞秋說：「你還清了你姑姑的債務後，繼承了九十三英鎊的巨款。這筆錢難以維持你和你家人已經習以為常的自我放縱。」

「自我放縱？妳嘴巴怎麼這麼賤？」

查德威克怒火中燒。他握緊拳頭，朝她走了一步。他曾是重量級拳擊手，但瑞秋毫無懼色。

「你在擂臺上的日子早已是過去式。」瑞秋淡定道：「別讓自己難堪。」

「看在上帝的份上，你這傢伙！」葛弗雷爵士說：「別做蠢事！」

「閉嘴，你這廢話狂！」查德威克咆哮。「你們當中有誰明白工作了一輩子卻得看著孫子絕望求生是什麼感覺?你們當中……?」

「我們每個人都有自己的十字架要背。」瑞秋說:「把你的悲劇故事留到你在法庭上請求從輕發落的時候吧。」

「妳這囂張的婊子!這是妳應得的!」

查德威克把手伸進夾克內側,但就在他掏出左輪手槍時,楚門已經從椅子上跳起,將他打倒在地。長期坐辦公室的日子,弱化了這位警司的反應能力,也軟化了他的肌肉。楚門把他按在地上,查德威克在奧克斯搶走槍時拚命咒罵。

瑞秋打開手提包,拿出一副手銬。「請見諒,葛弗雷爵士。即使這裡是蘇格蘭警場,我也不確定你自己的辦公室裡有沒有準備這種東西,所以我有備而來。」

茱麗葉·布倫塔諾的日記

一九一九年二月四日

為意想不到之事做好準備。這是媽媽最喜歡的一條建議。今晚，海芮妲在給我送晚餐時難得帶來了好消息。這讓我很開心，我發現我恢復了胃口。克里夫的狀況沒有惡化。她甚至猜想他可能有稍微改善。也許他還有希望？

如果是這樣，等他得知布朗如何傷害了他妹妹時，他會怎麼做？

第二十六章

第二天早上，雅各睡過頭。他努力睜開眼睛時，遠處教堂傳來的陰沉鐘聲告訴他現在已經十一點了。幸運的是，他今天不用上班。《號角日報》每週出版六天，星期天則是由姊妹報《週日號角》擔當。在理論上，這兩份報紙是分開的，但日報的記者經常為週日報紙寫稿，而英國民眾對發生在安息日的醜聞和驚悚新聞的熱愛讓犯罪記者忙得不可開交。但即使戈默索爾這位工頭也意識到，他的員工需要休息一天——或至少幾個小時。

雅各頭痛嘴乾。儘管一滴酒也沒喝，他還是感到宿醉。雖然床鋪又窄又不舒服，他還是費了很大的勁才把自己拖下床。他對著自己在鏡子上的扭曲倒影眨眨眼，他雙眼凹陷，滿臉鬍碴，骨頭痠痛。這就是變老的感覺？

他穿上晨衣，慢慢走過走道，來到走廊盡頭令人不愉快的小浴室。發現沒有熱水後，他提醒自己：洗個冷水澡應該有益健康。

他用毛巾擦乾身子並刮了鬍子後，再次躺在凹凸不平的床上，閉上了眼睛。莎拉・德拉米爾的臉浮現在他的腦海裡。他開始明白莎拉是如何變成充滿異國風情且性感迷人的娜芙蒂蒂。她那俏麗的外表讓他想到露易絲・布魯克斯，他最喜歡的美國電影明星。

不知何故，莎拉的臉變成了艾蓮・道爾的臉。帶著一陣沮喪，他意識到自己多麼在意艾蓮。知道她欺騙了他，這是讓他有些難過，但影響不大。她那麼做是出於經濟上的需要，也因為貪婪。他曾經享受她的陪伴。即使她那麼做是奉命行事，但她的某些感情肯定是發自內心吧？

他難過地想到她現在躺在停屍間裡。甚至回想起他發現她的屍體的那一刻，都讓他感到噁心。她母親的自殺……

自殺？他突然想到一個問題。他是不是太早下結論？她沒有留下遺書，但很多人在自殺時並沒有留下解釋。

一件微不足道的怪事一直停留在他的記憶中。他在廚房裡看到沒洗的盤子和平底鍋，還有一具穿著沾染湯汁的圍裙的女屍。道爾太太對廚房清潔的堅持近乎狂熱。她把腦袋伸進烤箱時，會放任廚房一團糟嗎？雅各心想，如果他認為人生已經不值得活下去，那他肯定懶得洗碗。然而，佩欣絲・道爾的優先事項與他的截然不同。她很在乎外觀。

佩欣絲・道爾早就知道艾蓮在做什麼；無所不知的瑞秋・薩弗納克一直堅持這

一點。她和她女兒吵過架，她也這樣告訴了雅各。與她們母女倆攪和的人是否讓她感到不安，例如麥卡林登和瑟洛？在女兒死後，女房東可能會亂說話，也許跑去跟警察說。她是被滅口？

如果是，那麼是誰殺了她？

＊　＊　＊

加百列・漢納威和兒子面對面坐在一張齊本德爾餐桌的兩端。在這個週日，他們正在位於漢普斯特德荒野公園邊緣這棟喬治式建築的漢納威宅第吃午餐。文森自己在切爾西有一套豪華公寓，但每個星期天和星期二都會來和父親一起吃飯。這是家族傳統。

一名女傭用一瓶拉圖酒莊的葡萄酒給兩人的酒杯續杯，她穿著整齊的制服，一頭金色短髮，臉上有酒窩，年齡不超過十六歲。緊張情緒使她笨手笨腳，當她倒空瓶子時，幾滴酒灑在白色桌布上。

「蠢丫頭！」老人嘶吼。

女僕紅著臉，開始結結巴巴地道歉。文森抓住她的手腕，她因此住嘴。

「沒關係的，碧翠絲。」他的語氣很舒緩，但目光刺痛了她。「父親今天狀態不佳。痛風，妳知道的。下去吧，我晚點再和妳談。」

女孩膽怯地行個屈膝禮。她瘦削的身體忍不住顫抖。文森用堅硬的手指在她纖細的手腕上握了一會兒，然後鬆開手，讓她跑出了房間。

加百列・漢納威搖頭。「她要學的還多著呢。」

「我會訓練她。」

老人悶哼一聲：「你把那稱之為『訓練』？你過多久就會玩膩她？回答我啊。至少上一個孩子還有點個性。」

「虛榮心讓她得意忘形了。我知道你總是對豐滿的類型情有獨鍾，但我的口味比較兼收並蓄。」文森嚼著烤馬鈴薯。「多樣化才是生活的調味料。你比一般人都清楚這個道理。」

「我知道的是一切都在分崩離析。這個世界一團糟，兒子。紙幣取代了金幣，化學糊狀物取代了正宗的啤酒……」

看文森大聲打呵欠，老人重重地放下了刀叉，推開盤子。「我幾乎嘗不到這垃圾的味道。廚子在搞什麼花樣？」

「是因為你的疾病，父親。」文森品嘗著防風草根，眼中閃過一絲嘲諷。「蔬菜清脆，肉類鮮美，辣根醬的辣味令人滿意。你的味蕾恐怕已經大不如前了。」

「你以為你什麼都知道。」老人用假牙嘖了一聲，這是他最喜歡的一種責備方式。「我們卻坐在這兒，面臨著我們歷史上最嚴重的危機。看看我們失去的人。而現在這個關於查德威克的糟糕消息……」

「查德威克變得懶散。他太信賴瑟洛。他想要的是一個聽命於他的年輕人。人在變老的時候變得自滿，這很常見。」

鬣蜥眼睛閃爍。「咱倆當中是誰自滿？我只看到我一輩子的心血受到威脅，而你仍然漠不關心。這讓我想到《憨第德》裡的潘格羅士博士。」

文森吃著一大塊沾著肉汁的烤牛肉，嚼了足足半分鐘才開口回答：「我比較喜歡抓住機會，而不是哀嘆挫折。帕爾朵和基瑞的死令人遺憾，但至少他們不會再妨礙進展。」

「你是說擋你的路。」老人嘶啞道。

「你要這麼說也行。」文森聳肩。「瑞秋・薩弗納克是這一切的幕後黑手，這你一定明白。」

老人低下頭。「我誤判了她。」

「她幫了我大忙，即使這是她最不想做的事。」

「她父親後來發了瘋，你知道的。」

「他在一號法庭用小刀刺進了自己的手腕，不是嗎？」文森的笑容充滿惡意。

「我當然知道。以前在我們的圈子裡，光是暗示那個骯髒插曲就是禁忌，不過那些日子已經一去不返了。」

「你說得對。」假牙再次咔嗒作響。「我侍奉了薩弗納克家族一輩子。但這是惡劣的背叛。至少老法官逃離了倫敦，躲了起來。至於他女兒嘛……」

文森微笑。「我相信她在理智的鋼絲上也是搖搖欲墜。」
「也許尤斯塔斯爵士……」
文森發出惱怒的聲音：「你真以為那女人會允許老萊弗斯把她送去療養院？她比基瑞的妻子更堅強，你知道的。」他停頓。「也比母親更堅強。」
老人一言不發，一臉洩氣。
「至於那根鋼絲……」文森說：「只剩一個問題。她需不需誰幫忙把她推下來？」
他靠向椅背，凝視著沾染酒漬的桌布。緋紅斑點看起來就像血跡。

* * *

雅各錯過了早餐和午餐。他不覺得餓，但幾杯水讓他恢復了活力。他需要做的第一件事，就是逃離這個荒涼的地方。他該另外找個地方，還是回安威爾街？他其餘的財物還在艾德加之家，而且他房租付到了一月底，所以他有權留在那裡，即使他的女房東已經死了。他不確定自己能否面對，但唯一的辦法就是回到犯罪現場。那裡確實是犯罪現場。即使佩欣絲・道爾不是被謀殺的，自殺也是重罪，長期以來被認為是對上帝和人類犯下的罪行。除非有人證明女房東不是死於自己的手，否則她不會被埋葬在聖地。但誰會在乎？
他收拾好行李，告訴乾癟的侏儒他不會回來了——這個消息換來極為冷漠的反應，看來這個人可能真的是個人偶——然後動身前往安威爾街。在路上，他經過一個賣報小販，一塊告示牌為《號角日報》的一個競爭對手打廣告。他看到的新聞使他腳步踉蹌，差點跌倒在迎面而來的計程車的車輪下。

蘇格蘭警場警司被捕！遭指控密謀犯案！

他摸摸口袋，掏出幾枚硬幣。花錢買對手的報紙有違規矩，但他別無選擇。他斜靠在路燈柱上，瀏覽了這個故事。這則報導是無米之炊的經典案例；他自己就經常這麼做，非常熟悉個中技巧。

查德威克警司因與瑟洛警員最近的死亡有關而被捕。他被懷疑是班弗雷特事件的同謀——考慮到讀者可能忘了前一天的新聞，記著以驚悚的細節重複了一遍——但完全沒人知道他涉案的詳細程度。葛弗雷·馬赫恩爵士向媒體發表了簡短聲明，使用了「待審」一詞來當作遮羞布，為自己拒絕發表任何有意義的言論合理化。

雅各把報紙摺好，還給一臉困惑的小販。他不想在拿著對手的報紙時遇到任何他認識的人。在馬奇蒙特街某家商店的櫃檯前揮舞著一套漂亮的法國明信片，還比較不會那麼尷尬。

幾分鐘後，他站在艾德加之家外面。他原以為會看到警員站崗，但這裡空無一人。蘇格蘭警場大概正忙著處理瑟洛被謀殺、查德威克被逮捕的災難。一個五十歲的悲痛女人死於煤氣中毒，並不是優先案件。

他匆匆上樓來到他的房間。他一點也不想看看廚房，或是他和艾蓮曾經在上頭擁抱彼此的沙發。現在回到這棟建築後，他不確定自己是否有勇氣在這裡過夜。太多回憶湧來。

從抽屜裡拿出剩下的衣服時，他試著決定下一步該去哪裡，但他的思緒一直飄向瑞秋・薩弗納克。她在查德威克被捕的這件事上扮演了什麼角色？她織下了一張錯綜複雜的網，他無法相信警司的失寵與她無關。

樓下傳來猛烈的敲門聲，把他從遐想中驚醒。他剛剛一進屋就幾乎不假思索地鎖上了前門，現在也慶幸自己有這麼做。一股突如其來的寒意觸及了他的骨頭。他的房間俯瞰著一條小巷，他匆匆走過樓梯平臺，透過前側一個空房間拉上的窗簾往外窺視，能看到街上。但前門有一個遮篷，他看不到敲門的人。他是不是應該假裝不在？

一個念頭跳進他的腦海。瑞秋派楚門來找他？一想到她可能打算傷害他，他就覺得難受。畢竟，那位司機在班弗雷特救了他的命。但他們之前的遭遇也讓他懂得不要抱持幻想。瑞秋已經猜到他覺得她貌美迷人，她也完全有能力利用他。他是讓她達到目的的一種手段，她已經做好了把班弗雷特命案嫁禍給他的準備。他發現自己忍不住祈禱，希望自己還沒有失去用處。

敲門聲更猛烈了。要他開門的那人顯然不打算空手而歸。也許有人看到他進了這棟屋子。如果是這樣，來訪者如果感到受挫，就很有可能直接闖進來。門板雖然結實，但楚門可以像打穿紙片一樣一拳打穿它。

雅各硬著頭皮下樓。

＊　＊　＊

「這會毀了我。」葛弗雷・馬赫恩爵士說。

奧克斯探長坐在副局長辦公桌的另一邊，保持著戰術性的沉默。他心想，這老傢伙可能說得沒錯。

「腐敗的警員是一回事，」葛弗雷爵士說：「而腐敗的警司……媒體會大肆報導。」

他期待地看著部下。奧克斯清清喉嚨。

「我們只能希望，他們很快就會有別的新聞來轉移他們的注意力，長官。」

「有傳言說印度民族主義者正在策劃一場暴行。」馬赫恩滿懷希望地說：「如果我們能阻止他們……」

他欲言又止。他們倆都知道，關於次大陸極端主義派系的情報並不可靠。奧克斯判定自己必須改變話題。

「查德威克警司打算保持緘默，長官。他似乎更害怕背叛他同夥的後果，而不是長期蹲苦窯，不管要不要做苦役。」

葛弗雷爵士用拳頭敲敲桌子。「我們在和什麼樣的傢伙打交道，奧克斯？查德威克有著良好公共服務紀錄，還六次拿到勇氣動章，怎麼會被那些惡棍控制住？」

奧克斯心想，一定跟錢有關，但絕不只是賄賂這麼簡單。壞人很懂得施加恐懼。不，有一種情緒比恐懼更強烈：驚恐。

「你似乎認定那些人是男的，長官，但我們仍然不清楚薩弗納克小姐在玩什麼遊戲。」

「什麼意思？她對查德威克的指控來得出乎意料。」葛弗雷爵士尷尬地停頓一下。他差點說出他當時以為她要指控的壞人是奧克斯。「也就是說，我們不知道我們在懷裡養著一條毒蛇。查德威克顯然深陷於班弗雷特案，而她在無意中發現了他的祕密。但她並沒有向媒體透露。我以前說過，我現在也再說一次，這麼年輕的女人所展現出的謹慎和克制令人欽佩。」

「我不確定瑞秋・薩弗納克在她的人生中是否曾踉蹌一步。」奧克斯輕聲道：「她所做的每一件事都是有原因的。我很好奇她的動機。」

「如果你問我，」葛弗雷爵士說：「我認為她熱心公益過了頭。」

奧克斯讓這句話在空中停留了片刻。「看來是這樣，長官。但還有什麼其他的考量驅使著她？」

「例如？」

「瑞秋・薩弗納克表現得像某種業餘偵探。她對李納克的死負有間接責任，我也確信她與帕爾朵的死有關，儘管我無法證明這一點。她僱用的私家偵探被謀殺，基瑞被殺時她在場，而且多虧了她，一位德高望重的高級警官現在在牢房裡煎熬。這些事件之間一定有關聯。」

葛弗雷爵士瞪著他。「昨晚在……查德威克被帶走之後，你和她談過話。我知道她比約克郡的擊球手還懂得攔球，但你找到什麼線索了嗎？」

奧克斯咬牙。「直覺告訴我，瑞秋・薩弗納克正在執行一項任務。她要消滅礙事的人。」

「礙什麼事？」

奧克斯搖頭。「這就是問題，長官。我毫無頭緒。」

＊　＊　＊

雅各摸索著鑰匙時，陌生人不停敲門。他確信他會發現自己與楚門面對面。他終於開門時，看到一個垂肩矮胖、滿臉鬍鬚的男子。他後退一步，而他的猶豫讓來訪者進入了走廊，砰的一聲關上了門。

男子握緊拳頭，雅各看到他戴著手指虎。

「她在哪？」

「艾蓮？」雅各慌張得就像在糖果店偷東西被抓到的男孩。「她死了。被謀殺。她母親自殺了。」

男子舉起右拳。「少裝傻。你知道我在說誰。」

雅各感覺自己渾身顫抖。他要怎樣求救？這是在克勒肯維爾區的一個安靜的星期日下午。就算他扯破喉嚨尖叫，誰會聽到？

「你的意思是……瑞秋・薩弗納克？她不……」

男子抓住他的脖子。「我跟你說了少裝傻。她在哪？」

「我……抱歉。」雅各覺得呼吸困難，被男子掐住氣管。「誰……？」

「德拉米爾那女人。」

「她不在這兒。她從沒來過這裡。她……」

「別再浪費老子的時間。她離家了，但你有和她保持聯繫。她躲在哪？」

「我……說真的，我連猜都沒辦法猜。」氣管上的壓力增加時，他倒抽一口氣。

「我的確跟她談過。」

「然後？」男子鬆手。

「她很害怕，她說她離開了家。她應該在四處搬遷。我期待再次收到她的消息，但不知道是什麼時候。」

男子用手指虎打了他的太陽穴一下，他痛得大叫，眼眶泛淚。

「我真應該因為你是個愛哭鬼而宰了你。」男子說。

雅各能感覺到鮮血順著臉頰流下。他不想像英雄那樣死去。

「我如果知道就會告訴你。」

這是出於膽小還是常識？他呼吸困難。恐懼讓他難以呼吸。

「我再問最後一次。她的地址是什麼？」

「我根本不知道！」

男子一拳打在他的肋骨上。「我非要打斷你全身每一根骨頭你才肯說？」

「她沒有信賴我到願意告訴我。」

他咳出這幾個字。這幾拳把他傷得很慘。該不會內出血了吧？他會死在這裡，在佩欣絲・道爾死後不到二十四小時內？

男子狠狠瞪了他許久，然後輕快地點個頭。「的確，誰會信賴你這種弱雞？」

雅各臉色鐵青。他被羞辱得面紅耳赤，但早已不在乎自己的尊嚴。他現在只有一個重點：拚命活下去。

「你被盯上了，」襲擊者說：「你一旦發現她在哪裡，就在《號角日報》的個人專欄中發布廣告。寫下你的名字，然後寫下她的地址。不容拖延。明白了嗎？」

雅各發出呼吸困難的聲音。他希望男子會把這個聲音當作同意。

「務必照辦，一刻都不能拖延，否則下一次我會把你的瘦脖子掰成兩半。」

男子轉身離去。雅各跌坐在地板上。血流到他的手上，滲到花地毯上，使玫瑰的粉紅圖案變暗。

但他不在乎。他還活著。在這一刻，其他都不重要。

第二十七章

「你找了個塊頭比你大的人打架，小夥子？」戈默索爾在隔天早上的編輯會議結束後質問。

雅各擠出笑容。「我跟一扇門發生了爭執，長官。門贏了。」

「看得出來。」

「傷口沒有很痛，只是看上去很糟而已。」

「謝天謝地。」

雅各皺眉。早上在鏡子前仔細研究臉上的傷口和瘀傷後，他說服自己相信，他在遇上暴徒和手指虎後算是全身而退了。他在入侵者離開後冷靜下來時，認定自己能活著已經很幸運，並決心充分利用這個好運。他在安威爾街的房間裡過夜，但在經歷了這幾天的身心折磨後，他很早就上床睡覺，睡得斷斷續續，直到鬧鐘響起。據他所知，應該沒人在監視艾德加之家，儘管他突然想到，精通監視技巧的人可能也擅長避免被發現。

向來不輕信人的戈默索爾對他投來傳統的狐疑眼神。

「你讓我擔心，小夥子。跟門打架是無所謂，但別忘了湯姆・貝茲的遭遇，更別忘了麥卡林登那小惡魔的結局。對《號角日報》的記者來說，現在是危險的時刻。考慮到你常常走上鬼門關，這片土地上沒有一家人壽公司會把你當作低風險客戶。」

雅各選擇懺悔而不是虛張聲勢。「抱歉，長官。我瞭解到，在這份工作上，腦袋後面真的需要長眼睛。但我不會讓您失望。」

戈默索爾拍拍他的肩。「我不是說你會讓我失望，小夥子。但事情有一就有二，無三不成禮。我不希望自己有一天在你的墳前哀悼，至少不要在冬天。我不喜歡葬禮，尤其在天氣很冷的時候。」

* * *

戈默索爾針對天氣的看法是對的。氣溫在一夜之間驟降，雅各冒著凍雨艱難地來到弗利特街。從編輯的密室回到湯姆・貝茲的辦公室時──不，**他的**辦公室，他必須向前看，而不是向後看──他告訴自己必須下定決心。昨晚，他苦惱於是否該採納鮑德溫的「安全第一」的哲學理念。

問題是，就是這個口號害得鮑德溫輸掉了上次的選舉，毀了他的職涯。犯罪記者需要冒險，就算已經把「忠於職守」推到了玩命的程度。雅各實在沒辦法放棄對瑞秋．薩弗納克的調查。這會比他臉上的傷更痛。他必須完成這件事，這是他欠湯姆的。如果不這麼做，將不僅是背叛湯姆，也背叛莎拉．德拉米爾。

莎拉會不會依約再次聯絡他？他希望會，雖然不太確定自己這種心態是出於好奇還是出於對她的慾望。如果她真的聯絡他，他們就需要採取一切預防措施。他應該用虛構的地址編造廣告？還是什麼都不做？一想到那個惡棍決心查出她的下落，他就忍不住打個寒顫。惡棍背後的雇主要麼想查出莎拉知道的某件事，要麼是將她滅口，因為她知道的太多了。

雅各咬住下脣。瑞秋．薩弗納克的手下在班弗雷特救了他。他不願相信她是出於不單純的動機。而且莎拉想確保瑞秋知道帕爾朵的威脅。瑞秋一定沒有理由希望莎拉出事吧？

然而……瑞秋這個人就是散發一種難以預測的狂野氣質。她淡定地看著威廉．基瑞被燒死，以及她自信滿滿地威脅他隱瞞班弗雷特事件，這都令他驚恐。楚門殺了麥卡林登——感謝上帝！而她連眼皮也沒眨一下。他從沒見過這麼鎮定的女人。這不正常。

一部黑色電話靜靜地放在他的辦公桌上。他的手伸向它。他很想打電話去岡特屋、要求與瑞秋通話。但她明確表示過必須由她來決定他們是否要交談、何時再次交談，所以他把手放回口袋裡。他不敢違抗她。

如果打去蘇格蘭警場？奧克斯探長或許願意給他半小時，即使他一定會對查德威克被捕的確切原因避而不談。

電話這時響起，雅各嚇了一跳。探長看穿了他的心思？

他拿起聽筒，聽到佩吉獨特的嘈雜吸氣聲。

「有位女士找你。」

他心跳加速。是莎拉還是瑞秋？

「她叫什麼名字？」

「她自稱溫娜・提爾森太太。」他想像佩吉扮鬼臉。「口音很有意思。」

莎拉，一定是莎拉，因為害怕而裝成別人。

「接過來。」

「弗林特先生？」

他以前沒聽過這個聲音。是個年長的女人，她的喉音讓人聯想到英格蘭西南部地帶。

「莎拉。」他低聲說：「是妳嗎？」

「抱歉，弗林特先生。那女孩沒跟你說嗎？我姓提爾森。溫娜・提爾森太太，來自桑克里德。」

他眨眨眼。「桑克里德？從沒聽說過。」

「桑克里德在康沃爾郡。我的一個好朋友給了我你的名字。」顫抖的音符進入她的嗓音。「他要我打給你，說這件事很重要。」

「妳那位朋友是誰，提爾森太太？」

他聽到女人嚥口水。她聽起來好像快哭了。「他上星期去世了。」

雅各飛快思索。最近的死者名單冗長得驚人。「他叫什麼名字？」

他幾乎能想像電話另一端的女人用力捏著聽筒。她聽起來好像鼓足了勇氣才打這通電話。

除非她是像莎拉一樣出色的演員，否則這次談話對她來說顯然非常困難。

「他是李維提格斯・舒梅克先生。」

＊　＊　＊

雅各頓時啞口無言。他周圍的雜亂辦公室反映了他腦海中的混亂。

「你還在嗎，弗林特先生？」女子聽來膽怯，彷彿擔心自己做出了駭人聽聞的失禮舉動。

「在，在。」他說：「我只是沒料到這通電話。」

「抱歉。你一定覺得我很粗魯，像這樣突然打電話給你。我相信你一定很忙，有比跟我這種無名小卒說話更重要的事情要做。」

「請不要道歉。」他急忙道，生怕她會掛電話。「我很高興接到妳的來電。」

「要不是李維堅持，我也不會打擾你。」

「李維的朋友——」他豪爽地說：「就是我的朋友。」

「你這話太客氣了，先生。」

「叫我雅各，我真的很高興接到妳的電話。妳有什麼是想告訴我的嗎？」

「是關於錄音機。」她說。

「我不太明白。」

「他上次來這裡時，錄下了一份口述聲明。他想讓你第一個聽到。」

＊ ＊ ＊

瑞秋正在跟楚門夫婦和瑪莎一起喝咖啡。女傭打開了收音機，傑克・希爾頓和他的管弦樂隊正在演奏《人生中最美好的事物都是免費的》。一張桌子上攤著一棟大房子的手繪平面圖，另一張桌子上是一張摺疊起來的倫敦地圖。

「星期三越來越近，」她說：「事情很快就會結束了。」

瑪莎跟著音樂哼著歌。「我不敢相信我們已經走了這麼遠。」

「我信守了我的諾言。」瑞秋說：「接下來，我們那些朋友有沒有準備好做他們必須要做的？」

「當然。」瑪莎音調提高，顯然興奮難耐。「他們完全準備好了。」

「沒有疑慮，沒有改變心意？」

「他們是我們精挑細選出來的。」瑪莎品嘗咖啡。「他們不會打退堂鼓，妳可以相信我。」

「我對妳是以性命相托。」瑞秋輕聲道。

楚門開口：「我今天下午會去拿那些左輪手槍。當然是另一個槍匠，但他以守口如瓶著稱。」

「好極了。」瑞秋看向管家。「妳已經拜訪了那位藥劑師？」

「我一大早就去了，當妳在跑步機上狂奔的時候。」楚門太太說：「我真搞不懂妳幹麼在那種機器上浪費力氣。」

「妳知道我喜歡練身體，為各種可能發生的狀況做好準備。」瑞秋微笑。「妳身上有足夠的錢去做必要的事嗎？」

「夠得很。」年長的女人說：「我只是好奇……」

瑞秋發出誇張的呻吟聲：「妳總是很好奇。如果妳還在擔心奧克斯是個威脅，那我向妳保證，在查德威克那件事後，他對我百依百順。」

「可是雅各・弗林特怎麼辦？他可能會毀了一切。」

「應該不會。」瑞秋看錶。「他很快就會啟程前往康沃爾。」

＊ ＊ ＊

溫娜・提爾森斷斷續續地向雅各講述了自己的故事。在嫁給一個比她年長十五歲的男人之前，她曾是彭贊斯一位地主的孩子們的家庭教師，那位地主在鎮上擁有一家雜貨店。五年前，她的丈夫去世了，而在一九二八年的夏天，李維・舒梅克來到康沃爾的海邊度假一星期。兩人在莫拉布花園聊了起來，一邊聽著隆貝格和萊哈爾的作品。他們的友誼迅速發展，舒梅克成了這裡的常客。他談到退休，並在普羅旺斯購買了一棟房子，還出資翻修了溫娜在康沃爾鄉村的小屋。她說，他們之間有種默契。李維不再年輕了，她認為他已經準備好離開倫敦，與她共度餘生。他們打算在康沃爾和法國輪流居住。

最近他花很多時間在工作上，雖然他從不討論他的案子，但她看得出他正在進行的調查讓他很擔心。在他去世的幾天前，他匆匆去了康沃爾一趟，帶了一部錄音機，在他的書房裡度過一個下午。之後，他說他已經準備了一份聲明，「以防我發生任何事」。她擔心得懇求他放棄工作，他說他應該很快就會這麼做。如果情況變糟，他可能需要匆忙穿過英吉利海峽，躲到普羅旺斯去。如果是這樣，他會在她能安全前去與他會合時給她消息。

星期三那天，李維打了電話給她。他語氣焦急，並要她發誓說如果他出於任何原因不能自行處理，她會將錄音聲明一事告知雅各。很顯然的，在雅各爬下消防梯之後，很可能就在他失去生命之前，他打了電話給她。僅僅幾分鐘後，李維聽到樓下有人敲他的門，電話就被中斷了。

溫娜·提爾森接下來聽到的消息，是她愛的男人死了。李維的律師的一封電報透露了這一消息。她痛苦萬分。但她需要履行李維的遺願。

「你能來一趟嗎，弗林特先生？」她問：「他會希望你這麼做。」

「妳的小屋在哪？」

「桑克里德是彭贊斯以西幾哩處的一個小村莊。李維以前常說這裡是茫茫荒野。他喜歡這裡的偏僻。與倫敦的喧囂截然不同。至少我是這麼相信的。我自己從沒去過比托基更遠的地方。」

地理不是雅各的強項，但桑克里德聽起來很遙遠。不僅如此，他上一次造訪偏僻農村的經歷實在讓他痛苦。他想起《證人報》那垃圾報紙上的標題。

班弗雷特平房大屠殺！

「你願意來嗎，弗林特先生？我相信你是個大忙人，但既然李維這樣堅持，一定表示很重要。」

他會不會走進另一個陷阱？他環顧房間，尋找靈感。湯姆·貝茲的幽魂在他耳邊低語：「不確定該怎麼辦的時候，勇往直前就對了。」

雅各清清喉嚨。「提爾森太太，請再一次接受我對妳痛失愛人表示的哀悼。我只見過舒梅克先生一次，但他的名聲是首屈一指。我很感激妳打了電話來。」

他停頓一下，考慮該說什麼。「我的行程確實塞得很滿，但我願意去桑克里德。請讓我今天晚點再給妳回電話、安排時間。」

「你真好心，弗林特先生。」她聽起來很真誠，但史丹・瑟洛原本也是，更別提艾蓮和她母親。「你有我的電話號碼。我今天會一直待在家裡。這裡冷極了。」

掛斷電話後，他開始判斷溫娜・提爾森的誠意。在《康沃爾報》一位樂於助人的好心人的幫助下，他找到了一份五年前關於她丈夫葬禮的公告，該文描述她丈夫是雜貨商和食品供應商。但來電者也可能是被僱來冒充那個女人。那棟名叫「避風港小屋」的屋子聽來詩情畫意——他想像茅草屋頂，紅玫瑰圍繞著一扇色彩鮮豔的前門——但它有沒有可能其實屬於帕爾朵物業？他懇求波瑟向某個線人取得情報，那人在林肯律師學院拐彎處的土地登記處所在的宏偉建築裡工作。

「你在浪費時間。」凸眼哥說：「那些新的房產規定不適用於在康沃爾買房的人。不過你是可以去特魯羅試試看啦。」

「算了。」雅各疲憊地說：「這麼做本來就希望渺茫。」

要是他問了李維那個律師叫什麼名字，就能確認事實了。但律師是出了名的不願意討論客戶的事務，更不用說向記者提供有用的內幕消息。最後，他決定相信直覺。他給溫娜・提爾森回了電話，說他會趕上臥鋪火車。放下電話時，他問自己是不是犯了致命的錯誤。

＊　＊　＊

雅各以前從沒坐過臥鋪火車，而這趟大西部鐵路的旅程出奇地愉快。火車上人不多，他的夜間休息也沒有受到干擾。他回到艾德加之家，收拾了一個輕便的行囊，然後從防火梯溜走——以防有人監視——然後在法靈頓路叫了一輛計程車，前往帕丁頓。就他所知，沒有人跟蹤他。

他約好十點鐘去拜訪溫娜·提爾森，在那之前他在一家小咖啡館吃早餐，這是少數幾家在冬季也開門營業的咖啡廳之一。透過朦朧的窗戶，他看著船隻進出港口，能看到遠處的海平線，石灰色的大海與炭灰色的天空相遇。

不久後，他開始和一個年齡比他大一倍的開朗女侍談笑，她的笑聲和她的胸部一樣宏偉。她以毫不掩飾的好奇表情看著他受傷的臉，詢問他這個帶有約克郡口音的年輕人為何遠離東約克郡。他說他來這裡是希望能見到兩位老朋友，李維·舒梅克和溫娜·提爾森，對方立刻震驚地倒抽了一口氣。

「所以你還沒聽說那個消息？」

「消息？」他瞪大眼睛。幸好他還沒讓對方知道自己是記者。

「老天，那真是悲劇。我和溫娜的哥哥曾是同學。溫娜是個可愛的女士，在鎮上很受歡迎。人生有時候真的很殘酷。先是她的丈夫死於心臟病，現在她的紳士朋友也死了。竟然是溺水身亡——他的屍體在泰晤士河被發現。還有比這更可怕的事嗎？」

雅各意識到，只有一個經過審查和扭曲的李維之死的故事版本傳到了彭贊斯。普羅大眾的看法是，他一定是那天晚上喝多了，掉進了河裡。這確實不尋常，但人們還能如何解釋他的死？沒人知道他曾慘遭凌虐。消化完最後一塊豬肉香腸後，他恭喜自己，這一次他的直覺沒有出賣他。溫娜·提爾森說的是事實。

女侍告訴他哪裡可以搭計程車，還在他離開餐廳時揮手道別。前往桑克里德的旅程讓他沿著孤獨曲折的鄉間小路前進，這些小路甚至讓約克郡的鄉村看起來就像大都市。在路上，司機向他講述了古老的聖井和相關傳說。雅各心想，那裡聽起來與白教堂截然不同，白教堂充滿髒汙、刺激和危險。

車子在一棟粉刷成白色的石頭建築外停下。這裡沒有玫瑰攀牆，也沒有茅草屋頂，但草地保養得很好，透過樹林可以看到村裡的教堂。一個畫得很漂亮的標誌上寫著「避風港小屋」。看來這就是李維·舒梅克的家外之家。這裡完全不像他那間破舊的辦公室。每扇窗戶都拉上了窗簾，以表示對逝者的悼念。

雅各走上門階，按了門鈴。門開了，一個大約四十五歲的女子出現在他面前，擠出蒼白的微笑表示歡迎。她從頭到腳一襲黑衣，透出一絲褪色的優雅氣質，以及尊貴感。她眼睛周圍的皺紋縱橫交錯，最近流下的淚水染紅了臉頰，但她跟他握手時傳來了溫暖。她有一頭漂亮的玉米色頭髮，五官端正迷人；雅各明白李維·舒梅克為何被她吸引。她給他的第一印象是個好女人，善於將她的愛人從私家偵探的嚴酷現實中轉移開來。

她幫他拿下帽子、外套和手提包，帶他進入起居室，壁爐裡生著柴火。她注意到他對古董紅木家具和阿克明斯特厚地毯的欣賞。

「提爾森留給我的遺產，根本沒辦法讓我買得起這些好東西。李維非常大方。你是怎麼認識他的？」

「我在追蹤一個故事的線索，覺得他可能可以幫我。」雅各站在火爐前。「他去世的那天下午，我去了他的辦公室。」

「律師沒告訴我李維到底是怎麼死的。」溫娜·提爾森輕聲道：「後來，他的祕書打電話來，我問發生了什麼事，但她說調查還在進行中。她試著表現得友善，但我比人們想像得更堅強。在遇見李維之前，我已經埋葬了兩個孩子和兩個丈夫。我不相信他是意外溺死。他水性很好，我們曾經一起去紐林游泳。請告訴我事實。他是被謀殺的，是不是？」

雅各點頭。「我很遺憾，提爾森太太。我不知道誰該為他的死負責，但我懷疑這與他進行的一項調查有關。他告訴我他被跟蹤了，而且他打算離開這個國家。我欠他恩情，因為當時他說服我從防火梯離開他的辦公室。他一定是在我離開後就打了電話給妳。如果我當時多待十分鐘，大概也會被襲擊、殺掉。他算是救了我的命。」

她閉上眼睛，確認了自己的懷疑。「在烏克蘭，李維經歷過無法形容的恐怖，他曾說沒有什麼比得上那些。但最近，有些事情發生了變化。他似乎一直在查看身後。我很少看他這麼害怕。」

「他是個勇敢的人。」

溫娜・提爾森打量他臉上的瘀傷和割傷。「你看起來也是。」

「這只是輕微的口角。」他揮個手。「沒什麼大不了。」

「李維的錄音會不會揭露是誰殺了他？」

「如果運氣好。」雅各說：「妳已經聽過了嗎？」

「沒有，我還沒準備好再次聽到他的聲音。」她嗓音哽咽。「抱歉，弗林特先生，這對我來說很困難。李維在兩星期前來過，就是在那時候錄下了他的聲明。他當時一定意識到自己有生命危險。我會讓你一個人聽他的錄音。瞧，設備就在那邊的餐具櫃上。」

門在她身後關上後，雅各拿出記事本和鉛筆，準備聆聽亡者之聲。

第二十八章

「我講述這個故事時……」李維．舒梅克用近乎完美的英語謹慎地說：「並不知道它會如何收尾。我也不知道會不會有人聽到我說出來。如果有人聽到，就表示我已經死了。如果我在可疑的情況下去見了我的造物主，我相信這個聲明有助於將凶手繩之以法。

「去年秋天，一個自稱楚門的人向我諮詢。他問我能否對幾個知名人士的活動進行高度保密的調查。我向他展示了我的資歷，並報出了比我平時最高費率還要高的每日費用。他對這麼高的價格連眼睛也沒眨一下。

「他給了我四個名字。克羅德．李納克、勞倫斯．帕爾朵、威廉．基瑞，還有文森．漢納威。他們分別是藝術家、金融家、演員兼經紀人，最後是律師。這四人的名聲我都聽說過，不過基瑞是他們當中最有名的。楚門說他想要一份關於他們個人習慣和活動的詳細報告。只有在觸及這四人的私生活時，他們的商業活動才會讓他感興趣。他拒絕解釋為何想調查這些，還說希望我以完全開放的心態進行調查。

「楚門務實而聰明，但沒有表現出掌握巨額財富之人那種傲慢自大。看他飽經風霜的臉頰和長滿老繭的手，他顯然多年來從事粗活，大多在戶外。很明顯的，他是幫一個未公開身分的委託人辦事。

「我詢問他的時候，他說他代表瑞秋・薩弗納克小姐。我依稀知道有一位同姓氏的已故法官，楚門也證實了她是他的女兒。她最近剛到倫敦，確實有理由對她父親以前認識的某些熟人感到好奇。他說我知道這些就夠了。

「我告訴他，除非能見到我的客戶，否則我不願意接受指示。這個條件最終被答應了，我在騙子克洛桑以前擁有的岡特屋拜訪了她。它與其說是家庭住所，不如說是豪華堡壘。更令人著迷的，是瑞秋・薩弗納克本人。她出奇地泰然自若，就像歷史上那些女聖人，因信仰狂熱而在面對鞭打和斬首時面不改色。

「雖然她完全理性，但我察覺到一絲偏執。這個女人為了實現目標，顯然準備好摧毀任何礙事者，也許包括她自己。

「我雖然對這項任務抱持懷疑態度，但還是屈服於強烈的好奇心，以及最古老的人性弱點。我指的不是美色的誘惑，而是她付給我的錢能讓我安享晚年。

「首先，我尋求了證據，證明她能負擔得起我要求的巨額預付款。她不僅為這個問題做好了準備，甚至向我展示了她父親的遺囑。老法官把他的財產託付給了她。她在二十五歲生日那天獲得了完整的掌控權。老法官在任職於律師協會期間累積了大量財富，而且他本來就繼承了可觀的遺產，其中包括一座島嶼和一座略顯破舊的龐大宅邸。瑞秋．薩弗納克是英國最富有的女人之一。

「不久後，我開始全職為她工作，儘管她也僱用了其他私家偵探。正如她對我說過的，她從不把所有的雞蛋都放在一個籃子裡。她要我調查一位名叫瑟洛的警員、住在克勒肯維爾區的道爾母女，還有三名《號角日報》的記者，分別是湯瑪士．貝茲、奧利弗．麥卡林登，還有雅各．弗林特。

「至於克羅德．李納克，根據我蒐集到的線索，他是個放蕩的虐待狂，二流的藝術家，三流的浪子。憑著瑞秋．薩弗納克提供的資金，我查到他對他在瘋狂劇院遇到的年輕女性做出的噁心行為，並最終得知了他與桃莉．班森的風流韻事。她被謀殺時，她的前任情人被捕了，但我的情報使李納克成了明顯的嫌疑人。我也這樣告知了瑞秋．薩弗納克，並說她必須去報警。

「令我驚訝的是，她毫不猶豫地同意了，並保證不會提到我的名字。她信守了承諾，但警場那些小丑根本不敢偵訊內閣部長的弟弟。大概是因為沮喪，她聯繫了李納克。我不知道她對他說了什麼，但足以讓他自殺。

「那雖然看起來有悖常理，但我還是放心了。也許她從她已故的父親那裡得知了關於那四人的黑幕，並希望透過我證實她的懷疑來伸張正義。但她要我調查葛弗雷．馬赫恩爵士、查德威克警司，以及奧克斯探長的時候，我感到非常困惑。我當時已經發現，瑟洛警員與道爾女孩有不倫關係。瑟洛和那女孩的母親有一些共同點，兩人都入不敷出。警場腐敗的故事比比皆是，但我原以為毒瘤僅限於蘇活區的警官收受賄賂、要他們對當地的賊窩視而不見。萬萬沒想到的是，貪腐可能也感染了高層人士。然而，令人擔憂的是，我現在得出的結論是亞瑟・查德威克的支出遠超過他的收入。他雖然最近繼承了一筆遺產，但這也說不通。

「帕爾朵、基瑞和漢納威都屬於同一個圈子。帕爾朵的第二任妻子是他在瘋狂劇院遇到的一個蕩婦，但她死於自然原因。基瑞征服過不少女人，但已與一位經濟獨立的義大利寡婦安定下來。漢納威是單身漢，曾讓不只一個年輕女人懷孕，然後不惜重金地處理掉未出生的孩子。

「麥卡林登則是有斷袖之癖。弗林特聰明但衝動。和他之前的麥卡林登一樣，他也寄宿在道爾母女那裡。貝茲盡職盡責，奉公守法。他對瑞秋・薩弗納克產生了興趣，一直在調查她的事，直到有人開車輾過他。」

舒梅克錄到這裡的時候咳嗽。「那起車禍有些可疑，雖然瑞秋・薩弗納克沒要求我這樣做，但我還是親自調查了一番。那名關鍵證人報了假名就消失了，我懷疑是有人刻意傷害貝茲。他是被自己的好奇心害慘的？

「我去了大英博物館的報紙閱覽室，仔細閱讀了貝茲發表的文章。他對最近發生的一起惡性謀殺案給予了高度關注，這讓我震驚，犯下該案的是一個名叫哈羅德・科曼的罪犯。他對命案的描述，促使我閱讀了他關於科曼最初被判過失殺人罪的報告。一名莊家在一場涉及六名男子的爭執中被殺。指出科曼是造成致命一擊的凶手的證據值得懷疑，貝茲也暗示他成了代罪羔羊。這不是幫派第一次為了保護一個更強大的惡棍而犧牲自己的成員。當科曼越獄時，貝茲關於該越獄事件的文章再次讓人回想起這個人被定罪的可疑性質。

「我的下一步是調查科曼。一個在苦艾監獄與他成為朋友、最近剛被釋放的獄友告訴我，科曼曾向他吐露心聲。簡而言之，科曼的真名是史密斯，在一九一六年休假期間成了逃兵。後來，他在家鄉坎伯蘭經常換工作，自稱哈羅德・布朗。後來，他改姓科曼，靠『落桶』在北方賽馬場賺了一筆——他威脅莊家們，如果他們不支付保護費，他就要毀掉他們的生意，並要求每個人把一枚半克朗硬幣放進幫派分子傳遞的一個桶子裡。搬去倫敦後，科曼把目光放得更高。在他被捕之前，他一直和羅瑟希德剃刀幫往來。

「令我吃驚的，是他在那之前所做的事情。具體來說，是他在停戰後接受的一份工作。有幾個星期，他在一個偏遠的北部島嶼的宅邸當管家——這讓他的獄友覺得很有趣。」舒梅克停頓。「他的雇主是薩弗納克法官。」

＊　＊　＊

聽見小心翼翼的敲門聲，雅各暫停了機器。

「我真是老了，竟然忘了最基本的禮儀。」溫娜・提爾森端著茶盤。「要不要喝點什麼？」

「非常謝謝妳。」

她看著他。「你還好嗎？」

「我很好。」雅各急忙道：「只是感覺滿奇怪的，現在聽他說話，雖然明知道他已經……」

他搖頭。

「這就是為什麼我不忍心聽他的聲音。我這樣是不是很膽小，弗林特先生？」

「好了，那麼，我不打擾你了。」

門在她身後關上的那一刻，李維的聲音再次響起。

「那個獄友說的有多少是真的，有多少是誇張的修飾？對我來說，科曼的故事實在怪異，因此即使經過修飾，也一定有部分是真實的。

「他說老法官非常難以預測。儘管一位好醫生開了一種混合藥物來穩住他的思想和脾氣，但他的行為總是反覆無常而且暴力。岡特島上每個人都恨他——除了他女兒瑞秋。她繼承了他殘忍的性格。她每次生氣時，就會挑軟弱的人或物來發洩情緒。有一次，她在和她父親吵架後，科曼親眼目睹她扭擰一個傭人的寵物貓的脖子。

「另一個與瑞秋年齡相仿的女孩住在薩弗納克宅邸。老法官姪子的私生女茱麗葉·布倫塔諾，她父親是個軍人。查爾斯·布倫塔諾是個賭徒，與老法官關係密切。一個法國妓女生下了茱麗葉，而在戰爭爆發前，母女倆一直生活在布倫塔諾的保護下。幾乎在同一時間，老法官在老貝利街割腕後被迫退出公眾生活。布倫塔諾在去法國打仗之前，把情婦和女兒送到了薩弗納克宅邸。他成了戰爭英雄，直到後來受了重傷。停戰的幾週後，他才回到岡特島。

「茱麗葉體弱多病，患有肺癆，儘管科曼認為她的健康狀況不佳是她母親誇大其辭，以免她受到傷害。瑞秋對她們在島上的存在感到不滿，並對茱麗葉產生了不理性的強烈嫉妒。為了助長她父親的多疑症，她假裝自己被布倫塔諾虐待，並說服老法官把布倫塔諾和他情婦趕出去。科曼綁架了這對夫婦，並把他們帶到倫敦的一個地址，酬勞是五十幾尼。他回到岡特島，但布倫塔諾和那女人再也沒有回來。有傳言說他們死於流感。科曼認為是老法官那幾個密友謀殺了他們。而且策劃了那兩人的死亡的，是當時還不到十五歲的瑞秋・薩弗納克。

「科曼告訴他的獄友，他離開岡特島是因為他覺得那個地方和那裡的人令他厭惡。瑞秋雖然年輕，但他形容她是百分之百的惡魔。然而，他似乎對薩弗納克家族很著迷——就像貝茲似乎對科曼很著迷。而且他喜歡隱晦地暗示說他知道瑞秋・薩弗納克的祕密，只要他能出獄就可以透過這個祕密來獲利。

「那個獄友不知道科曼究竟做了什麼，怎麼會在逃出苦艾監獄後躺進了停屍間。科曼死前所經歷的磨難，具有該幫派的一些做案特徵，儘管有所不同。這一次，他們不僅使用剃刀，也用上了強酸。他在死前想必有哀求他們殺了他。

「沒有人因科曼的謀殺而被捕。多虧了貝茲，只有《號角日報》有花點力氣報導這件事。至於瑞秋在布倫塔諾和他的情婦之死中扮演的角色，也許被科曼誇大了。一個小姑娘真有那麼壞嗎？但他說得沒錯，那對夫妻是一起死了。我在薩默塞特府查到了查爾斯·布倫塔諾的死亡證明，還有伊薇特·維維耶爾的。心臟衰竭被認為是死因，但很多因素都會導致心臟衰竭。

「報告上指出，死亡地點是法院巷，日期是一九一九年一月二十九日。沒有更詳細的地址。兩份死亡證明都是由本國最傑出的醫生開立的，尤斯塔斯·萊弗斯爵士。我發現他是帕爾朵、基瑞和漢納威所屬的象棋俱樂部的成員。其他成員包括來自各行各業的傑出人士——政治家、商人、一位主教，甚至一位工會領袖。

「該俱樂部稱作棄兵俱樂部，據點是岡特辦公室所在的大樓，位於加洛斯寇特，在林肯律師學院和法院巷的邊緣。岡特辦公室是萊諾·薩弗納克創立的律師事務所的所在地。同一棟大樓還設有漢納威與漢納威律師事務所，也是許多與基瑞和帕爾朵等人有關的企業的註冊辦事處。

「這些發現幾乎使我瞭解了來龍去脈。我擔心事情已經到了緊要關頭，但接下來會發生什麼是完全無法猜測的。我最近不只一次被跟蹤過——我無法確定是被誰跟蹤。我不想遭受與貝茲同樣的不幸。瑞秋·薩弗納克最近要我停止對勞倫斯·帕爾朵的調查。她在李納克死前的四十八小時也下達了同樣的命令。如果帕爾朵哪天也死於非命，我將立即終止與瑞秋·薩弗納克小姐的聘約。」

* * *

「我沒有指控任何人犯下了任何刑事罪行。」在所做的聲明即將結束時，李維・舒梅克的語氣聽起來像律師一樣謹慎，決心避免任何誹謗的暗示。「我只是想陳述我所知道的事實。我讓其他人來判斷該如何看待我的陳述，以及是否該採取任何行動。」

錄音到此結束。雅各靜靜坐了幾分鐘，試著弄清楚自己聽到的一切。儘管老人語調平靜，但雅各確實察覺到一絲焦慮。老人意識到自己有危險。毫無疑問地，雅各知道老人害怕的就是瑞秋・薩弗納克。

假設科曼是對的，瑞秋透過她父親以某種方式策劃了查爾斯・布倫塔諾與伊薇特・維維耶爾死於老法官的友人之手。繼承了一筆財富，並在倫敦開始了新的生活，她一定拚命隱瞞自己的祕密。她是不是打算除掉殺害這對夫婦的凶手們？作為逃犯，科曼一定非常缺錢。或許，他在犯罪生涯的早期就遇到了湯姆・貝茲，所以後者有興趣寫他的故事。

科曼說他知道她的祕密。

瑞秋是不是付了錢讓他對她的過去保持沉默？又或許將他滅了口，以確保他永遠閉嘴？豪賭就是會讓瑞秋・薩弗納克興奮不已。也許瘋狂是家族遺傳。

茱麗葉・布倫塔諾的日記

一九一九年二月五日

一場可怕的暴風雨肆虐了一整天。這是我有印象以來最猛烈的一次。它像孩子採雛菊一樣將樹木連根拔起。堤道被四呎深的水淹沒，海面波濤洶湧，任何乘船穿越岡特峽灣的嘗試都是自殺行為。

電話線故障。哈羅德・布朗還在村裡，大概正試著把酒吧裡的酒喝得一乾二淨。與此同時，克里夫正在恢復體力，不過海芮妲說瑞秋今天早上開始咳嗽。她發燒了，而且語無倫次。

誰知道接下來這幾天會發生什麼？

第二十九章

在登上返回倫敦的火車之前，雅各打了電話給號角報社。佩吉開心地告訴他，根本沒有人留訊息給他，一個人都沒有，包括奧克斯、莎拉和瑞秋・薩弗納克。

特快車轟隆穿越穿過英格蘭鄉村時，他凝視著外面光禿禿的樹木和杳無人煙的草地。在錄音機上聆聽亡者之聲，讓他陷入了一種不習慣的憂鬱狀態。自從搬到倫敦以來，他第一次感到比飢餓更強烈的劇痛。他孤單一人。莎拉是很可愛，但她是一位百萬富翁的前情婦。即使她沒有受到傷害——正如他深切希望的那樣——他也確信自己配不上她。

至於瑞秋・薩弗納克，溫娜・提爾森在和他道別時留下的一句話讓他停下了腳步。

「那位祕書告訴我，你需要聽聽李維的聲明。」

「祕書？」

「是的，我跟你說過。她打了電話給我，問李維有沒有給任何人留言。她的雇主需要知道。好像跟獲得遺囑認證有關；我不明白其中的細節，但法律就是這樣規定。我告訴她關於錄音機的事，還說李維要我打電話給你。」

他在心裡皺眉。「是嗎？」

「是的，她似乎不覺得驚訝。事實上，她非常樂於助人，甚至給了我《號角日報》的電話號碼，讓我不用自行查找。她建議我等到星期一早上再打給你，所以我接受了她的建議。」

雅各心想，除了瑞秋・薩弗納克之外，那個祕書還有可能是誰？她一定是從其他私家偵探那裡得知了溫娜・提爾森的存在，以及李維的律師的名字。她什麼環節都顧到了。即使在李維死後，她也一直在密切關注著他。

然而，她沒有試圖阻止他前往康沃爾。她所做的，只是確保他在這星期的這幾天來這裡，而不是更早。彷彿她想讓他知道關於她的一切。

又或許她只是想讓他離開倫敦一段時間？

* * *

加百列・漢納威喝完了咖啡——一種濃烈的巴西混合咖啡，特別花大錢進口的——瞪著酒窩女傭。她提著水壺在餐桌旁匆忙地走來走去時，文森・漢納威開玩笑地拍了拍她的屁股。

「尤因在哪？」老人氣喘吁吁。「我有按鈴找他，他沒回應。」

「不好意思，老爺。」女傭說：「可是尤因先生不在這裡。」

「不在這兒？」加百列皮革般的臉龐因憤怒而皺起。「妳說他不在這兒是什麼意思？他可是我該死的管家。他怎麼可能不在這兒？」

「要不要我再次按鈴找他，老爺？然後您就能親自確認。」

鬣蜥瞇起眼睛。「妳不覺得妳很無禮嗎，小姑娘？」

「對不起，老爺。我只是試著幫忙。」

「那就更努力試，媽的。妳還沒解釋清楚。」

「我在半小時前看到他戴上帽子、穿上外套，老爺。他那時候要出門。」

「胡說八道！他不會在我們用餐的時候擅自溜出去的。」

女孩發抖。文森又啜飲一口咖啡，然後拉拉鼻孔裡長出的一根毛，彷彿這麼做能幫助思考。

「尤因有沒有說他要去哪，碧翠絲？」

「沒有，少爺。但五分鐘後，我去了外面，發現他的摩托車不見了。」

「這就怪了。」他看向父親。「上星期天我在這兒的時候，就覺得他看起來有鬼。你覺得他會不會……你還好嗎？」

加百列・漢納威面容扭曲，用微弱的耳語說：「覺得不太舒服，所以我想見尤因，問他龍蝦是從哪來的。」

「這裡好像有點熱啊。」文森鬆開衣領。「我是喜歡熊熊燃燒的爐火，不過也許……」

「我到底怎麼了？」老人嘶喘。「我覺得頭暈……那該死的龍蝦。」

女傭讓飯廳的門半開著。門後傳來低沉悅耳的哼唱聲。文森認出那是一首流行歌曲的旋律。

「妳是我咖啡裡的奶精。」

「誰在那裡？」他喊道。

哼唱聲停止了，一個視線外的女人低聲說：「別怪龍蝦。」

兩個男人同時抬頭，看著門打開。

瑞秋．薩弗納克走進房間，楚門跟在後面。兩個人都戴著手套，都拿著左輪手槍，瑞秋瞄準父親，楚門瞄準兒子。

「要怪就怪我。」她說。

＊　＊　＊

早在一輛計程車把雅各送到艾德加之家的前門之前，黑夜已經降臨。安威爾街很安靜，傍晚的霧氣越來越濃。他透過黑暗凝視，看不到任何人走動。但他把鑰匙插進鎖孔時，有人低聲呼喚他的名字。

「雅各！」

他打開門，提著手提包，踉蹌地跨過門檻。

「雅各，是我。莎拉！」

一個人影從黑暗中出現。他發現自己面對著一位戴著黑色軟帽、身穿寡婦喪服的駝背老婦。她戴著厚厚的眼鏡，拿著一個嚴重磨損的大型手提包。他敢把手按在聖經上發誓說他這輩子從沒見過她。但耳聞為憑。

他抓住她的肩膀，把她拉進屋裡，關上門，上了鎖。

「我根本認不出是妳！」

她掙脫他，挺直了腰，把帽子扔到地板上。「別忘了，我是演員。」

驚訝變成了喜悅，他放聲大笑。「千面女郎！」

她大搖大擺地摘下眼鏡，老嫗搖身一變，變成了一個面帶挑逗笑容的妙齡女子。這就像見證了童話故事的高潮。

「我原本不知道有沒有人在監視你家。但我已經在附近逗留了一個多小時，像個無事可做的老太婆一樣四處閒逛，而且我敢肯定這棟房子沒有遭到監視。」

「星期天來了一位不速之客。」他揉揉受傷的臉，瘀傷處仍然敏感。「他想找到妳。」

莎拉呻吟。「我想也是。」

「我跟對方說了實話，我根本不知道妳在哪。」

「而且你顯然為此挨了揍。」她用溫柔的指尖撫摸他的臉頰。「可憐的孩子。」

「發生了什麼事，莎拉？」他質問：「誰在找妳？」

「他們是文森．漢納威的手下。」

「漢納威為什麼會想找妳？」

「因為威廉向我吐露了詛咒社團的事。」

＊　＊　＊

「我還沒有向你說明一切。」莎拉說。

兩人端莊地坐在他幾天前與艾蓮共享的同一張長椅上。最後，面對廚房的犯罪現場，雅各從道爾太太的儲藏室裡拿出一瓶哈維布里斯托爾奶油雪利酒，給彼此倒了一杯。

「妳對詛咒社團有多少瞭解？」他問：「對我來說，這只是一個名字。我從一個警察口中聽說過，但我詢問瑞秋．薩弗納克時，她告訴我它不存在。我不確定她那是不是……」

「說謊？」莎拉皺眉。「詛咒社團是薩弗納克法官創立的。」

「妳確定？」他感到脊背發涼。

「她一定為她父親的所作所為感到羞恥。該社團是一群享樂主義者的祕密團體，那些有錢男人喜愛頹廢的活動。假裝追求天真無邪的消遣，這對他們來說很有趣。例如下棋。」

「棄兵俱樂部。」雅各緩緩道：「在加洛斯寇特。」

「沒錯。該社團是薩弗納克法官成立的。威廉是成員之一，還有帕爾朵以及克羅德・李納克。阿爾弗雷德・李納克也是成員，漢納威父子是領頭羊。這幾個男人是有錢就任性的典型，無拘無束地享受病態快感。」

雅各說出想法：「他們經營孤兒院，給人一種慈善家的印象，但他們追求的利益其實是享有源源不絕的年輕女孩。」

「不只是女孩……」莎拉輕聲道：「我跟你說過，還有男孩。取之不竭、年滿十四歲的孤兒，被漢納威父子這種人收為傭人。少數幾個幸運兒在舞臺上找到了工作，例如我。桃莉・班森也是，還有溫妮弗雷德・莫瑞，那個輕浮女人成了勞倫斯・帕爾朵的第二任妻子。但詛咒社團的成員很少跟他們的受害者結婚。這些受害者一旦被玩膩了，通常會從地球上消失。」

雅各打冷顫。「真卑鄙。」

「與有權有勢之人交友，威廉藉此發了財。他雖然沒有他們那種口味，但確實對他們的惡行視而不見。我懇求他去蘇格蘭警場向警方透露真相時，他問我是否希望我們倆都躺在泰晤士河底、腳踝上拴著石塊，或是落得更嚴重的下場。」

「妳一定害怕極了。」

「我和他都是。威廉承認，即使是他告訴我的那一丁點真相也會讓我有生命危險，但他承諾會確保我的安全。要是我當初有勇氣說出來就好了！保持沉默並沒有救他，不是嗎？」

「妳不能這麼想。」

「我沒辦法不這麼想，雅各！可是社團的觸角伸向了政府，甚至蘇格蘭警場。」

「查德威克警司被逮捕了。」

「是的，我在一面新聞看板上看到了那個報導。只有上帝知道接下來會發生什麼。」她把手放在他的手上，她觸感冰冷，但他不在乎。「我現在明白那是一個可怕的錯誤，但我當時覺得我必須相信威廉。而現在我失去了他。」

＊　＊　＊

看文森．漢納威擦拭額頭，瑞秋問：「脈搏加快？覺得頭暈？」

他的視線從手槍移到他的杯子上。「是咖啡？」

瑞秋用另一手向年輕女傭做個手勢，女傭習慣性的神經質奴性，已經被一種令人生畏的嚴厲氣勢取代。「妳完美地履行了妳的義務，碧翠絲。妳知道接下來會發生什麼事。」

就在加百列・漢納威嘶吼髒話時，女傭走出了房間。兩把手槍未曾動搖。

「沒錯，是咖啡。」瑞秋說：「摻了氰化鉀鹽。」

「氰化鉀？」文森眼中閃過恐懼。「告訴我妳想要什麼，我都順妳的意。只要妳——」

楚門打岔：「她怎樣都會得到她想要的。」

「一切都已準備就緒，」瑞秋說：「電話線被剪斷了。你的管家騎著摩托車去了蘇活區，錢包裡有五百英鎊。」

「五百英鎊！」老人尖叫。

「是啊，他誤以為自己是一個重大錯誤的受益者。他為了區區一百英鎊就答應背叛你們。錢放在一個給他的信封裡。我猜他到時候一定不敢相信自己怎麼這麼走運。」

文森張嘴想說話，但瑞秋將一根手指壓在他的唇上。「安靜。碧翠絲很快就會回來。」

彷彿收到了提示，女傭這時回到了房間。她提著一個髒兮兮的舊錫罐，裡頭裝著汽油。

＊　＊　＊

「妳接下來要怎麼做？」雅各問。

「我有存錢，」莎拉說：「威廉有給我零用錢，並透過瘋狂劇院支付了我工資。明天我將開始新的人生。我是很想留在倫敦，可是……」

「可是？」

「我必須跟瑞秋．薩弗納克談談。只有她能結束這場瘋狂。」

「妳為什麼這麼認為？」

莎拉吸口氣。「我沒完整地告訴你勞倫斯．帕爾朵那天罵了她什麼。請原諒我，雅各。為了我們彼此著想，我不確定向你透露多少是安全的。」

他握住她的手，她沒有掙脫。「妳完全不用道歉。」

「你真好心。」她也握住他的手。「帕爾朵原本確信，瑞秋想篡奪他和文森．漢納威這種人的地位。」

雅各一頭霧水。「篡位？」

「他一直以為她想繼承她父親留下的事業。」

「妳的意思是——接管詛咒社團？」

「我不這麼相信。」莎拉急忙道：「她是個女人，不是禽獸。我敢肯定她對她父親充滿了怨恨，想制止他創造的一切。」

「某種贖罪？」

莎拉嘆氣。「明天等我決定好住哪之後，我希望能和她談談。」

「今晚留在這兒。」雅各衝動地說。

「這裡？」她微笑。「你很好心，但你已經為我冒了生命危險。你臉上的瘀傷很快就會消退，但下一次可能會更糟。」

「我不在乎。如有必要，我會徹夜不眠，確保妳不受傷害。」

她挑眉。「你真好，雅各，但想想你的名聲。我是一個有過去的女人，而且是很糟的過去。」

「我不在乎妳的過去，」他說：「我在乎的是妳現在是誰、妳會成為誰。二樓有一間有床鋪的空房間，可以俯瞰街道。道爾太太總是把它準備好，以防哪天有新房客。妳不會被打擾的，我發誓。」

她猶豫了。「你真慷慨，雅各。」

他們看著對方的眼睛。他覺得臉紅。

「請放心，這是我真誠的提議，不是別有居心。」

「謝了，雅各。那麼，我就感激地答應了，只住一晚。」她靠向他，在他臉頰上輕輕吻了一下，他嗅到她的丁香芬芳。

加百列・漢納威彎腰乾嘔。他的兒子伸出雙臂求饒。

「瑞秋，親愛的。詛咒社團是妳的。請相信我，我從沒想過要擋妳的路。老法官創造了我們，妳完全有權利追隨他的腳步。妳想要他想要的，不是嗎？國度、權柄、榮耀，全是妳的。」

瑞秋點個頭，女傭打開了汽油罐。她先往餐桌潑灑了汽油，然後是地毯，最後是窗簾。文森・漢納威看著這一幕，像螺旋彈簧一樣蜷縮身子。他滿是汗水的粉紅色臉上，寫滿了想從椅子上跳起來逃跑的念頭。

瑞秋瞄準了文森餐盤旁邊的酒杯，開了一槍。玻璃碎裂，發出類似炸彈爆炸的聲響。鋸齒狀的碎片劃中了文森的臉。他發出瘋狂的哀號，抓著臉頰。血從傷口流出。

老人抬起頭，發出嘶啞聲：「妳老頭瘋了，妳也瘋了！」

瑞秋微笑。「請放心，老法官的罪孽有獲得懲罰。」

飯廳裡瀰漫著汽油味。酒窩女傭從圍裙裡拿出一個火柴盒。

「求求妳！」文森呢喃：「妳不能把我們全毀了。」

「的確。」瑞秋說：「我有門的鑰匙，我們會把你們鎖在裡頭。我們的車在外面。

＊　＊　＊

碧翠絲和廚子會跟我們一起走。大火蔓延時，我們將沿著車道揚長而去。你們倆是會先被濃煙嗆死呢，還是先被氰化物毒死呢？楚門認為濃煙比較厲害啦，但我不這麼肯定。我跟他打了賭，但調查也不會給出明確的答案。這座古老的陵墓將被夷為平地。一片悶燒的廢墟，只剩下一點點東西供法醫檢查，可能是你們的牙齒吧。」

毒液沖刷全身，文森臉漲得通紅。淚水從他布滿血絲的眼角滴落。

「妳休想逍遙法外。」

「其實——」瑞秋說：「我做得到。」

「不可能！」

「蘇格蘭警場將得知關於尤因下落的線報，並意識到他的真名是沃特・巴斯比。他看似正派，但他之前的罪行包括從雇主那裡偷東西，以及為了掩蓋蹤跡而縱火。」

「什麼？」

「你當初真該像李維・舒梅克那樣仔細檢查他的推薦信。尤因將如何解釋他口袋裡的五百英鎊，或是碧翠絲在寄給孤兒院朋友的一封信上描述他對她的惡劣襲擊？檢察官要處理的案件再簡單不過。尤因喜歡年輕女人，但又害怕自曝身分。他決定及早停損，從你藏在那幅《格倫君主》後面的保險箱裡取出足夠的錢，來開始新的人生。」

加百列・漢納威抓著喉嚨。他嘶啞的話語幾乎聽不見。

「發發慈悲。」

「提醒我一下——」瑞秋說：「你上一次發慈悲是什麼時候？」

她和楚門各自後退一步，動作都經過精心編排。

「聊夠了。」她轉向女傭。「我信守了我的承諾，碧翠絲。舞臺交給妳了。」

女孩盯著文森，從火柴盒裡挑出一根火柴。瑞秋在門口輕聲唱道。

「即使懷恨在心的孤兒也會這麼做。讓我們開始吧……」

茱麗葉．布倫塔諾的日記

一九一九年二月六日

事情發生得非常快，有時候就是這麼快。瑞秋在染上流感的幾小時後死了。

海芮妲說，她臉色發青，開始呼吸困難。然而，當瘟疫緊緊抓住你的時候，爭奪空氣乃是徒勞之舉。和她之前的許多人一樣，她窒息了。就算醫生趕來她身邊，結局也不會有什麼不同。西班牙夫人擊敗了全球的醫學科學，這裡的醫生還能指望取得什麼成功？

海芮妲說，死亡到來時，老法官就在她身邊。

「這會讓他發瘋。」

「他好幾年前就發瘋了。」我說。

「他還在跟她說話，好像她還活著一樣。」

「在他眼裡，她完美無瑕。不會做錯事的女孩。所以她才是個這麼惡劣的——」

「喔，茱麗葉。我們不能說死者壞話——」

「我討厭她。」我說：「瑞秋・薩弗納克愛嫉妒、虛榮又殘忍。她也討厭我。」

海芮妲蒼白的臉頰染上了血色。直言不諱對她來說並不自然，至少在她要服侍的人在場的時候做不到，但她太誠實了，沒辦法否認真相。相反的，她撫摸我的手。

我知道她在害怕。她害怕失去這份工作。害怕老法官將在失智的憤怒中變得暴力。或許也害怕我。

至於我，我什麼也不怕。爸媽的死，緊隨其後瑞秋的死，已經讓我麻木了。但有個問題仍然很明確，揮之不去，而且需要回答。

接下來會發生什麼？

第三十章

在艾德加之家吃早餐是一種超現實的體驗。雅各和莎拉坐在餐桌的兩邊，像一對中年夫妻一樣傳遞奶油，啜飲濃茶。在屋外，昨夜的霧氣依然縈繞，但爐子讓房間暖和起來，空氣中瀰漫著吐司、約克郡茶和杏桃果醬的香氣，雅各幾乎忘了幾天前這裡還是道爾太太的地盤。

他昨晚徹夜難眠，因為他清楚意識到莎拉就在屋裡，他對她的渴望使他慾火焚身，所以他現在眼睛疲憊，關節吱嘎作響。他昨晚曾在某個瘋狂的一刻考慮敲她的門，問她是否需要陪伴。她相信他不是別有居心的那句評論給了他希望，但他不敢冒險破壞彼此間的友誼。她在這世上經歷了那麼多，在孤兒院的那些年一定給她留下了傷痕。

今天早上，她穿著一件有褶皺的奶油色連衣裙，看起來不超過十七歲。她把裸露的雙臂放在桌上時，他發現自己很想愛撫它們。她第一次去號角報社拜訪他時，他怎麼會沒注意到她多麼可愛？她不愧是演技精湛的演員，確保了彼此之間沒有距離感，在她身上完全看不見娜芙蒂蒂王后招牌的異域優雅。她發揮了完美的演技，因為他沒有被她震懾，而且他們的友誼自然而然地開花了。

她實至名歸的勇氣贏得了他的心。她在孤兒院所忍受的一切足以擊垮一個軟弱的靈魂。在過去幾天裡，她克服了目睹昔日情人慘死的震驚和悲痛，並在兩次生死關頭倖存了下來。以她自己的低調方式，她和瑞秋・薩弗納克一樣令人生畏。

莎拉啃著吐司。「你在想什麼？」

「我什麼時候才能再見到妳？」他的渴望是很幼稚，但他情不自禁。

她用紙巾擦嘴，看了一眼梳妝檯上的時鐘。「你上班已經遲到了。別擔心。一旦決定好下一步要去哪裡，我就會盡快跟你聯絡。」

「妳可以暫時留在這裡。」

「你很慷慨。」

誠實心迫使他說出：「住在這棟死了一個女人的房子裡。但只是一、兩天……」

她微笑。「別擔心我。你去吧，我很快就會再見到你。」

* * *

每天早上，波瑟這位資深記者總是第一個來到號角報社，雅各經過新聞臺時看到他正在嚼著一顆考克斯蘋果。作為問候，他問雅各昨天去了哪。

「我搭了臥鋪火車去了康沃爾，調查一條線索。」

「祝你好運，希望你能說服戈默索爾報銷你的費用。」波瑟把蘋果核扔向一個垃圾桶，跟平時一樣沒命中目標。「聽說了漢普斯特德那件案子嗎？」

「什麼案子？」

「一棟大房子被燒毀了。有兩人在大火中喪生。我以為你會感興趣。」

波瑟的缺點之一就是喜歡製造懸念，但雅各沒那種心情。「火災是有人刻意引起的嗎？」

「看來是。警場已經拘留了一名男子。死者的身分引起了我的注意，而我想到了你。」

「為什麼？」

波瑟眉飛色舞。「因為你對加洛斯寇特的興趣。這對父子在那裡做生意。他們是一家律師事務所的負責人。漢納威與漢納威。」

雅各目瞪口呆。「文森．漢納威死了？他老爸也是？」

「燒得焦脆。」波瑟開心地說：「駭人聽聞的縱火殺人案。你身為首席犯罪記者，可以從這起悲劇中編出一些文章，即使發生的事情並不神祕。」

「究竟發生了什麼？」

「簡單來說，是管家幹的。」

雅各感到難以置信，忍不住發笑。「別鬧了。」

「我沒鬧。」波瑟認真地說：「那傢伙聽起來像個徹頭徹尾的惡棍。他有欺騙雇主的前科，而當警察逮到他的時候，他正在杰拉德街的一家妓院享受娛樂活動。據說，他當時把他的外套掛在門上，口袋裡塞滿了五元鈔票。」

「我最好跟蘇格蘭警場談談。」

「好主意，我親愛的夥伴。順便問一下，你對加洛斯寇特的興趣到底是什麼？」

但雅各已經跑向自己的辦公室。

＊　＊　＊

「我能確認我們已經公布的細節。」在電話線的另一端，奧克斯探長充滿悼念之意的拘謹態度讓他聽起來像喪葬業者。「昨晚在漢普斯特德的一處房產中發現了兩具屍體，我們將其視為一起縱火謀殺案。一名四十七歲的男子目前已被逮捕。」

「你確定那些屍體是漢納威父子？」雅各追問：「如果遺體被燒得面目全非，那麼有可能——」

「我們知道弄錯身分的風險。」刑警冷冷道：「這就是為什麼我們到目前為止都沒有透露受害者的名字。漢納威父子在哈利街看同一位牙醫，我們正在緊急諮詢他。」

「請你私下告訴我，你確定是他們？」

奧克斯的態度開始軟化。「我私下告訴你，我非常確定。」

「到底發生了什麼事？」

「告訴你應該也沒什麼壞處，反正案件很快就會輕鬆解決。那老頭的管家名叫尤因，從各方面來說都是個得體又勤奮的傢伙。但加百列．漢納威不知道的是，尤因這個名字是化名。他原名沃特．巴斯比，二十五年前在德比郡的一位地主那裡當傭人。巴斯比給一名女傭搞出了人命，於是偷走了雇主的一些小玩意兒，以支付墮胎師的費用。東窗事發後，他放火燒了房子。那場火並沒有造成太大的損害，但巴斯比被送進了斯卓奇威監獄。獲釋後，他以尤因的身分開始新的人生，並在偽造的推薦信幫助下重返家政服務這一行。兩年前，老漢納威在原本的管家退休後僱用了他。直到昨晚，在房子被燒毀後，我們才意識到他和漢納威處得不好。所有跡象都表明汽油被隨意噴灑，然後被點燃。」

「尤因放的火？」

「不然還有誰？屋裡還有個年輕的女傭和廚子，我們發現了一些燒焦的零碎僕人衣物，這可能是他們唯一剩下的痕跡了。」

雅各打冷顫。「尤因當時應該值班嗎？」

「根據我們的查詢，是的。文森．漢納威定期和他父親一起用餐。也許尤因和小漢納威之間發生了衝突。一名路過的駕駛人發現火勢時，叫來了消防隊，但當他們控制住火勢時，房子連同裡頭幾乎所有東西都被燒毀了。很慘的死法。」

「你們是怎麼找到尤因的？」

「火災被發現的幾個小時後，我們收到了一通匿名電話。不願透露姓名的那人說，尤因一直在說漢納威家族的壞話，並吹噓他可能會對他們做些什麼。他說他看到尤因在蘇活區一家酒吧揮金如土，還挑了一個妓女。」

「他真熱心公益，讓你們知道這件事。」

他可以想像奧克斯冷漠地聳肩。「每天都有人為了報仇雪恨而給我們一些線報。如果沒有他們，監獄裡應該會空空如也。」

「你們很快就抓到了尤因？」

「警方臨檢了酒吧對面的妓院，找到了他，在午夜前就將他關進了看守所。他身上擁有將近五百英鎊。」

雅各吹口哨。「以管家來說賺得還真多。」

「他跟我們鬼扯說他賭馬連贏了好幾場。但不意外的，他根本說不出來他究竟在哪幾匹冷門馬身上下注。可以肯定的是，他從加百列・漢納威那裡偷了錢，而當兒子起疑心時，他放火燒了房子。江山易改，本性難移。只不過這一次，他會為他的罪行被吊死。」

一幅畫面滑進了雅各的腦海。一個被套上頭套的男子，在一個陰冷的灰色早晨登上絞刑架。

他發抖。「你確定沒有其他人參與其中？」

「例如？」奧克斯問。

一個名字在雅各的嘴脣上顫抖。**瑞秋．薩弗納克**。

但他什麼也沒說，刑警也掛了電話。

＊　＊　＊

雅各還在消化漢納威父子的死訊時，他的電話突然響起。佩吉一如既往地嗤之以鼻，表示有一位楚門太太想和他說話。

他的喉嚨感覺又乾又粗糙。「接過來。」

管家說：「弗林特先生？我代表薩弗納克小姐打這通電話。她要我轉告你，她希望為你提供一個獲得獨家報導的機會。你今天下午能否來岡特屋一趟？」

「讓我看看我的行程表。」

「四點整。」管家說：「你應該知道最好不要讓她失望。」

他還來不及想出一個無禮的答覆，她已經掛了電話。

＊　＊　＊

他揉揉痠痛的眼睛。這幾天發生了太多事，他根本無法全部消化掉。這個上午糊里糊塗地過去了，當電話再次響起時，他驚訝地發現現在已經是下午三點鐘。

「我很忙。」他粗魯地說：「什麼事？」

「有位女士想見你。」佩吉說：「要我打發她走嗎？」

他的心跳漏了一拍。「她叫什麼名字？」

「德拉米爾小姐。」

「我馬上下去。」

「你不是說你很忙？」佩吉挖苦。

莎拉在接待處等他。她的皮草大衣和圍巾跟她整齊的髮型一樣優雅。他用手勢叫莎拉別出聲，不想被佩吉偷聽，然後匆忙地帶她回到自己的辦公室。

「看來你接管了你前輩的辦公室，」她說：「恭喜。」

他臉紅。「這樣似乎比較合理。湯姆的東西還到處都是。別在意這個。妳聽說了新聞了嗎？」

「關於漢納威父子？很不可思議吧？我剛看過報紙，抱歉，不是你們家的。《證人報》的頭版刊登了這個故事。有人放火燒了老人的房子，警察已經把他抓起來了。」

「加百列．漢納威的管家。」雅各說：「奧克斯探長告訴我，那人有這類罪行的前科。」

她瞪大眼睛。「你該不會覺得……瑞秋．薩弗納克跟這件事有關？」

「只要有瑞秋．薩弗納克在——」他說：「沒有什麼是不可能的。」

她的眼睛閃閃發亮。「我真的相信你對她很著迷。」

「沒這回事！」他阻止自己不要激烈反駁。「說真的，她讓我害怕。她讓我想起那些狂熱分子，他們不在乎自己在追求事業時給其他人造成多大的傷害。」

「我明白。為達目的，不擇手段。」

他忍不住說：「妳看起來並不震驚。」

「帕爾朵死了，漢納威父子也是。這三個男人都利用和虐待了無數女人。我敢肯定他們在內心深處痛恨我們。他們的存在對瑞秋．薩弗納克來說是致命的危險，正如對我也是。現在他們死了，我又可以呼吸了。」

雅各心想，但她以前的情人威廉．基瑞也死了，更別提還有李納克、麥卡林登和瑟洛。莎拉容易相信人的這種性格讓他擔心。在她這一生中，不道德的人一直在利用她這個弱點。

「她的管家打了電話給我。」他說：「瑞秋．薩弗納克邀請我下午四點去她家。」

「真的嗎？」她挑眉。「我滿嫉妒你的。她找你有什麼事？」

「她要給我一個獨家新聞。我只知道這麼多。」

「真刺激！」莎拉雙手一拍。「想不到是一個女人毀了詛咒社團。」

他嘆氣。「她真的毀了它嗎？」

「你看不出來？這一定就是她在來到倫敦後一直想實現的目標。」

「其他成員呢？」

「那些倖存者？他們現在群龍無首，只要沒了腦袋，身體就無法運作。老法官精神異常後，加百列・漢納威掌管了該社團多年，後來交給文森。威廉說一些成員希望他挑戰文森的領導地位，但他的心思從來沒有放在這上面。我敢肯定漢納威父子派那個打手去安威爾街，是為了問你在哪能找到我。他們知道我痛恨他們。現在他們死了，整個腐爛的大樓將為之倒塌。這都要感謝瑞秋・薩弗納克。」

雅各點頭同意，但心裡不這麼認為。詛咒社團的成員們看重遺產。如果特權不能透過代代相傳來延續，那它還有什麼用處？瑞秋・薩弗納克有沒有可能渴望控制她父親建立的組織？

「你去見她的時候……」莎拉說：「能不能讓我跟著你？如果你覺得不妥，我可以不進屋裡。」

他猶豫。如果對她暗示說，在下午茶時間去倫敦市中心的一棟房子對她來說會有危險性，這麼做好像把她當笨蛋。他想太多了。

「畢竟——如果我和她是爭奪你的情敵，那我想多瞭解她。」莎拉厚臉皮地笑道。

＊　＊　＊

三點五十分，一輛計程車把他們送到了廣場。霧氣正在逼近，就跟雅各搭訕瑞秋的那個晚上一樣又溼又冷。勞倫斯・帕爾朵就是死在那個晚上。付錢給司機時，雅各感覺一切好像在繞了一大圈後回到原點。

「弗林特先生！」

他轉過身，發現自己正盯著菲利普・奧克斯探長。

「什麼風把你吹來？」

「我正想問你同樣的問題呢。喔，午安，德拉米爾小姐。妳我見過面……在瘋狂劇院的那個悲劇之夜。」

莎拉優雅地從後座下車，以直率的好奇目光看著警察。「我們再次見面了，探長。」

「我接到了瑞秋・薩弗納克的管家打來的電話。」雅各解釋：「如果我四點出現在這裡，她會給我一個獨家新聞。」

「是嗎？她真大方。」探長聽來懷疑。「那德拉米爾小姐呢？」

「我們成了朋友。」雅各忍不住換上辯解的態度。然而，享受一位美麗女演員的陪伴並不丟人，無論她的過去多麼駭人聽聞。「我跟她說過瑞秋・薩弗納克的事，她很好奇。」

「說到好奇，探長。」莎拉慵懶道：「你為什麼在這兒？」

奧克斯撥弄領帶。「我收到訊息，要我四點來這裡。」

「是嗎？我常聽說有人打電話去蘇格蘭警場，但我從沒意識到這有多容易做到。」

「我承認，小姐，這手法確實不正統。」一聲模糊的喊聲轉移了奧克斯的注意力。「那是什麼聲音？」

奧克斯向上看，雅各則是伸長了脖子。在昏暗光線下，他看到岡特屋的屋頂上有一個穿著皮草大衣的女人。

「是她嗎？」莎拉呢喃。

「是她沒錯，那頭黑髮獨一無二。」奧克斯咕噥：「上面有一個封閉的游泳池，還有一個屋頂花園，形成某種陽臺，但這天氣實在不適合……天哪，她該不會要跳樓吧？」

女子來到屋頂的邊緣，其周圍是一道低矮的鐵欄杆。她伸手沿著欄杆撫摸，向後移動，直到消失不見。

雅各緊張得冒冷汗，喊：「瑞秋！是我，雅各．弗林特。妳為什麼要見我？」話剛出口，他就意識到自己的錯誤。不是她想見他，而是她想要他看到她。她在屋頂邊緣搖搖欲墜，遠在街道上方，彷彿打算跳樓。

奧克斯從口袋裡掏出一支哨子，用力吹響。「薩弗納克小姐！別衝動！」

岡特屋的前門打開了，楚門飛快跑下臺階，他的妻子踉蹌地跟在他身後。司機驚恐得臉色陰沉，女人則是淚流滿面。

「發生了什麼事？」奧克斯質問。

「她上了頂樓，」楚門嘶聲道：「我跟上時，她把我關在門外。我們早就害怕這會發生，在……」

「在文森・漢納威死後？」莎拉問。

「老法官曾多次試圖自殺！」楚門太太啜泣。「她一直沒能放下這件事。」

她說話時，雅各的腦海裡浮現她在班弗雷特命案發生的當晚說過的話。**唯一能摧毀她的人……只有她自己**。這幾乎就像一個預言。她早就害怕瑞秋會自殺？

「我們沒時間談這個！」楚門喊：「她現在在哪？」

「她退到了我們的視線之外，」雅各說：「這棟建築後面有樓梯嗎？」

「一條生鏽的老舊消防梯，非常危險。」

一條鵝卵石鋪成的小巷將岡特屋與隔壁的建築隔開。雅各向前走了一步，奧克斯跟在後面，但楚門擠開他們，然後在小巷的入口處停下來，抬頭凝視上方，他崎嶇不平的臉上充滿絕望。

「別跳！」他吼道：「拜託聽我說！求求妳！」

在昏暗中，雅各幾乎看不清在四層樓的上方搖晃的那個身影。他們聽到遠處傳來哭聲，楚門太太發出呻吟聲。

雅各接下來知道的是，潮溼的空氣中傳來一聲模糊的尖叫，然後他聽到一聲令人作嘔、鐮刀般的巨響。楚門衝過小巷，奧克斯緊追在後。一名應哨聲前來的警員緊隨其後。

莎拉震驚地喘著氣，管家這時尖叫：「我的天啊！我有求她不要這樣！」

雅各喊：「在這裡等著！」

他跑過小巷，但其實沒有跑的必要。他已經無能為力了。奧克斯探長、警員和楚門都聚集在通道的盡頭。司機用鏟子一樣的大手摀住自己的眼睛。他發出呻吟聲，就像一隻受傷的動物。

「別過來！」奧克斯喊道。

雅各瞥向身後。莎拉和楚門太太驚恐地看著。臉頰毀容的女傭也加入了他們，氣喘吁吁。她發出一聲瘋狂的尖叫。

「不！」

一堵高聳的磚牆將岡特屋的中庭與公共道路隔開。牆上豎立著鋒利如匕首的黑色鋼釘。

「拿床單來，」楚門對女傭咆哮：「看在上帝的份上，瑪莎，別看！」

雅各心想，哪個腦袋正常的人會想看這一幕？

被刺穿在鋼釘上的，是一具身穿石虎皮大衣的女屍。她的頭低垂著，彷彿頸骨斷了。那頭烏黑亮麗的長髮讓人一眼就能認出。在撇開頭之前，雅各認出了瑞秋．薩弗納克那雙茫然瞪大的眼睛。

茱麗葉・布倫塔諾的日記

一九一九年二月七日

現在早就過了午夜，但我睡不著。這麼短的時間內發生了這麼多事。我們的世界變了。

從今天下午開始。堤道終於恢復通行，哈羅德・布朗回到了薩弗納克宅邸。我在廚房裡和海芮妲說話時，聽到他大搖大擺走進。

「快躲進儲藏室！」她嘶聲道。

我及時逃出了他的視線。從他那下流的寒暄方式來看，他醉得像個領主。

「克里夫想見你。」海芮妲說：「他現在恢復了一些。而且他知道你對瑪莎做了什麼。」

布朗憤怒地咒罵。「他明明快去見閻王了……」

「這個嘛，去見閻王的是那個女孩。年輕的瑞秋。」

「什麼？」

「我得說她死得好。是不是她叫你給上尉和伊薇特小姐下藥？」

「看在上帝的份上！」我聽到他尖叫：「把刀放下！」

「我恨不得……」她咕噥。

「我這就走，妳不會再看到我。」他講話含糊不清而且斷續。我看得出來他現在的狀態沒辦法保護自己。

我從藏身處跳了出來。「快用刀，海蒂，讓他痛，就像他曾經讓瑪莎痛過！」

他朝我咒罵，但轉過身，跌跌撞撞地走出了廚房。

「克里夫！」我喊：「他要逃走了！」

但克里夫還躺在樓上的床上。他不夠強壯，沒辦法把握報仇的機會。雖然我想追上布朗、用我的小拳頭揍他，但海芮妲阻止了我。

後來，她來到我的房間。她說布朗已經離開了這座島，她不指望他會回來。至於老法官，他想見我。

我當然拒絕了。自從我和媽媽來到這裡，她就要我跟他保持距離。但海芮妲哀求我去見他。她說他難得清醒，但已是一個破碎之人。我很好奇。他那顆有病的腦袋現在在想什麼？最後，我心軟了。

她帶我去了他的書房。他已經離開了他女兒的床邊，現在坐在他的辦公桌前。他抬起頭時，他的臉龐因痛苦而皺起。他看起來就像一百歲。

「瑞秋。」他說：「妳看起來氣色真好，親愛的。妳現在要去睡了嗎？晚安，我的寶貝女兒。」

說完，他轉過身查看桌上的文件。

我無言以對。海芮妲示意我和她一起離開。我們一走出門外，她就關上門，把一根手指壓在嘴唇上。

「跟我去廚房。」

克里夫在那裡等我們。他看起來很憔悴，但還是擠出一絲蒼白的笑容，問我是否見過了老法官。

「他的精神已經渙散了。他似乎沒有接受瑞秋的死訊。他叫我瑞秋。」

海芮妲和克里夫交換眼神。

「妳何不配合他？」克里夫問：「反正又不吃虧？」

第三十一章

「我該回去寫稿了。」半小時後，雅各開口。

「《號角日報》可以等。」莎拉告訴他。

兩個空的白蘭地酒杯站在他們面前。他和莎拉躲進了離岡特屋半哩的一家酒吧。這個寬敞舒適的房間裡擠滿了開心的愛爾蘭人，諸多夜壺掛在椽木橫梁上充當裝飾。奧克斯探長當時不允許莎拉看屍體，但她的蒼白臉色證明了她在看到另一個女人死亡時多麼震驚。她給彼此點了一杯白蘭地，他沒有爭辯。

「瑞秋擁有大好人生。」他又一次說道：「年輕貌美，還有花不完的錢。為什麼要一時衝動扔掉這一切？」

「那是一時衝動嗎？」莎拉溫柔地問：「她邀請你和奧克斯探長當她的證人。那就像女演員的壓軸戲，令人難忘的最後一幕。」

他頭痛得就像挨了一棍。「可是為什麼？」

「內疚，悔恨，誰知道呢？」

不想透露太多，他小心翼翼地說：「她的管家曾向我暗示她有自殺傾向。我當時沒多想。但或許……可是，她為什麼會覺得內疚？她讓李納克為罪行付出代價，她……」

「喔，雅各。」莎拉捏捏他冰涼的手。「你還看不出來？她遺傳了薩弗納克法官的瘋狂。而且還不只這樣。」

他猛地抬起頭。「妳在說什麼？」

「在瘋狂劇院的最後那晚，威廉談到了她。在私人貴賓休息室與她交談後，他來到了更衣室。他當時異常地壓抑，所以我問他怎麼回事。他只說她的父親──別忘了，那是一個他敬佩的人──讓他很害怕，但他發現瑞秋更可怕。他用的形容詞是冷酷無情、毫無慈悲。我當時聽不懂，但現在懷疑……」

「懷疑什麼？」

她咬脣。「會不會是瑞秋說服了喬治．巴恩斯謀殺威廉。」

「妳怎麼會這麼相信！」

「為什麼不會？」她揉皺了一張啤酒墊。「是誰出錢讓他買下他後來開去撞樹的車？」

雅各閉上眼睛。「要不要再來一杯白蘭地？」

酒吧裡的一個愛爾蘭人開始唱歌，五音不全而且音量很大。她微微打個寒顫。

「別忘了李維・舒梅克跟你說了什麼。瑞秋小時候煽動了她父親殺掉布倫塔諾和他的情婦。假設她打算消滅——以某種方式——所有知道真相的人？不只是帕爾朵，還有李納克、漢納威父子——連同威廉。也許甚至包括你的同事，貝茲。假設哈羅德・科曼曾試圖勒索她。她一定能輕易安排他昔日的夥伴追殺他。李維・舒梅克自己……」

他驚恐地凝視著她悲傷的眼睛。「她怎麼有辦法安排這一切？」

「有錢能使鬼推磨。我無法猜測細節，但我敢肯定她一定謹慎地選擇了時機。其實，今天就是詛咒社團成立的五十週年。」

「什麼？」

「老法官於一八八〇年一月二十九日創立了這個協會，而威廉告訴我，他們每年都會在週年紀念日舉行一個可怕的儀式。」

「儀式？」

「一群經過挑選的成員聚集在加洛斯寇特。威廉沒有告訴我細節，活動內容墮落得無法描述。他暗示說……他們每年都會在那一天殺人取樂。」

雅各感覺脈搏加快。「查爾斯・布倫塔諾和伊薇特・維維耶爾是死在十一年前的一月二十九日。」

「這個日期告訴了我們一切。」莎拉呢喃：「瑞秋・薩弗納克把那兩人獻給了她父親的小圈子，作為祭品？」

「她當時才十四歲！」

「她跟她父親一樣心狠手辣。」

「這就是為什麼她選擇在今天——結束這一切？」

「我猜她覺得這樣很適合。」

他發出低沉的呻吟。「只有上帝知道真相。」

「說真的——」莎拉說：「我們可能永遠不會知道確切的真相。除非奧克斯有辦法強迫她的司機洩漏祕密。」

回想起班弗雷特命案的那一晚，雅各感覺膽汁翻騰。他迫切希望自己在平房事件中扮演的角色能保密。儘管他沒有犯下謀殺罪，但他誤導了警察。瑞秋死了，但楚門夫婦是老練的騙子。也許他依然處於危險之中？

「我覺得他不是那種人。」

「那他是哪種人？」她的表情出乎意料地凶狠。「我們怎能確定正在和我們談話的人究竟是什麼樣的人？你是記者，你一定知道人們總是戴著面具，就算他們不是在舞臺上演戲謀生。」

＊　＊　＊

他知道他應該回辦公室，刊登瑞秋・薩弗納克自殺的驚悚報導，但他感到太疲倦又沮喪，沒辦法寫出通順的文章。至少對莎拉來說，這天早上帶來了好消息。寡婦比安奇從米蘭回來了，並願意讓莎拉在凱瑞街那棟她曾與基瑞合住的房子裡棲身。

「這是妳要的嗎？」站在街角等計程車時，他問道。

「面對暴風雨的時候，任何港口都行。」她微笑。「而且那是個非常豪華的港口。我認為我很幸運了。」

「妳確定妳會安全嗎？」

「你還不明白？」她問：「事情結束了。瘋狂已被淨化。琪亞拉・比安奇對我向來慷慨。那棟『大陸大樓』是高級住宅，很大的房子，裡頭甚至有一套獨立的公寓。」

「那就好。」他言不由衷。瑞秋的死讓他空虛寂寞。

「那裡大得住得下兩個人。」她說。

他瞪著她。「妳的意思是……？」

「這是一個不恰當的提議，請原諒。」她允許自己露出一絲微笑。「我年紀比你大，而且有一段過去。你是個聰明的小夥子，決心在這個世界上開闢出自己的道路。請忘了我剛剛說了什麼。」

他抓住她的手，直到一輛計程車的前燈劃破濃霧才鬆開。

＊　＊　＊

莎拉按了凱瑞街一棟喬治式雙門房屋的門鈴，門開了。一個穿著藍色束腰外衣的嬌小華人女子鞠躬致意，然後站在一旁讓他們倆進屋躲避寒冷和霧氣。

「晚安，夫人。」

「謝謝妳，小梅。這位是我的客人，弗林特先生。他稍後會派人去取他的東西。與此同時，請帶他去客廳。」她轉向雅各。「我得整理一下儀容。花不了五分鐘。寡婦比安奇很快就到。小梅會先給你倒杯酒，暖暖身子。我推薦偉傑羅馬。」

小梅帶雅各走過寬敞的走廊，兩旁掛滿了鑲框畫作。在他這個外行人的眼裡，它們看起來像經典大師的作品：拉斐爾、貝里尼，也許還有提香。他還沒來得及仔細觀察，嬌小的女子就把他領進一間豪華的長方形房間，牆上有著壁畫，豪華長椅上散落著絲絨軟墊，地板上鋪著圖案精巧的波斯地毯。這裡的裝潢散發義大利貴族的氣息。給一個水晶玻璃杯盛滿酒後，小鳥般的女子離開了，關上了身後的門。雅各靠在長椅上，品嘗著飲料的味道。他閉上眼睛，想像自己躺在托斯卡尼的一座宮殿裡。

瑞秋的死是一個巨大的打擊，他不確定自己能否寫下這個故事。他經歷了這麼多事，而且就在短短幾天內。在帕爾朵死亡的那天晚上潛伏在岡特屋外面的那個幼稚的記者，如今已經長大了。

未來會發生什麼事？莎拉完全不同於瑞秋・薩弗納克。她善於表達脆弱，吸引他英雄救美的本能，但她的精神力量顯然強韌。就連瑞秋的自殺——這件事讓他的骨頭變成了牛奶凍——也只是讓莎拉感到驚訝而不是恐懼。儘管莎拉很坦率，但肯定還有許多關於詛咒社團的黑暗故事是她還沒說出來的。

輕快的敲門聲把他嚇一跳。房間盡頭的門開了，一個女人走了進來。絲滑的黑髮垂到纖細的腰際，肩上披著一件幾乎透明的天鵝絨斗篷，扣子解開，露出一件蘋果綠雪紡晚禮服。她穿著高跟鞋，戴著白色鑲邊手套，一手拎著一個繡有珊瑚和珍珠的絲綢包，另一隻手拿著一支長長的菸嘴，在雅各看來，她就是歐式時尚的縮影。一個膚色黝黑、肌肉發達的男傭跟著她進了房間。

「Buonasera，Signor Flint（晚安，弗林特先生）。」

雅各對義大利語的瞭解，幾乎跟他與聰明而世故的米蘭女士交談的經驗一樣有限。她們是不是會戴著手套握手？不確定怎麼做才合乎禮儀，於是他僵硬地鞠了一躬。

「Buonasera，Signora Bianchi（晚安，比安奇女士）。」

令他吃驚的是，女子笑容滿面，做個無聲的拍手動作。「好極了！你的義大利語幾乎和義大利人一樣流利！」

她當然是在取笑他，但他發現自己也對她回以微笑。

「妳真好心，比安奇女士。」

「別這麼說，雅各。」

他瞠目結舌。她的嗓音在一瞬間改變了。流暢的義大利語發音被簡單明瞭的英語取代，帶有一絲倫敦腔。他絕不可能聽錯。

寡婦比安奇就是莎拉·德拉米爾。

茱麗葉·布倫塔諾的日記

一九一九年六月三十日

我簡直不敢相信，但真的沒人發現。

沒錯，我們是很幸運，但大膽自有回報。今天迎來了最嚴峻的考驗——老法官一個認識最久的朋友來訪。（當然，我總是稱他為老法官。叫他「父親」會讓我窒息而死。）這位朋友是他的律師，年老的加百列·漢納威。

他顯然對老法官的外表和行為感到震驚。不到兩星期前，這位老暴君在他最近一次笨拙地試圖自殺時從樓梯上摔下來，折斷了一根肋骨。大多數的時候，他被施加了大量鎮靜劑。我問海芮妲讓漢納威來訪是否明智，但她說如果一直拒絕他，他會起疑心。等他看到老法官這副模樣，他以後就能理解我們為什麼叫他不要來，也許他也會鬆一口氣。

我被介紹給了他，雖然他顯然不習慣和一個十四歲的女孩說話，但他還是客套地說了幾句關於自從他上次見到我以來我長大了多少，那次是在我母親的葬禮上。我的意思是瑞秋的母親。我敢肯定他不認為有哪裡不對勁。

我不想這麼說，但也許我和瑞秋的外貌比我想像的更相似。她比我矮，因為太懶散而比我胖，但在這個年齡，女孩子的容貌變化很快。我把頭髮留長，在海芮妲的指導下染了色，並模仿了瑞秋的頭髮造型。過陣子我會再換髮型。我和她都是黑眼睛、高顴骨，雖然她的膚色比較蒼白，而且她的鼻子是鷹勾鼻，但人們不太記得這些細節。在我少數幾次進村時，每個人都理所當然地以為我就是瑞秋。我甚至在無意中聽到，女裁縫跟她的鄰居說我已經甩掉了我的嬰兒肥。一位女士難以置信地喃喃說，我正在變成一位年輕女士。

多年的孤立給我們帶來了好處。我們與外界沒什麼聯繫，外界與我們也沒什麼聯繫。我真感激媽媽當初讓我遠離老法官，在他有能力製造麻煩的時候。儘管她自己沒受過教育，但她鼓勵我閱讀和學習，這就是她給我最寶貴的禮物。當然，圖書館裡的某些書不適合我這個年齡的女孩，或是任何年齡的女孩。但我學到了很多東西。海芮妲說我比實際年齡更老。

老法官明白多少？他是不是完全欺騙了自己，真的相信瑞秋還活著？還是他是在演戲，他清楚知道那個以茱麗葉·布倫塔諾的身分被草草下葬的女孩其實就是他的親生女兒？那場葬禮令人難以忍受，但幸好程序很短，而且幾乎沒有人參加。當這麼多人死於流感時，一個鮮為人知的女孩之死很少引起討論，無論是年邁的村醫、愚蠢的牧師，還是教區裡的其他人。

儘管老法官自稱深愛瑞秋，但他與她互動不多，即使他從倫敦回到岡特島上度過餘生。她只是他珍貴的財產之一，就像他圖書館裡那些稀有的初版書。

克里夫說服我相信，這個行動為我們所有人帶來了希望。既然老法官想把我當成他的女兒，那麼迎合他又有什麼壞處？總比另一個下場好多了。

他說得對。如果老法官被關在瘋人院裡，那對我們一點好處也沒有。作為他侄子和一個妓女的私生女，我對他沒有任何繼承權，甚至連一個棲身之所都沒有。

相反的，作為瑞秋・薩弗納克，有一天我可能會繼承一筆財富。

第三十二章

「莎拉！真的是妳？」雅各震驚得嗓音沙啞。

她笑著摘下白手套，連同菸嘴一起遞給了男僕。「沒錯，雅各，你識破了我的偽裝。我一直過著雙重人生。我發現自己受限於孤兒的角色。威廉是個幻想家，就像許多劇院演員。他渴望一個漂亮的外國情婦，所以我彌補了他人生中的不足之處。扮演一個迷人的新角色，也給我帶來好處。莎拉在個性上有些顧忌，但琪亞拉幾乎是百無禁忌。」

她脫下斗篷，男傭把它搭在胳臂上。「我讓你感到困惑嗎，雅各？」

「我不知道該說什麼。」他咕噥。

她微笑。「當然，寡婦比安奇和莎拉・德拉米爾從來沒有一起出現過，但沒有人對此感到驚訝。一個情婦和她的前任情人很少是靈魂伴侶——儘管兩位當事人都會經常私下提及與對方處得多好。這對愛演戲的人來說就像家常便飯。這就是高貴的欺騙技藝，我親愛的雅各。」

「大概吧。」他打呵欠。「抱歉，我跟妳說過我度過了一個糟糕的夜晚。」

「的確。」她的燦爛笑容消失了。「現在，我們應該討論接下來要做什麼。」

男傭面無表情地看著雅各指向周圍的奢華環境。「妳一定是個很有錢的女人，莎拉。這些全是妳的？」

「沒錯，包括所有的達文西作品，至少該說一旦手續完成後，就都是我的了。威廉・基瑞把他所有財產都留給了我。」她的眼睛閃爍著，簡直就像個未婚阿姨在分享黃色笑話。「我不是想炫耀，但這筆財富確實很有幫助。而且你說得沒錯，有錢人總是不承認自己有錢。我就這麼說吧，我的日子過得和克羅伊斯國王一樣舒服。」

她的諷刺讓他覺得不自在。「我的意思是，我只是個普通的記者，而妳是一個美麗的女繼承人。妳即使身無分文，也有大把男人等著妳挑。妳怎麼會想和我分享妳的未來？」

「你的一大優點是——」莎拉說：「你雖然是個大記者，但你其實很謙虛，跟可憐的威廉不一樣。他的自大就像聖母峰，完全沒人能超越。可惜事情演變成這樣。如果我們是在我年輕時相遇，誰知道我們在一起會取得什麼成果呢？」

她的語調和她的措辭一樣嚴厲。她在和他玩遊戲。現在彼此已經做出了最後的行動。

他別無他法，只能告辭，趁他還保留著幾分尊嚴的時候。他掙扎著試圖站起來，關節發出抗議。每個動作都出乎意料地沉重，他發現自己無助地癱倒回長椅上。莎拉向男傭示意，對方向前走了一步。

「不，不！」雅各說：「我沒事。說真的，我不需要人幫忙。」

莎拉嘆氣。「喔，雅各，你高估了我的慷慨。你的魅力可不是萬能的。你這麼容易輕信別人，這害慘了你自己。」

「聽著，妳不需要……」

在她的一個手勢下，男傭把手伸進夾克內側，拿出一把細長的彈簧刀，握柄是用珍珠母雕刻而成。他迅速甩一下，握柄彈出一支纖細閃亮的刀刃，抵在雅各的喉嚨上。

「高迪諾來自義大利東北部。」她說：「在他的家鄉馬尼亞戈，他的家族製造這些駭人的武器。每一件都是手工製作，工藝精湛。你可別輕舉妄動啊。這把是他叔叔最喜歡的刀，他一直很想用用看。他在眨眼之間就能把一個人切成碎片。」

「莎拉——」雅各咬牙道：「這是某種玩笑嗎？」

「我從不開玩笑。」她輕聲道：「雖然我承認，我的幽默感有時候很殘酷。我剛剛說我們應該討論接下來要做什麼，我的意思其實是我必須說明我打算怎麼處理你。」

鋼刃擦過他的皮膚，他卻只感覺到一種強烈的疲憊感。「白蘭地裡下了藥？」

「放心吧，不是科學界未知的致命毒藥。」她說：「你只是喝下了一種溫和的鎮靜劑。這種混合物不會造成永久傷害，但你的頭會痛，而且你的四肢會沉重如鉛，所以你不可能有辦法反抗。」

「很高興聽見妳說……」雅各忍不住嘶啞地幽默一句：「不會有永久傷害。」

「至少不會是鎮靜劑造成的。」她淡定道：「不過呢，我有壞消息要告訴你。別忘了，今天是一月二十九日，詛咒社團的金禧年紀念日。按照傳統，在每年這一天，我們都會獻祭來慶祝我們的好運、過去、現在和未來。瑞秋．薩弗納克奪走了讓我把她的不朽靈魂拿來當供品的機會，但我就拿你來湊合吧。」

「妳在胡說八道。」他粗聲說：「別再演戲了，我覺得不好笑。」

「即使是女演員也不是時時刻刻都在演戲。」莎拉打開手提包，拿出一把小手槍。「你對詛咒社團的所有可怕想像，其實都是真的。至於你說我在胡說八道，你少看不起我。即使我只是開槍打傷你，你的血也會毀掉這張美麗的地毯。」

「莎拉……」他呢喃：「妳為什麼要這麼做？」

「因為——」她說：「沒有什麼比得上終極的快感：掌控一個人的生死。」

＊　＊　＊

高迪諾用鐵絲綁住他的手腕和腳踝，把他像一個特大號包裹一樣捆在長椅上。被雅各徒勞的掙扎激怒了兩、三次，大個子用肉厚的爪子巴了他的頭。在整個過程中，莎拉講述了自己的故事。她說接受媒體採訪讓她多年來一直很煩躁。她幾乎無法向《舞臺報》的記者吐露心聲。但雅各不一樣。

她母親是未婚生下她，所以她被送去了牛津孤兒院。嚴格來說，她當時並不是孤兒，但她母親在她三歲時去世了。她父親是個有錢有勢的人，所以她比其他孩子享有更多特權。她對魔術和魔術師馬斯基林的興趣起初是為了逃避現實，後來逐漸發展成對戲劇性幻術的痴迷。她討厭機構生活的規則和限制；在舞臺上表演給了她演戲的機會。

「而我就是愛演戲。」她說：「勝過一切。威廉對我很著迷。我們編造了他在別處的風流韻事，只是為了掩蓋他被我奴役到什麼程度。他一直求我嫁給他，但我總是說不。一想到舒適溫馨的家庭生活，即使是作為一個有錢有名的男人的妻子，也讓我感到厭惡。我永遠不可能成為被征服者，或是成為誰的動產。

「發明出難以捉摸的寡婦比安奇，並讓勇敢的莎拉．德拉米爾扮演一個被唾棄的情人，這讓我覺得很有趣。威廉對詛咒社團的描述讓我聽得如痴如醉。我在孤兒院目睹了那一切之後，沒有什麼墮落惡行能再讓我震驚了。我養出了連威廉都無法滿足的胃口。我夢想著有一天，我不但會加入詛咒社團，還要把它帶到一個新的高度。這是一個大膽而崇高的抱負，你不覺得嗎？」

雅各從沒見過她的眼睛閃耀出如此強烈的光芒。儘管虛弱疲倦，他還是閉不上嘴。

「莎拉，妳這是一種奴役型態。妳把自己束縛在殘忍的有錢男人的傳統裡。」

「你不懂。」她說：「這是我與生俱來的權利。」

「妳說得沒錯，我是不懂。」

他彷彿被催眠般看著她撫摸手槍。

「我父親是薩弗納克法官。我是他的第一個孩子。」

＊ ＊ ＊

他腦中的混沌比倫敦的霧還濃。白蘭地裡的鎮靜劑或許溫和，但他現在什麼都無法理解。

「妳是瑞秋同父異母的姊姊？」

「一條法律奪走了我的繼承權。就因為一張破紙，一張結婚證書。在我出生後發生的一件事，徹底改變了我們的人生。我明明是老法官的親骨肉，這卻一點也不重要。她是合法子女，我成了私生女。」

雅各咕噥：「他把妳當成孤兒，送進了孤兒院。」

「我母親是個酗酒致死的妓女，而他則是他那個時代最恐怖的律師。他在離開劍橋後創立了詛咒社團，為沉迷於頹廢嗜好的富有年輕人提供了發洩精力和激情的渠道。社團的資金被精明地拿去投資。他們購買房產，是為了金屋藏嬌或充當妓院。」

「真夠噁。」雅各咕噥。

「加洛斯寇特是這一切的核心。孤兒院為會員提供源源不斷的……新貨。每一種口味都獲得了滿足。在我早產出生之前，我母親一直隱瞞自己懷孕的消息，否則她會和未出生的孩子一起被處理掉。然後我被託付在蒙迪夫人溫柔憐憫的羽翼下。」

「我很遺憾。」雅各不知道還能說什麼。

她揮動手槍，把他的同情揮到一邊。「遺憾是失敗的果實。我意識到我註定要成為偉人，甚至在我得知我父親的身分之前。」

「妳是怎麼知道的？」

「從他自己的嘴裡聽到的，就在他辭去主席一職之前。他召見了我——是的，我在這件事上也撒了謊。他當時很憂鬱，向我傾訴心事。在他間歇的清醒時刻中，他知道自己的心智正在逐漸崩壞，而這令他痛苦萬分。他告訴我他考慮過自殺——那是在他在老貝利街割腕前的幾天前。通過加百列．漢納威，他給了我一些錢。雖然那看起來像是一大筆錢，但只是他財富的一小部分。他告訴我，瑞秋必須是他的繼承人，儘管她年紀比我小。因為法律就是這樣規定。他說他真希望私生女是她而不是我，但他娶了她的母親，而不是我的媽媽。在那一刻，我知道他確實關心我，而且瑞秋這個人有問題。我恨她擋我的路，儘管她幸福地不知道我的存在。

「他逃回了岡特島，但命令加百列．漢納威確保我沒有受到傷害。漢納威父子建立了一個王朝，其他人如麥卡林登家族和李納克家族也是如此。他們生來就享有權力和影響力，無論是在這個世界上，還是在詛咒社團內部。就連威廉也將自己視為領導者，我則是他的配偶。但是第二名不適合我。」

雅各輕聲道：「妳為什麼在乎？這個……爛人公會究竟有什麼特別？」

她對這種天真嗤之以鼻。「你還不明白？政權有崛起失勢，銀行有興盛衰敗，但詛咒社團長存。這個世界在四年的大屠殺中艱苦爬行，但戰爭讓商人發了橫財。帕爾朵和加百列．漢納威有賺錢的天賦。我們可以為所欲為，我們不虧欠任何人。」她的聲音提高了：「我們掌控未來。」

「妳聽起來像政治狂熱分子。」他嘀咕。

「查爾斯．布倫塔諾原本想從政。」她嗤之以鼻。「但戰壕改變了他，讓他想改變世界，建立一片適合英雄的土地。他決定背叛社團。」

「他原本是成員？」

「他曾經是老法官的寵兒，大膽而放蕩。他是那老頭未曾有過的兒子。這個賭徒在一把牌上贏個兩萬或輸掉兩萬，眼睛也不會眨一下。但當他和一個法國女人有了孩子時……」

「伊薇特．維維耶爾。」雅各衝口說出。

她狠狠看了他一眼。「新聞界會很遺憾失去你，雅各。所以你知道瑞秋有多恨布倫塔諾的女兒？」

「我知道的，」他說：「都是舒梅克告訴我的。」

「布倫塔諾不可能娶她。維維耶爾是個妓女，連演戲都不願意。但她和他們的女兒一直在倫敦受到他的保護，直到戰爭一觸即發。茱麗葉從未被送去孤兒院。布倫塔諾說服了老法官，讓她和她母親在戰爭結束前住在岡特島上，老蠢蛋也同意了。為什麼她可以過上奢侈的生活，我卻只能待在孤兒院？我的繼承權明明比較高，我是老法官的親生孩子。」

雅各昏昏沉沉，絕望而震驚地瞪著她，但她沒注意到他的表情。她在自言自語。

「布倫塔諾和文森・漢納威在法國並肩作戰，但漢納威在敵人面前犯了怯懦之罪。在最猛烈的砲擊中，他驚慌失措，揮舞了白旗。他手下有五人陣亡，其餘被俘。布倫塔諾從未原諒漢納威的背叛。他開始鄙視詛咒社團。他如果還活著，一定會毀了它——但老法官不允許他被除掉。直到瑞秋說服了老法官這麼做。她看到了擺脫茱麗葉和她父母的機會。她明目張膽地謊稱布倫塔諾對她做了什麼，結果奏效了。老法官同意，布倫塔諾和那個女人必須受到懲罰。他們被下藥、綁架並帶到倫敦，帶到加洛斯寇特。」

「然後被謀殺。」

「作為叛徒受到懲罰。」她聳肩。「我就不告訴你細節了，省得你昏倒。他們的女兒，巢中的布穀鳥，死於西班牙流感，據說是這樣。誰知道瑞秋是不是給她下了毒，但誰在乎呢？他們三個死得好。隨著老法官的頭腦變得混亂，瑞秋和她那幫隨從的小圈子統治了岡特島。老法官苟延殘喘了多年，但就連加百列・漢納威也被拒之門外。瑞秋和她的助手們待在他們島上的堡壘裡，等她父親斷氣。在她二十五歲生日那天，她成了富婆，並直奔倫敦。

「我原以為她打算奪取詛咒社團的控制權。今天我才明白，她其實一心想要毀滅。她想消抹過去，然後消抹自己。帕爾朵、漢納威父子和威廉知道是她說服了老法官殺害布倫塔諾和他的情婦，所以他們也非死不可。」

他大腦的齒輪轉動。「那克羅德・李納克呢？」

「那種弱者真不該被選為會員。」她輕蔑地說：「他在瑞秋眼裡是很簡單下手的獵物。他的死是給威廉等人的訊息。他們都不知道該怎麼做才是最好的。沒人能跟瘋子談判。他們陷入了一種恐慌狀態，就像戰壕裡的文森・漢納威。這就是為什麼帕爾朵謀殺了海耶斯那個女人。她離開了孤兒院，對發生什麼一無所知，但他害怕瑞秋會找到她，害怕海耶斯會亂說話。當湯瑪士・貝茲開始四處嗅探時，這個人很明顯必須被除掉，但其他人卻像十二月的火雞一樣驚慌失措。我對他們絕望了。所以有一天晚上，我成了一名路口清掃工。」

他口乾舌燥。「妳就是約韋斯・希爾？」

「正是在下。」她用音樂般的威爾斯口音說：「威廉以前常說我是變裝大師。愚弄給我做筆錄的蠢警察一點也不難。他沒在我身上浪費太多時間，八成以為我是娘炮。把貝茲撞得終究進了墳墓的那輛車，就是這邊這位莫瑞吉奧駕駛的。漢納威父子試圖嚇跑瑞秋，但那項工作被幾個門外漢搞砸了。我在李維・舒梅克身上可沒有犯同樣的錯誤喔。透過威廉，我認識了一位夜總會老闆，他有一眾剃刀幫小弟聽他使喚。我發現他們非常專業。」

雅各被打得瘀青的臉到現在還隱隱作痛。「去安威爾街拜訪我的那個人呢？」

「也是打手。我很高興你對我的下落保持沉默，這證明我徹底讓你上了鉤。你當時挺勇敢的，雖然現在看起來好像很想大哭一場。」

雅各咬脣，不發一語。

「沒錯，晚點再掉淚。」她嘆氣。「威廉自負到以為他能迷住瑞秋、讓她屈服。這是致命錯誤。在他和其他人猶豫不決的時候，她一個一個地消滅了他們。」

「她怎麼有辦法在不牽連自己的情況下造成這些死亡？」

「她說服帕爾朵和李納克相信遊戲已經結束了。帕爾朵得了絕症，李納克的腦子裡灌滿了毒品，把他們推到懸崖邊並不難。然後她和喬治・巴恩斯密謀殺害威廉。至於漢納威父子，她一定是賄賂了管家。她認為他們的死意味著社團的終結。」

「那她為什麼自殺了？」

莎拉微笑。「她一旦實現了目標，就沒有活下去的理由了。我跟她雖然來自同一個父親，但彼此之間有一個關鍵的區別。她繼承了老法官自我毀滅的衝動，我沒有。」

＊　＊　＊

鋼絲繩扎進了他的手腕和腳踝，痛得他眼眶泛淚。鎮靜劑的作用開始減弱，但他腦袋七葷八素。絕望讓他頭暈目眩。他怎麼會被騙成這樣？一小時前，他還渴望和這個女人共度人生。

「你是不是原本以為，讓我打開話匣子就能讓你提高你逃跑的機會？」她看錶。「其實剛好相反。我們談話的時候，小梅正在做準備。我們該去加洛斯寇特了。」

一直默默聆聽的高迪諾走上前，抓住雅各的肩膀，把他從長椅上拉起來。

「加洛斯寇特？」雅各呢喃。

「不然還有哪？」她答覆。「五十年前的今天，社團就是在那裡誕生。你該把這視為一種榮譽。你將被刻在我們的歷史上。」

「外頭可能起了霧。」雅各說：「但妳不覺得可能會有人注意到我們？」

「啊，雅各，我好像聽到你最後一次試著虛張聲勢？」她微笑。「放心，我不會把你像中世紀的囚徒那樣在街上示眾。跟我來。」

她走出房間，高迪諾拖著雅各跟在她身後。在走廊的盡頭，她打開一扇門，再打開一盞燈。燈光揭露一條石梯，她小跑下樓，一步跨越兩階，就像一個興奮的孩子。即使穿著高跟鞋，她也能完美地保持平衡。

高迪諾把雅各推到他前面。樓梯很陡，雅各沒辦法抓住任何東西來穩住腳步，不只一次差點失足。

莎拉在樓梯底下等著他們。他們在一個狹小的長方形空間裡，一條狹窄的通道從這裡蜿蜒而出，通往林肯律師學院的方向。隧道只有六呎高，高迪諾不得不低頭，以免撞到屋頂。

「電燈。」莎拉指著安裝在隧道磚牆上的幾顆小燈。「現代化的便利設施。倫敦的這個部分是蜂窩狀的地下通道，以及舊弗利特河道周圍的下水道和工程。我們已經以工程師巴澤爾傑特都無法想像的方式開發了它們的潛力。」

她邁著輕快的步伐出發，高迪諾拖著雅各跟在她身後。地面凹凸不平但乾燥，雖然空氣中帶著一絲死水的味道。雅各半閉著眼睛，試著把被銬住的四肢帶來的疼痛以及對隧道盡頭的恐懼趕出腦海。他不確定走了多久，但這支死刑隊伍最終在一扇鎖著的鐵門前停了下來。莎拉拿出鑰匙。

「我們到了。」她說：「加洛斯寇特就在上面。我們進去吧？」

鐵門無聲地打開了。她按下一個開關，六盞枝形吊燈綻放的耀眼光芒照亮了他們面前的房間。雅各睜開眼睛，然後又閉上。他不敢相信自己看到什麼。

這個地下室房間和紳士俱樂部的吸菸室一樣設備齊全，但大一倍，天花板也很高。這裡的空氣比隧道裡的清新，雅各猜想是因為一些看不見但有效的通風系統。皮革扶手椅和切斯特菲爾德椅子提供了豪華的座位，有一堵牆專門用來放置一個巨大的酒架和一個酒吧。對面的牆上掛著各式各樣的掛毯，雅各推測上面的圖案是來自最暴力、最離奇的色情構思。就在幾天前，他還會被圖案上描繪的行為嚇到，但現在什麼都不會讓他震驚了。幾扇門開進側牆，房間的盡頭是一個高臺，上面站著一個詭異而令人生畏的身影：一個比真人更大的鍍金裸女雕像。

高迪諾把他推進房間，砰的一聲關上了身後的鐵門。莎拉示意周圍：「歡迎來到詛咒社團之家。」

茱麗葉・布倫塔諾的日記

一九二〇年二月六日

一年過去了。我覺得幾乎無法相信。一切都變了，但從表面上來看，岡特島的生活還是一如既往。

老法官精神狀態的惡化讓我很沮喪。想查明爸媽的死亡真相的最好方法，就是說服他告訴我。說服他，或是強迫他。這兩種方法我都試過了，但總是徒勞無功。我也不確定我能否相信他的說詞。

所以查明真相需要時間，但我有充足的時間。海芮妲說我太固執，但即使是她也承認沒人能比得上我的耐心和毅力。我的意志力使我能以新的名字開創新的人生。一個曾經讓我渾身起雞皮疙瘩的名字。

我成了瑞秋・薩弗納克。

第三十三章

痛苦、恐懼和絕望讓雅各麻木。沒有人知道他在這裡，他也沒有機會解開身上的束縛。要是奧克斯沒坐上那輛把瑞秋的遺體送去停屍間的救護車就好了。除了那位探長之外，他想不出還有誰會好奇他目前的下落──《號角日報》的成員尤其不可能。

「在過去的五十年裡──」莎拉說：「這個房間見證了無數的奧妙娛樂。高級成員競相想出富有創意的儀式。『獻祭』這個概念，帶出了人類想像力中最糟糕的一面。痛苦之梨、苦難之輪、銅牛、猶大搖籃。造成特殊痛苦的巧妙方法。有個不誠實的廚子被丟進窯裡烤熟，有個肥胖的情婦被丟進熱油鍋裡油炸。都是為了團契的歡樂。」

雅各眨掉眼睛裡的淚水。「他們在哪？」

「少安勿躁，雅各。因為瑞秋‧薩弗納克的緣故，我們的人數減少許多。但其他成員將在半小時內開始抵達。今晚，他們將選我來統治他們。」

「妳打算對我做什麼？」他呢喃。

她走近高臺上那尊巨大的鍍金雕像，招手示意他跟著她。他的心臟狂跳，彷彿即將炸裂。看他拒絕移動，男傭拍打他的太陽穴，把他往前推。

「能否容我向你介紹愛琵加？」

水晶吊燈發出的耀眼燈光讓他難以集中視線。要不是高迪諾扶著他，被打得遍體鱗傷的他早已摔倒在地。

「愛琵加？」

「愛琵加嫁給了傳說中的斯巴達暴君。為了對付他的敵人，他以他妻子的形象建造了一個機械裝置。它的功用就是折磨他的死對頭。自動人形愛琵加身上布滿了鋒利的刀片。她充滿愛意的擁抱足以致命。」

雅各看到刀片。雕像的巨大赤裸身軀上，從頭到腳布滿著無數個小而尖銳的尖點。

「它出現的年代，比那些讓偉大的魔術師出了名的自動人形還早了兩千年。」她的語調因敬畏而壓低。「沃爾夫岡．馮．肯佩倫的『下棋的土耳其人』、弗雷德里克．愛爾蘭的『騎自行車的仿人形自動機』、約翰．維爾．馬斯基林的『瘋子』。我渴望超越的機械傑作。現在，我創造了一臺我可以賦予生命的殺人機器。」

她清清嗓子。「來吧，愛琵加。雅各．弗林特想向妳致敬。他是天生的浪漫主義者。請排練一下你們將如何把自己獻給對方。」

在強烈恐懼感造成的催眠下，雅各聽到看不見的齒輪和輪子發出的喀啦聲。愛琵加緩緩伸出修長的手臂，然後是兩條有著關節的腿。自動人形從高臺上走下來，開始向前走。它的動作僵硬、生澀但意圖明確。向他伸出的雙臂上鑲嵌著刀片。如果愛琵加抓住他，他的肉會被撕成碎片。

「稍後，等她的觀眾到來時，她會把你抱在懷裡，然後……」

雅各盯著自動人形空洞的眼睛。「莎拉，求求妳。」

莎拉彈個響指。「等一下，愛琵加。時候還沒到。」

自動人形繼續移動，一步接一步，越來越近。

「停下來，愛琵加！」莎拉喊：「妳沒聽見我嗎？現在太早了。立刻停下來！」

自動人形繼續前進。它以笨拙又嘈雜的方式直奔雅各。他感覺到身旁的高迪諾繃緊身子、把他的手臂抓得更緊。不對勁。這場魔術失靈了。不然就是過度真實。控制權不再在莎拉手上。酷刑機器已經有了自己的想法。

「停下來！」莎拉後退一步。「不要再移動一寸。」

愛琵加持續移動。

「Smettere proprio ora（立刻停下來）！」高迪諾喊道。

男傭鬆開手，雅各踉蹌地撞在一張皮扶手椅上。他試圖保持平衡時，自動人形靠得更近，雙臂向他伸出。

莎拉從手提包裡拿出手槍，扣動了扳機。毫無效果。

「莫瑞吉奧！」她尖叫：「攔下她！」

高迪諾舉起彈簧刀。自動人形改變方向，彷彿注意到了刀子。愛琵加向右邁出一步，開闢了一條直奔莎拉・德拉米爾的新路線。

「停下來！」

高迪諾衝上前去，揮舞著彈簧刀，將身體擋在愛琵加和他的情婦之間。自動人形舉起一隻手臂，打落他手裡的刀子。鐵臂上的諸多刀刃劃破了他的袖子，他痛得尖叫。雅各看到破爛的棉布上出現黑色血汙。

「小梅，夠了！」莎拉喊道。

莎拉猶豫片刻，然後踢掉鞋子，踉蹌地朝房間後側的鐵門方向退去。自動人形笨拙地跟在她身後。左邊牆上的門被打開了，楚門走進了房間。

楚門拿著一把左輪手槍。他從房間另一頭開槍，擊中了對面牆上架子上的一個酒瓶。玻璃破碎，碎片如彈片飛舞。紅酒噴灑在蒼白的地毯上。

「下一次——」他說：「我會對準心臟。」

高迪諾癱坐在地上，抓著受傷的手臂，這時自動人形在走到一半時停了下來。

「小梅！」莎拉臉色慘白。「妳好大的膽子！」

右邊的門開了。雅各屏住呼吸。嬌小的華人女子出現了，手裡拿著一把鋼絲鉗。

莎拉震驚地盯著她。「小梅！妳這是……？」

她的視線回到自動人形愛琵加身上。機器在抽搐，好像試著伸展肌肉。小梅剪斷他身上的束縛時，雅各聽到金屬板滑開的吱嘎聲。愛琵加洩漏了自己的祕密。

瑞秋．薩弗納克光著腳，只穿著白色棉質背心和短褲，從機器後面鑽了出來。她頭髮凌亂，因出力而臉頰通紅。她氣喘吁吁地哼著小曲，雅各認出《我才沒有不乖》的副歌。

「我的死訊被誇大了。」她說：「真抱歉讓妳失望，莎拉。這就是幻術的麻煩所在：一遇到現實，幻術就會消散。」

＊　＊　＊

莎拉張嘴好像想說話，但說不出話來。整整十五秒，兩個女人和兩個男人一動不動，一邊是勇敢，另一邊是挫敗。小梅的剪刀咬斷了鋼絲。雅各被綁得太緊，手腳因此幾乎失去了知覺。他身體所有其他部位都在痛。

莎拉低下頭，跑向敞開的門。楚門開槍警告，又打碎了一瓶酒。雅各躲開了飛濺的玻璃，但莎拉逃出了房間。

「盯著我們這個朋友。」瑞秋對楚門說，指向高迪諾。小梅舉起了鋼絲鉗，但瑞秋搖搖頭。「那是最後的手段。」

雅各揉揉痠痛的手腕。「我們不能讓她跑了！」

「跟我來。」

瑞秋大步跑過房間，穿過門。雅各在她身後蹣跚而行，發現自己進入了另一條磚牆隧道。他看到兩段很短的臺階，其中一條通往一扇上了掛鎖的木門，另一條的底部是一口漆黑的井口。這條隧道和凱瑞街的那條一樣，彎曲得讓他猜不出通向哪裡，但它又低又窄，而且散發惡臭。瑞秋大步向前，消失在視線之外。

他一瘸一拐地跟在她後面，呼吸著惡臭的空氣，覺得呼吸困難。轉彎後，隧道變直，他聽到莎拉被岩石地面扎到腳時倒吸一口氣。瑞秋在他前方五碼處，大聲呼吸。她發現很難保持平衡。他聽到她強忍叫聲。參差不齊的石頭割向她裸露的腳底。

再往前五十碼，她在隧道通往一個龐大的圓形空間之處停下來。他追上她時，兩人緊緊抓住彼此的手臂來穩住身子。她瘦削結實的身軀因疲憊而顫抖。她在愛琵加體內拚命蜷縮了身子，他感覺到她的力氣正在衰退。

在前方，隧道一分為二。一條路線的盡頭是一個充滿奇怪障礙物的圓形房間：尖刺金屬罩和韁繩，帶滑輪的精緻木製裝置，還有一個大型鐵絲籠。瑞秋注意到他驚恐的表情。

「那是施虐者的儲藏室。」她喘道：「對殘酷狂歡來說不可或缺。」

他凝視著隧道的另一條分支。通道變窄，從那裡飄來的臭味讓他噁心。

「下水道的一條支流，」瑞秋說：「她逃不掉了。」

兩人挽著彼此的胳臂，蹣跚地向前走。隨著隧道深入地底，他們進入了地下更深處。這裡沒有電燈，光線也幾乎不足以讓他們看到莎拉。

她仍然穿著寡婦比安奇的華服，飄逸的長袍經常拖住腳步。她沿著一塊磚頭寬度的壁架慢慢移動時，身體彎成了一個蹲伏的姿勢。雅各意識到，那塊壁架其實是一堵高牆的頂部，那堵牆是一個設計用來阻擋下水道的屏障，一條管道最終與主隧道會合。在牆的遠側，能看到一口黑洞。雅各看不到黑洞裡頭是什麼。

「妳確定嗎？」他呢喃。

「弗利特下水道形成了一座迷宮。想稍微走幾步，你就需要一雙橡膠靴和一個鋼鐵般的胃袋。你自己看看往裡頭走會有什麼下場。」

莎拉腳下一滑，急忙伸出一隻手靠在隧道牆上穩住身子。她向左搖晃，以免向右掉進下水道深處。

雅各屏住呼吸。這個剛剛想殺他的女人，現在自己冒著生命危險。

「她說妳有自殺傾向。」他輕聲道。

瑞秋呻吟。「和許多自以為是領袖的人一樣，她一輩子都以為自己的如意算盤能成真。」

惡臭幾乎令人癱瘓。雅各覺得想吐，但視線無法從莎拉身上移開。她像走鋼絲一樣全神貫注。壁架潮溼而危險。她每走一步都會稍作停頓，也因此將更多有毒空氣吸進肺裡。雅各清楚感覺到身邊的瑞秋，而在寒冷潮溼的空氣中，她衣著暴露的結實身體傳來暖意。兩人身體相觸。

「你等著看……」她呢喃。

莎拉的腳被長袍的褶皺纏住，失去了平衡。赤裸的雙腳打滑，她頭朝下摔倒，掉進下水道時發出尖叫，抓向空氣。砰的一聲，她摔在腐爛的糞土堆上。

瑞秋拉著雅各的手，慢慢向前移動。一步一步，他們來到磚壁架。在下方，他們能看到下水道中成塊的糞土堆，冒著泡，散發惡臭，和流沙一樣致命。高度落差有十呎高，而且莎拉是頭朝下落地。她的長袍在布滿泡沫、令人窒息的汙水表面漂動。她的假髮掉進了岩石縫裡。沒有莎拉的美麗身影。這裡除了倫敦腸道裡咕嚕作響的汙泥之外，別無他物。

雅各轉過身，開始乾嘔。即使是莎拉先前提到的沸騰油鍋，也能讓人死得更快、更乾淨一點。

茱麗葉·布倫塔諾的日記

一九二一年二月六日

又過了一年。我們在這裡的生活非常平靜——老法官、海芮妲、克里夫、瑪莎，還有我。幾乎沒有人打擾我們，我們也不打擾任何人。老漢納威偶爾會寫信給老法官，一封簡短的便條，提議想拜訪岡特島，並附上一封用某種暗號形式寫成的更長的便條。

老法官從不看那些信。我代表他回了信，解釋說他仍然身體欠安。謹慎是必須的。但還是沒有人揭穿我。每過一天，我的信心就增強一分。老法官的精神狀態如此脆弱，所以即使他說出真相，也不會有人相信他。至於哈羅德·布朗，他不會再出現了。尤其在他對可憐的瑪莎做了什麼之後。

在岡特島上，我從不會不知道該做什麼，也不會不知道該學習什麼新技能。這就是為什麼我疏於寫日記。我的遠征將花費好幾年的歲月，但我打算好好利用這些時間。

我搜遍了我童年的記憶以尋找線索，但我腦海中的畫面就像發黃的照片一樣褪了色。我們以前住在國王十字車站，雖然錢不多，但也足夠過日子。爸爸當時沒和我們一起住，他的來訪就像是一種特殊的款待。他高大英俊，談吐得體，我很敬畏他。我的父母沒有結婚，住在隔壁的那個男孩曾為此取笑過我。他後來再也沒犯這種錯誤。

小時候，比起穿漂亮的衣服或玩洋娃娃，我更喜歡在街上狂奔。但後來我開始咳嗽，體重減輕。就在戰爭爆發之前，一位醫生說我患有肺結核。我父親從了軍，來和我吻別。他說他已經安排我和媽媽跟他生病的叔叔一起住在薩弗納克宅邸。爸爸說我在那裡可以好好養病。

瑞秋從不掩飾她對我們的蔑視。她討厭我媽，因為老法官似乎對我的母親有些感情。時至今日，我不知道媽媽為了讓我不受傷害而做出了多少犧牲。

隨著時間的推移，我恢復了體力。我會偷偷溜出宅邸，沿著海岸線奔跑，在峽灣游泳，爬上裸岩。瑞秋完全沒做這類活動。也許她的懶惰解釋了她為何迅速死於流感。

我能確定的是，我的模仿成功了。我不計後果地走上這條路，不在乎未來。從那一刻起，克里夫、海芮妲和瑪莎就成了我的犯罪夥伴。

事實是，我喜歡扮演瑞秋．薩弗納克，並將我的品味加諸於她的人生。一個原本只閱讀廉價輕薄小說的女孩，現在幾乎總是在讀書。一個原本覺得學習是件苦差事的女孩，現在決心盡可能多多探索岡特島以外的世界，以便自己在時機成熟時能在這個世界上占有一席之地。

自從老法官中風後，我就不可能還有辦法向他問出有意義的線索、查明我爸媽的遭遇。他已經身心俱毀。克里夫有個耳聾的老堂姊，名叫伯莎，擔任老法官的看護。

我們組成了一個奇怪的家庭，一小撮人在一個巨大的老房子裡吵吵鬧鬧。我們已經關閉了一半的建築，以便於打理。但我一直在探索那些發霉的寂靜房間，我知道在薩弗納克宅邸的某個地方隱藏著我爸媽命運的祕密。

上星期，我取得了突破。經過無數次的搜索，我在老法官書房的牆上發現了一個祕密櫥櫃。裡頭塞滿了用漢納威律師那些信上相同的暗號編寫的文件。其中是一份他遺囑的副本。正本在漢納威那裡。至少它是用英文寫的，如果那些沒人看得懂的法律術語也算是英文。

簡而言之，老法官幾乎將所有財產都留給他心愛的女兒瑞秋．薩弗納克。她將在二十五歲生日那天繼承遺產。在他去世之日，每個仍在他手底下工作的人都將繼承少量遺產。如果他的女兒在二十五歲之前離世，他所有的財產將歸棄兵俱樂部所有，而且遺囑上寫道，老法官「很自豪能成為該俱樂部的創始成員和第一任主席」。

棄兵俱樂部的地址是漢納威的律師事務所地址。岡特辦公室，在林肯律師學院的加洛斯寇特。老法官曾在那裡擔任出庭律師。他在壯年時期喜歡下棋。

我打算確保棄兵俱樂部永遠拿不到遺產的一分錢。

根據我對老法官那些法律書籍的研究，很明顯的，他如果太早死去，對我可沒好處。遺囑所要求的信託，將由漢納威掌控。而想改善這個情況，就需要一份新的遺囑，把措辭寫得更自由一些，並規定我在成年時繼承財產。克里夫天生就是行動派，認為值得一試。但我不情願地做出決定：偽造遺囑或試圖說服老法官修改遺囑的風險太大了。太多事情可能出錯。我絕不能引起人們的注意，也不能以任何方式引起漢納威的懷疑。在我能繼承之前，我們必須讓老法官活著。

而在他死後……

有一天，我要去加洛斯寇特。

至於克里夫和海芮妲，我這兩個忠誠的朋友，我有一個天大的好消息。他們將在四月舉行一個安靜的婚禮。海芮妲將成為楚門太太。我和瑪莎將成為他們的伴娘。

第三十四章

「妳打算告訴他多少？」克里弗德・楚門問道。

「比我應該透露的程度多。」瑞秋說：「比他會想知道的程度少。」

「可是妳不會……說出關於茱麗葉・布倫塔諾的事？」

「喔，當然不會，」她說：「我不會提到她。」

「要是那天哈羅德・布朗沒在廚房裡看到妳就好了。只有他意識到妳不是……」

她舉起一隻手。「夠了。」

「布朗跟湯姆・貝茲談過。也許他有讓他知道妳的祕密。」

瑞秋搖頭。「免費告知？他才不是這種人。」

「如果他把妳的事告訴了別人？如果……？」

「重要的是今天。」她吐口氣。「明天有明天的風吹。」

現在是下午四點鐘，正好是她的自殺演出的二十四小時後，他們在岡特屋的屋頂花園裡閒逛。這是一個異常溫暖的午後，夕陽西下，藍灰天空染上了橙色條紋。在赤陶盆裡，雪花蓮和黃色的番紅花正在盛開。透過溫水游泳池周圍的玻璃牆，瑞秋可以看到水中的雅各，他正在游第四圈。有兩個人坐在泳池邊的藤椅上：海蒂・楚門在織一件開襟衫，瑪莎則是埋首於一本書名為《事物的方式》的小說中。桌上放著紅白酒杯和啤酒杯，旁邊放著幾瓶梅洛紅酒和夏布利白酒，還有一杯楚門的健力士啤酒。

他說道：「瑪莎認為妳看上了雅各・弗林特。」

「瑪莎是天生的浪漫派。」

「海蒂不是，但她也同意瑪莎的看法。」

「你覺得他太柔弱，是吧？」

「他在加洛斯寇特的時候像樹葉一樣瑟瑟顫抖。」

「以當時的情況來說，他有那種反應也是情有可原吧？」

「所以妳喜歡他？」

瑞秋發笑。「你和海蒂一樣壞，而她對扮演媒人的喜愛幾乎跟她對預言災難的喜愛一樣強烈。為什麼她希望我嫁給一個笨到愛上我所謂的同父異母姊姊的傢伙？雅各是個令人愉快的年輕人，這種人我確實沒見過幾個。我對他有好感——費茲傑羅先生那句話是怎麼說的？——一種溫柔的好奇心。我話就說到這兒。」

她滑開玻璃牆上的門。瑪莎跟著留聲機播放的唱片赤腳打拍子：卡薩羅馬管弦樂團正在演奏《快樂的日子再次到來》。她走進溫暖的溫室時，雅各爬出水池，拿起一條蓬鬆的白毛巾。瑞秋脫下皮草外套，給每個人倒了酒。

「敬天譴。」她舉杯。

雅各品嘗酒的味道：「再次謝謝妳。謝謝妳救了我的命，也謝謝妳讓我在這裡過夜。」

「我們很難讓你繼續待在艾德加之家或是凱瑞街。」瑞秋說：「與死去的女人的鬼魂作伴。你在找地方住的時候，我們歡迎你和我們一起住個一、兩天。首席犯罪記者需要自己的地方，好策劃下一個獨家新聞。」

他放下酒杯，用毛巾擦擦潮溼的頭髮。「戈默索爾很滿意我對莎拉・德拉米爾的報導。」

「**女魔術師在離奇事故中慘死**。不太適合頭條新聞。」瑞秋聳肩。「一個自封的菁英主義者的可悲墓誌銘。她最後的表演被排到第五版。」

「妳教會了我『低調』的價值，」他說：「我想讓妳覺得妳可以信任我。」

她微笑。「耐心點，雅各。我還沒準備好揭露我的靈魂，正如《號角日報》的讀者還沒準備好接受『自動人形愛琵加』這種荒謬之事。」

「但妳確實答應過我，會滿足我對妳那場『自殺』的好奇心。畢竟，妳和奧克斯分享了妳的計畫。妳是怎麼說服他合作的？」

「他對詛咒社團一無所知，儘管他懷疑這是一些權勢人物之間的陰謀。他犯的錯，是以為可憐的老葛弗雷·馬赫恩爵士是其中一員。同樣，奧克斯的快速晉升讓我懷疑他是否與查德威克是同謀，但事實其實很簡單：他就是個優秀的刑警。一旦我確信我跟他是同一陣營——或多或少——攜手合作就成了合理決定。雖然我沒跟他分享我所知道的一切就是了。」

「妳掉在欄杆上的畫面怎麼解釋？」

「漢納威父子死後，奧克斯來見我。我告訴他，該為湯瑪士·貝茲和李維·舒梅克之死負責的罪犯們正在操弄你。」

留聲機唱片結束播放。雅各喝了一大口酒。「妳可真不給我留情面。」

「是你要我實話實說，」瑞秋說：「我告訴奧克斯，我需要你和莎拉·德拉米爾相信我已經死了。我說她是我同父異母的姊姊，她繼承了老法官的瘋狂心智。我只是需要她揭露她的真面目。」

「就等文森·漢納威不再擋路。他是她爭奪詛咒社團領導權的最後一個對手。」

「一點也沒錯。」

「可是漢納威的管家怎麼辦？他註定要上絞刑架，為了他沒犯下的罪行而被判刑？」

「他以前至少強姦過三個女人。其中一人淹死了自己和她剛出生的孩子。」

他感到羞愧。「我現在才知道。」

「有些事情不要知道比較好。」瑞秋說：「昨天，我要你下午四點來這裡的時候，其實希望莎拉・德拉米爾堅持陪你一起來。詛咒社團的金禧年紀念日，對她和我來說都意義重大。她原本打算引誘我去加洛斯寇特。而我需要時間和空間來當場抓住她。所以我表演了一場魔術給她看。」

「妳是怎麼做到的？」

她打呵欠。「魔術師就像偵探：一旦解釋自己的祕訣，就讓人覺得無聊了。你住在這裡的第一個晚上，海蒂就在你心裡埋下了種籽，對你暗示說我可能自殺。」

他睜大了眼睛。「那是故意的？劇本的一部分？」

「莎拉肯定會對此抱持懷疑態度，你需要真的相信我有自殺傾向，這樣她才會相信我真的死了、不再有人擋她的路。」

雅各呻吟。「真高興我有幫到妳。」

「別生悶氣嘛，雅各，這不適合你。那天早上，瑪莎讓海蒂剪下了她的秀髮。為崇高理念而做出的犧牲。當你跟莎拉還有奧克斯到達時，她戴著假髮和我最喜歡的一套衣服的複製品在屋頂上蹦蹦跳跳，引起你們的注意。避開你們的視線後，她發出撕心裂肺的叫聲，假裝跳樓。而我已經裝扮成一具被刺穿的屍體，往身上潑了假血。奧克斯和他的手下，還有救護車司機，給這幅畫面增添了一絲真實感。海蒂則是發出只有她發得出來的悽慘哀號。」

海芮妲・楚門嗤之以鼻。「妳以為妳很聰明。」

「嗯哼。」

「可是瑪莎在小巷裡加入了我們……」

「她搭電梯下了樓，脫掉制服外面的皮草大衣，戴上現在戴的假髮。」

「難怪她當時氣喘吁吁。」雅各呻吟。「而小梅清空了莎拉手槍裡的子彈？」

「沒錯。十八個月前，她和兩個姊妹被運來英國。三姊妹當中的大姊有向警察報警，但查德威克確保那份報告失蹤。去年一月二十九日，漢納威把她的處決變成了娛樂活動，為了『鼓勵他人』。相信我，瑪莎和小梅成了朋友後，招募她加入我們的陣容就再簡單不過。」

雅各靠向椅背。「我想知道更多關於查爾斯・布倫塔諾和伊薇特・維維耶爾的事。」

瑞秋小心翼翼地說：「我能向你保證，他們的死與我無關。」

「那個故事是莎拉瞎掰的？」

「哈羅德・科曼——」瑞秋輕聲道：「要為很多事情負責。」

「跟我說說他。」

楚門在椅子上挪動身子。瑪莎突然放下書，從玻璃牆的門走出去，在身後把門關上。

雅各皺眉。「抱歉。我是不是說錯話了？」

「科曼——他原本姓布朗——比老鼠更低級。他貪圖瑪莎的美色，她和我同齡，但比我更可愛。她受到查爾斯・布倫塔諾和他的情婦的保護。查爾斯在年輕的時候很狂野。他是個賭徒，也是個浪蕩的傢伙，但和伊薇特的愛情改變了他。他深愛她，也確保她或他們的孩子不會受到傷害。但後來老法官……轉而對付他們，科曼也趁機出手。在老法官的指使下，科曼給他們倆下了藥，然後開車把他們帶到倫敦，交給了威廉‧基瑞和漢納威父子。」

雅各第一次聽到她的嗓音有些顫抖。她喝了一大口酒。

「莎拉告訴我，他們受到了詛咒社團的懲罰。」他說：「但死亡證明上寫著心臟衰竭。」

「魯弗斯‧保羅選了那個委婉的說詞，來解釋在加洛斯寇特進行的獻祭儀式。漢納威擔心查爾斯會讓全世界知道他多麼怯懦，並搞垮社團。所以他對他進行了嚴刑拷打，然後在伊薇特眼前將他吊死、拉屍和分屍。那是公開處決，就像加洛斯寇特以前是絞刑場的時候。唯一的差別在於，那天的觀眾是受到特別邀請的貴賓。查爾斯一死，成員們就開始在伊薇特身上取樂，然後讓她遭受同樣的命運。」

瑞秋停頓，花一點時間讓自己平靜下來。「他們的遺骸被火化了。」

「所以——」雅各緩緩道：「基瑞和漢納威父子的死法，有一絲……因果報應？」

她的表情像月亮一樣冷漠而遙遠。「哈羅德‧布朗回到岡特島後，趁克里夫生病時襲擊了瑪莎。她像猛虎一樣反抗，用指甲抓傷了他的臉。而他的報復是朝她潑強酸。克里夫開始康復時，布朗逃走了。他改姓科曼，有了新的身分。很長一段時間，他一直銷聲匿跡。但我們從未放棄搜索。」

楚門怒瞪雅各。「最後，正義也在這件事上得到了伸張。」

「不是只有莎拉·德拉米爾僱用羅瑟希德剃刀幫，」瑞秋說：「他們的領導層是真正的資本家；他們為出價最高的人提供服務。他們也使命必達。科曼生前最後的幾個小時，痛苦得度秒如年。」

雅各隔著玻璃凝視瑪莎，打個冷顫。「我覺得她現在也很美。」

「我們也有同感。」瑞秋輕聲道。

「茱麗葉·布倫塔諾發生了什麼事？」

瑞秋看著他的眼睛。「她死於自然因素。」

「原來如此。」雅個別無選擇，只能相信她的話。「所以妳又在岡特島上度過了十年，和老法官一起。」

「那個老人當時失能了。」海蒂·楚門站起，又給每個人倒滿了酒。「瑞秋成了一家之主。任何我們不信任的人都不允許靠近島上。大陸上的人認為，就憑我們三個人和一個老護士，要照顧一個老瘋子和他的……女兒，是不可能的事。但我們熬過來了。」

「妳用那段時間教育自己，為妳在老法官死後繼承他財產的那一天做準備。」雅各說。

瑞秋點頭。「老法官一直嘗試自殺。我們藏起他的藥，他就試著餓死自己。但我們拒絕讓他的死期來得太早。他被迫等到我快二十五歲的時候。」

從她臉上看不出她在想什麼，雅各也決定不問。

「老法官有沒有向妳吐露詛咒社團的事？」

「他後來越來越少有清醒的時候。」瑞秋說：「幸運的是，他把他所有的舊文件都藏了起來，這些年來我破譯了它們。」

「它們是用暗號寫的？」

「該社團的成員很喜歡使用波雷費密碼。它成了他們在進行敏感交流的私密語言。他們把『波雷費』拆讀成『公平競爭』。這個詞彙適合他們的幽默感，就像他們喜歡把妓院和虐待狂的地牢偽裝成一群紳士的象棋俱樂部。幸好，老法官的圖書館是知識的聚寶盆。我訓練自己學習密碼學的基礎，並開始解開社團的祕密。我發現了帕爾朵、李納克和基瑞的名字。我讀到的每一個可憎細節，都堅定了我摧毀他們的決心。然而，想讓我的計畫付諸行動，就需要時間和金錢。詛咒社團的資源似乎無窮無盡。我需要繼承老法官的遺產，才能實現我的夢想。」

「所以妳耐心等候。」

「而且做好準備。來到倫敦後，我開始和帕爾朵等人交流。我使用他們自己的暗號來播下不確定性、不和諧和恐懼的種籽。在他的屍體附近發現的黑色棋子，也有同樣的作用。當時機成熟時，我跟文森．漢納威討論了『公平競爭』這件事。他當時就明白我知道他們的祕密。」

雅各又喝了一些酒。瑞秋對密碼的使用，一定與李納克和帕爾朵的命運有關。

但她說得對，有時候無知真的是福。

「詛咒社團扭曲又腐敗。」她說：「犯罪是合理的，只要有利於該社團的重要成員。殺人是一種榮譽勳章，而且越震撼越好。對李納克那種人來說，可愛又愚蠢的桃莉・班森的性命毫無意義。瑪麗珍・海耶斯也是。帕爾朵雖然對她感興趣，但這並沒有阻止他殺了她，並砍下她的頭。將此類罪行裝扮成瘋子所為，是詛咒社團的招牌手法。」

「湯姆・貝茲想調查這件事。他跟科曼談過。」

「貝茲也想調查我。」瑞秋說：「我警告過他別管我的事。他當初真應該採納那個建議。」

雅各突然想到一件事。「是妳，是不是？」

她冷冷地瞪他一眼。「什麼意思？」

「就是妳給了他的遺孀經濟援助？」

瑞秋允許自己微笑。「貝茲太太恐怕高估了號角報社的慷慨。你不能告訴她真相。」

「當然不會。」他意識到她在悠閒地審視他半裸的身體。「就連李維・舒梅克也不太明白他面對的是什麼。」

「他對查德威克、麥卡林登、瑟洛和道爾母女的瞭解是無價的。他甚至懷疑莎拉・德拉米爾和琪亞拉・比安奇是同一個人，但他沒看出其中的重要性。他那一代的男人總是低估女人。這是一種習慣。」

「所以妳早就知道她假扮寡婦比安奇？」

「莎拉是個有才華的女演員，」瑞秋說：「但她的演技沒她自認為的那麼高明。她在凱瑞街的來來去去，暴露了她的身分。一旦確定她每次出現時寡婦比安奇都不會在場，稍微推理一下就明白怎麼回事。」

「所以瑪莎取得了小梅的支持？」

「小梅描述了莎拉和高迪諾那禽獸怎樣對待她。她和她姊妹沒有可以求助的對象。直到我們出現。」

他清清喉嚨。「我注意到這是妳的招牌手法：挑撥傭人對抗他們的主人。」

「我的看法不同。」瑞秋說：「不值得部下效忠的雇主，就必須為此付出代價。你可以私下跟克里夫和海蒂談談。在我給他們造成了那些麻煩後，你可能會發現他們也持有相同的觀點。」

「少來了妳。」海蒂說。

瑪莎從屋頂花園回來。她的眼睛紅紅的。她走向瑞秋身邊，被對方握住了手。一切盡在不言中。

雅各喝光了杯子裡的酒。「孤兒院怎麼辦？」

「就在我們說話的這時候，牛津警察正在那裡忙碌。」瑞秋說：「蒙迪夫人把她的退休基金投資在從鹿特丹走私來的鑽石上，這麼做很不明智。雖然她因為經手贓物而被捕，但警方可以立案將她送進牢裡度過餘生。」

「可是萊弗斯、保羅和赫斯洛？」

「他們的懲罰是天天擔心自己的祕密被揭穿、等警察來敲門。阿爾弗雷德・李納克、老麥卡林登和他們的朋友們也是如此。」

「原來如此。」

瑞秋鬆開瑪莎的手。「九頭蛇有很多顆腦袋，雅各。就算砍掉一顆，另一顆也會長出來。」

「這種忠告不是表示沒希望嗎？」他大膽地說。

「我們所處的這個世界是現在這個模樣，而不是我們希望它有的模樣。每個社會都孕育出自己的菁英。重要的是，他們受到正義的審判，無論是透過法律程序，或是……」

「法外程序？」

她點頭。「奧克斯在將首相的得力助手丟進監獄的這件事上猶豫不決，更不用說最受歡迎的工會領袖、我們最著名的醫生和法醫病理學家，以及一位變壞的主教。警方在加洛斯寇特的存在，讓社團成員們知道他們的娛樂日被中斷了，他們也躲了起來。」

「所以警方在加洛斯寇特全員出動？」

「當然。如果當時在地底下出了什麼問題怎麼辦？海蒂把我餵得這麼好，我有可能會被卡在那個荒謬的裝置裡，那你會有什麼下場？小梅警告過我那機器裡頭很狹窄。她比我還瘦，但她在愛琵加那怪物裡待的時間從未超過十分鐘。奧克斯不能冒你可能真的被犧牲的風險。」

雅各打冷顫。

「別再露出這副西班牙獵犬的可憐表情啦。」她拍拍瑪莎的手。「妳想不想放張唱片？我們可以欣賞克里夫和海蒂的狐步舞。我自己也想跳支舞。來吧，雅各，我和瑪莎輪流與你共舞。」

瑪莎走向留聲機時，雅各發笑。

「好吧，妳贏了。」

「她哪次不贏。」海蒂．楚門說。

瑞秋．薩弗納克起身，向他招手。

「我得先警告妳。」雅各說：「我的兩隻腳都是左腳。」

「別擔心。」瑞秋說：「我知道如何應付能力不足的男人。來吧，這是我最喜歡的曲子：《讓我們開始吧》。」